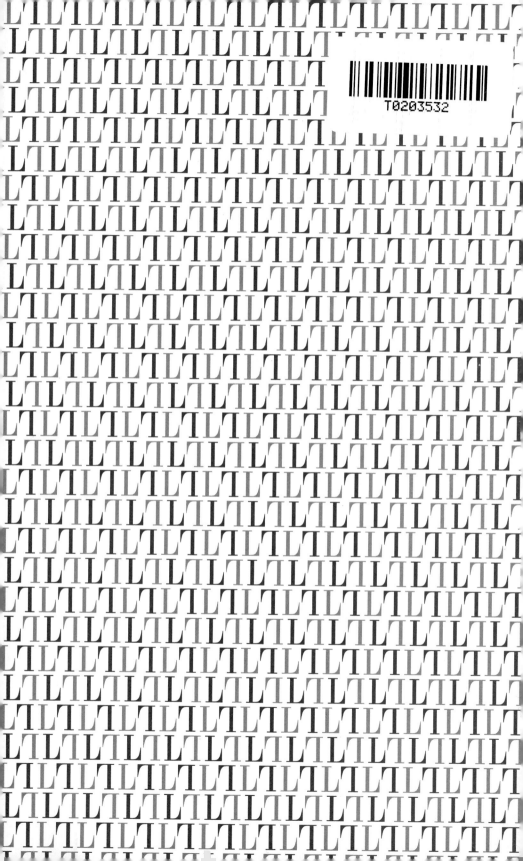

T0203532

La marca del agua

La marca del agua

Montserrat Iglesias

Lumen

narrativa

Papel certificado por el Forest Stewardship Council®

Penguin
Random House
Grupo Editorial

Primera edición: octubre de 2021

© 2021, Montserrat Iglesias Berzal
© 2021, Penguin Random House Grupo Editorial, S. A. U.
Travessera de Gràcia, 47-49. 08021 Barcelona

Printed in Spain – Impreso en España

ISBN: 978-84-264-1043-6
Depósito legal: B-12.841-2021

Compuesto en M. I. Maquetación, S. L.
Impreso en Egedsa (Sabadell, Barcelona)

H 4 1 0 4 3 6

Al Marcos verdadero

No sé lo que les van a decir a los muertos los que se han ido, quién les va a explicar que se quedarán aquí como los trastos que no se pueden llevar o vender. Yo, desde luego, no subiré a decírselo, aunque alguien tendrá que hablar con ellos. Madre dice que los muertos no escuchan. Qué va a saber. En ningún sitio está escrito que no atiendan razones. Una vez le pregunté a don Rufino y me dijo que los muertos ya no nos oían, pero don Rufino no es un cura leído; en realidad, es un ignorante, así que bien podrían hacerlo y que él no lo supiera. Y ahora los van a dejar aquí y sin ninguna explicación.

La casa no ha notado que nos tendremos que marchar en menos de media luna. A la luz del candil, todo está como lo dejé: la puerta abierta, el zaguán en penumbra y Noble agitándose en la cuadra. Patea, relincha. Luego tengo que ir a ver lo que le pasa a ese animal.

—¡Sara! ¡Hermana!

Me he debido de hacer daño al arrojarme sobre la marca y otra vez no me dobla esta rodilla. Parece que voy a echar abajo los escalones. Mira que no despertarse con la escandalera que estoy montando, pero la puerta sigue cerrada al final del pasillo.

—¡Sara!

No contesta.

—¿Hermana? ¿Puedo pasar?

No hace falta encender la luz. La llama temblona y las contraventanas abiertas dejan ver una habitación vacía. Ordenada. La cama hecha. No hay ropa fuera de los armarios. Todo sigue en su lugar. El crucifijo, el cromo de la Anunciación, la lamparita, la cajita de nácar y plata, la foto de estudio con madre y conmigo, el devocionario que le regaló don Rufino por su santo, una libreta con dibujos de Gabriel, la pila de los libros que se fueron dejando los huéspedes. Es como si se hubiese ido de viaje, pero en el armario sigue toda su ropa. Parece recién planchada y huele a ramilletes de lavanda frescos.

—¡Sara!

Ni en la habitación de Juan, ni en la de madre, ni en el cuarto de Gabriel.

—¡Sara! ¡Sara!

Los golpes de las puertas de los huéspedes al abrirse suenan cada vez más fuertes. Ni en las cinco piezas que dan a la calle. Ni en las seis habitaciones que dan al corral. Sara, Sara, Sara, Sara. La llama está a punto de apagarse. La escalera vuelve a crujir. A lo mejor está haciendo el desayuno. De nuevo la cocina. La despensa. O arregla la cama de mi dormitorio. Nada. Habrá entrado en el zaguán para seguir cosiendo. Pero la silla está vacía. Noble cocea en la cuadra. En el comedor de huéspedes tampoco hay nadie.

—¡Sara! ¡Sara!

No, no está dentro de casa. Puede que haya salido al corral. Es la Vitoria quien echa a las gallinas, y a Sara no le gusta que las tareas de otros se queden sin hacer. Aunque la puerta que da al corral sigue cerrada. Los goznes parece que gritan, y las gallinas se asustan y cacarean. Sara, Sara. Ni rastro de nadie en el espacio abierto del patio, ni en la cochera, ni en el granero. ¿Dónde estás, Sara? Tal vez la migraña la haya aturdido tanto que ahora esté vagando casi en la oscuridad por el pueblo, por los cortados, por el agua... La puerta de la cuadra está abierta. Estoy seguro de que la atranqué antes de acostarme. Noble relincha y cocea. Espero que no se haya soltado.

Pero Noble sigue amarrado al pesebre, pegado a la pared. Es raro. Suele ponerse en la otra punta de la cuadra, junto a la ventana de detrás de la puerta. La Vitoria siempre me recrimina dejarle la rienda demasiado larga: «Un día se enredará y tendremos un disgusto». Pero si lo atara corto al pesebre no llegaría a la ventana. Los caballos no son como las gallinas o los cerdos; no les basta con comer, también necesitan mirar. Si la Vitoria lo viese ahora se enfadaría conmigo: se le ha liado la rienda por las patas y el cuello y, al verme, se encabrita aún más y tensa la cuerda. ¡Dios, que se me ahorca! ¿Quién ha dejado el candil nuevo en el clavo? Por eso no lo encontré esta mañana. Cuelgo este para poder palmearle a Noble el lomo, las ancas, el vientre, el morro.

—¡Eh! Noble. ¡Eh! ¿Qué pasa? ¿Qué ocurre? ¿Otra vez los ratones? ¿Se ha metido un erizo? Pero si tú eres mucho más grande, amigo. Tranquilo, tranquilo. ¡Eh!

Sus entrañas laten fuerte y el pelaje está húmedo, como si llegase galopando de muy lejos. Le sube hasta la piel el olor a bosta, como el vaho que se forma en la cuadra en las noches de hielo. Poco a poco se amansa.

—Eso es. Tú sí que me entiendes. Y yo a ti. Mejor que nadie.

Se deja desenredar la cuerda de las patas, del cuello.

—¿Qué te pasó, amigo? ¿Ya estás bien?

Bufa. Al entrar la primera claridad del alba por la ventana de la cuadra se forma una mancha. No es una humedad repentina, hay algo detrás de la puerta. Tal vez lo que le asusta a Noble.

Veo sus botines de charol, pero no en el suelo. Más arriba sus medias negras, su vestido azul marino, el de tablas anchas, el de lana, el que estrenó hace dos domingos para la misa de Pascua. Más arriba, sus manos blancas, abiertas, flojas, separadas del cuerpo, como si no quisiesen ensuciar la ropa, sus hombros protegidos por el cuello redondo del vestido, de seda negro. No hay otro tan elegante como ese en todo el pueblo. Ella sola lo hizo. Su trenza negra, larga, volcada hacia delante como las manos blancas. Arriba del todo su cabeza ladeada, la piel solo un poco azul, los labios oscuros, los ojos abiertos sin un punto fijo. Es Sara y está muy quieta y no es posible. Nadie se sostiene en el aire. Más arriba, una de mis cuerdas de esparto atada a un machón. La cuerda acaba en el machón y empieza en Sara, o termina en mi hermana y empieza en el machón. Atada ahí, cualquier cosa puede sostenerse en el aire. Pero no vivo, y Sara no puede estar muerta.

Todavía no puedo abrir los ojos. Ojalá esto fuese un mal sueño, como ese que me despierta en las madrugadas y en el que unos buitres pelean por la carroña de una oveja muerta, mientras chillan y baten las alas. El sueño de buitres que tendría un hombre que no los conociera como yo, que los veo cada día volando en espiral, las alas extendidas en el aire caliente, en silencio, subiendo como un séquito de ángeles en una estampa del catecismo, ordenados.

Pero esto no es un sueño ni tampoco duermo porque noto bajo el cuerpo el suelo duro de la cuadra. Siento la paja, la tierra. Huelo el estiércol. Noble bufa cerca de mí y me echa su resuello de bestia en la cara. No, no es un sueño. Sara está colgada del machón y temo abrir los ojos y que sea ella lo primero que aparezca. Como esa sea mi primera visión, no podré levantarme nunca, me quedaré pegado al suelo y atado con ella. Mejor que Noble me pateara aquí mismo. Sería la manera de no tener que marcharnos. O colgarme con ella. Si Sara pudo, yo también podría. Pero no nos quedaríamos aquí porque aquí no será nada. Algo sumergido bajo el agua no es un sitio. No habrá pueblo, solo agua estancada y fango.

Noble me zarandea con la testuz. Ven aquí, amigo, que me tienes que llevar fuera como a un ciego su perro. ¡Qué mal huele este animal! ¿Qué es lo que tiene? Me da lo mismo, no voy a abrir los ojos. Estas son sus patas, su tripa, su lomo. Espera, Noble, que no puedo con la rodilla. La cuerda de Noble me enseña el camino en mi oscuridad. Lo desato del pesebre y vuelvo junto a él. Vamos, Noble, sácame de aquí. Noble entiende que lo acaricio igual que cuando lo preparo para ir a las tenadas y se dirige a la puerta. Con la cara en su pelaje castaño no tendré tentaciones de volver la vista. Vamos, Noble, llévame fuera. No sé de dónde viene este tufo a podredumbre.

—Bien hecho.

La bestia se aleja de mí y trota por el corral cuando le palmeo las ancas, pero el aire de la mañana sigue oliendo a mierda. No es Noble, soy yo quien se ensució al caer sobre las bostas de la cuadra. ¡Virgen santa! Llevo caladas las perneras del pantalón, los faldones de la camisa; noto la suciedad incluso en la espalda. Antes quemo esta ropa que dejar que la Vitoria la vea así. Pero tal y como estoy no puedo entrar a calentar agua sin dejarlo todo perdido. Tampoco puedo meterme en la cuadra y usar el balde; no me quedaré en cueros delante de Sara, prefiero quemarme yo también con la ropa. No queda más remedio que echarme directamente el agua del pozo. En realidad, pese a que la luz gris de las seis haga rechinar los dientes, no hace tanto frío. Cuando me caiga el primer cubo ya no notaré nada. Nunca he visto un gorrino tan rebozado de inmundicia como yo, y las gallinas se me acercan igual que a la pocilga. Son las únicas que disfrutan como si se celebrase una fiesta, picoteando la ropa que cae a mis pies. Diga lo que diga la Vitoria, no deberíamos comer unos animales que prefieren la mierda al grano. Solo se apartan cuando vuelco el saco de desperdicios y meto la ropa al fondo. Se acabó el jolgorio.

Al caer el cubo en lo profundo del pozo suena frío y el ruido de la cadena en la polea suena aún más frío.

—¡Virgen santísima!

El agua se lleva lo sucio a cuchilladas, me arranca la piel con la podredumbre. El segundo cubo se notará menos.

Tengo que echármelo por encima de la cabeza. Se me escurre la cadena, no es por culpa del agua, sino de la tiritona. Esta vez casi no la he sentido al caer. Ya está, ya está, ya está.

Me mata la vergüenza de entrar a la casa chorreando y en cueros. Los ojos de los huéspedes de los últimos treinta años me miran en el zaguán, los de madre se me clavan al pasar por la cocina; los de Juan y la Vitoria me contemplan mientras me tumbo en el borde de la cama deshecha.

Acurrucado, escondido bajo las mantas, ni siquiera me duele la rodilla. El dolor se lo llevó el agua con la inmundicia. Ni noto el frío de la alcoba. «Esta habitación es un páramo», dice la Vitoria al levantarnos cada mañana. Aunque a ella lo que la molesta no es el frío, sino que el cuarto esté en la planta baja, cerca de los animales, de la cuadra, el pajar y el granero, del trabajo de cada día, con una ventana que da al corral en lugar de un balcón a la calle y una puerta que abre justo a la cocina. La Vitoria cree que la metí en ese dormitorio para no darle su sitio, por hacerla de menos respecto a madre, a Sara y luego a Juan. Tanto esperó la muy terca que le diese su puñetero sitio que el niño durmió con nosotros hasta que el pobre casi no podía ni revolverse en su cuna. Cuando madre dijo que ya estaba bien e hizo subir al niño a mi antiguo cuarto, Vitoria pensó, seguro, que también nosotros iríamos al piso de arriba. Pero yo ni palabra, y ella tampoco, que en el fondo es orgullosa. Y madre qué iba a decir, si lo que más le gusta es ver sufrir a la Vitoria.

Tengo que decirle a madre que Sara está muerta, para que regrese, y a Gabriel y a Vitoria, a todo el mundo, que regresen, que Sara está muerta. Muerta. Y luego qué. La enterrarán. Está colgada de un machón. ¿Dónde la enterrarán? Da igual, porque aquí todo se lo acabará tragando el agua y todo el pueblo será ningún sitio: el agua no es un lugar, es el agua. Eso es lo que quería contarle a Sara antes de encontrarla muerta: que la casa será agua en diez días, a lo sumo media luna, que el agua ya ha hecho su marca en nuestra piedra.

Ayer, cuando subió a acostarse, se lo dije: «Mañana me acerco a la piedra antes del desayuno, a ver cuánto le queda al agua». Ya no le queda nada, ya ha llegado. Es normal. Tendría que haber estado más pendiente, aunque nunca pensé que subiría tan rápido. La puse hace solo cuatro días para que madre dejara de rezongar: «Al final vamos a tener que salir con lo puesto», decía. Madre fue quien eligió un pedrusco gordo y blanco de la cantera y contó conmigo los cincuenta pasos desde la casa. Un poco más y se pone ella misma con la azada a hacer el hueco para dejar ese pedregón tumbado como una bellota gigante en mitad de la tierra removida. Puesta la piedra, solo quedaba esperar a que el agua llegara, como ha hecho con todas las demás.

Fue la hija de la señora Marina a quien le oí decir por primera vez: «Ha llegado el agua». Vino a la fonda a buscar a Gabriel y este le respondió: «Tenéis quince días». Así fue. Y así ha sido con cada piedra. Gabriel hace sus cálculos en la libreta y anuncia la sentencia: una semana, diez días, doce, quince. Dice fechas exactas: el quince de diciembre, el tres de enero, el veintiuno de febrero, el doce de marzo, el siete de abril. No marra ni doce horas. Algunos que no le hicieron caso tuvieron que salir con el agua por el tobillo o perder el dinero de la venta de sus trastos porque el agua había entrado por las rendijas y los había echado a perder. Casi es mejor, por lo que están dando ahora por las cosas es preferible dejar que se las trague el agua. Madre es muy viva y vendió hace meses la mayoría de los bártulos que no nos podremos llevar. Di buenas voces para impedirlo, pese a que la mayor parte de los muebles eran de las habitaciones de los huéspedes y me importaban un carajo, y ella sin pestañear: «Que no, Marcos, que en dos meses no nos darán por esto ni un abrazo». Si se habla de dinero, madre casi siempre lleva razón; en todo lo demás se equivoca. Por eso se ha ido con todos al pueblo nuevo.

Eso también se lo quería decir a Sara: «En el pueblo no ha quedado nadie». Al salir no tuve ni que atrancar la puerta, se ha marchado hasta el relente. Ni un alma. Todos se han ido a celebrar. A celebrar ¿qué? ¡Menuda manta de idiotas! Y aún más después de lo del cementerio. Ni borracho iba yo a saludar a todos esos señorones de Segovia, de Burgos, de Madrid. Antes me corto las dos manos que darles una a esos mierdas que no nos dejan ni llevarnos a los muertos.

Ni el relente, Sara, quería decirle. «Hermana, ¡cómo puede haber amanecido un día tan manso!», le habría dicho. Debería caer el mismísimo diluvio para que se anegase el pueblo nuevo como está anegado ya la mitad de este. La cuesta de la calle Real hace de parteaguas. Inundadas las calles del norte.

Secas las del sur. Pronto, también las del sur cubiertas por las aguas. Al norte, más alta, la iglesia. Al sur, mirándola como un destino, el cementerio. No es que no vea cada día el avance del agua, pero estas primeras horas son el peor momento para contemplarlo. Cuando le da la luz, el agua aún espejea y parece menos muerta; pero cuando ya la luna ha desaparecido y el sol todavía no ha asomado por los cortados del este, la lámina de agua no puede brillar, es una capa inmóvil, estancada, y el pantano parece aún más un monstruo quieto que se traga las casas, las tierras, las vidas y hasta a los muertos.

Los muertos también devorados sin que nada ni nadie grite ni se revuelva. Se van de fiesta sin siquiera preguntarse qué les pasará a los muertos dentro del agua. Lo mismo las corrientes los sacan de sus tumbas y se quedan varados en el fango y se los comen las truchas y los gobios. Sara también estará cubierta de fango y mordisqueada por seres pegajosos que no son animales, porque no corren ni vuelan. No la dejaré con los peces. Me la llevaré y ya se me ocurrirá algo, o a madre, que siempre tiene una solución para todo.

Pero antes tengo que salir de las mantas. Ya siento el cuerpo y también la humedad y el frío. Si quiero que la rodilla vuelva a doblar alguna vez, tengo que vestirme o este páramo me acabará convirtiendo en piedra. No me pondré la ropa para el campo porque Sara va con su vestido de fiesta y se disgustaría si la acompañase en ropa de faena. Es lo único en lo que están de acuerdo madre, la Vitoria y Sara. En eso y en que a los muertos se les debe mostrar respeto. Este traje lo estrené en la boda de la mayor del Toñete. Sara me dijo que iba muy guapo y la Vitoria no me dijo nada, pero no me soltó del brazo en todo el día. Tiene la pana totalmente nueva porque la Vitoria me lo reserva para las ocasiones. Esta es una de ellas. Camisa blanca y nada de albarcas, los zapatos y calcetines finos, de los que trajo madre de Aranda. Ella nos enseñó a dejar tan fuerte la lazada de los cordones que jamás se desatan, y Sara se lo enseñó a Juan, como tantas otras cosas.

La imagen rubia del espejo es la de un hombre mayor que yo: debe de ser por la ropa o por el pelo, que todavía chorrea un poco y se ve menos pajizo que cuando está seco. Sara dice que los rubios siempre parecemos más niños. Ahora siento que no es verdad. La gorra en el bolsillo hasta que se me seque la cabeza, que si me la pongo quedará una señal como de arete de hierro de un Niño Jesús. Cuando me pasa, Sara me llama paleto y se ríe. Llamaba. Reía.

Me la llevaré en el carro, pero no está bien que la tire sin más debajo de la carga. Sería como un sacrilegio: Sara en la caja ensuciándose la cara y el vestido, desgarrándose las medias bordadas, entre haces de alfalfa y sacos de cereal. Tal vez podría cubrirla con la arpillera nueva que compré en Sepúlveda y que debe de seguir en el granero, pero tampoco es respetuoso envolver a Sara como una fanega de trigo o un pellejo de oveja. Tiene que haber otro modo. Quizás una manta, una sábana o una cortina sirva. Qué pena que madre vendiera también todas las alfombras de las habitaciones de los huéspedes. Al final, no fue tan buena la idea de vender los trastos y tendría que haber protestado mucho más. En nuestro arcón, la Vitoria guarda alguna colcha vieja que podría valerme. Aunque podría utilizar la colcha de Sara. A ella seguramente le gustaría que la acompañase después de tantos años de esfuerzo. A lo mejor ese fue el motivo de que se levantara a coser en plena noche.

La oí bajar muy tarde. Ojalá me hubiese levantado. Pero lo hace tantas veces que no me pareció que ocurriera nada extraño: se desvela y se levanta a coser. ¡Anda que no ha discutido con madre por el gasto de luz! Y, desde el compromiso con Gabriel, se había empeñado en acabar la colcha: «Solo me quedan los flecos. Los coso y ya». Es verdad que los tres últimos días lo dejó al venirle la migraña. Tal vez por eso me alegró sentirla bajar. Pensé que ya estaba mejorando. Lo que no me pareció normal fue encontrar al levantarme la lámpara del zaguán encendida, su silla bajo la luz, la colcha sin doblar sobre la silla, el cesto de costura sin recoger. Entonces me tendría que haber dado cuenta de que no la había oído subir de nuevo. Sin embargo, no lo pensé; solo me entró una desazón molesta cuando vi la silla y la colcha de Sara en mitad de la pieza como un montón de trigo desparramado. Por eso lo recogí todo antes de salir, y me admiró lo mucho que pueden pesar estas cosas de las mujeres. A los hombres solo nos parece que pesan las talegas de cereal y de patatas porque son ásperas, bastas y feas, pero las cosas delicadas también son una buena carga. Basta con intentar doblar y ahora desdoblar esta colcha para darse cuenta.

Con la primera claridad de la mañana, su colcha extendida sobre el suelo del zaguán no tiene nada que envidiarle a uno de esos tapices de La Granja que fuimos a ver una vez con Gabriel. Años contemplándola coser y nunca le pregunté qué dibujo estaba bordando. Me limitaba a ver trozos de hilo negro o blanco o dorado. Parecen dos pastores, aunque vestidos como de teatro, y el cordero parece también falso, sacado de uno de los cuadros de la sacristía de don Rufino. Tal vez lo copiara de allí. El mozo está de pie y ella sentada en el poyete de una fuente, que tampoco es una fuente normal, sino una de esas que están en las ciudades solo de adorno. Y aquel pájaro, que bebe del vaso de la fuente, es una tórtola. La colcha está acabada. Sí, eso es lo que estuvo haciendo anoche: terminar de coser los últimos flecos negros alrededor de la tela bermellón. Yo habría dormido a gusto en una cama que tuviese una colcha como esta, en una habitación de matrimonio que fuese la envidia de todas esas malas lenguas que creyeron que Sara nunca se casaría. Y con todo un ingeniero. Eso le tendría que haber bastado.

Pero ahora da lo mismo. Ahora solo hay que ser más valiente que nunca y bajar a Sara igual que cuando se sale de una trinchera: sin pensar. El aceite del candil ha debido de acabarse, pero la luz que entra por la ventana de la cuadra la muestra completa, como si siguiese cosiendo bajo la lámpara del zaguán. Lleva el vestido azul oscuro, las medias negras, los botines atados, la trenza peinada con esmero. Sara se amortajó para subir por la escalera de mano como si se encaramase a una buitrera y atar la cuerda al madero del techo; se amortajó para ajustarse el nudo y saltar sin miedo. Seguro que subió con más gracia que yo, sus rodillas no le fallaban; no obstante, los peldaños son seguros y, sujetando bien los largueros, no hay peligro. A pesar de que el doble nudo se ha apretado con el peso, no es difícil de deshacer y la cuerda es bastante larga para llegar hasta el suelo. Lo que resulta complicado es no dejarla caer de un golpe e impedir que se llene de tierra, de paja, de bostas. En la bajada, el esparto me abrasa la palma derecha y el brazo parece que quiere salirse del hombro, pero aguanto. Sara ya ha llegado al suelo; me suelto del todo y la sujeto por la cintura antes de que se desmadeje. Me mira con sus ojos abiertos y su piel un poco azul.

—Sara.

Oigo cómo la nombro mientras aflojo la cuerda del cuello. Es una trenza áspera y rubia que no le pertenece y deja en su lugar una línea gruesa, enrojecida, de un color muy distinto al de la piel blanca del cuello. Es igual que la marca de barro que ha dejado el agua en nuestra piedra de cantera. Por fin se lo puedo decir:

—Sara, el agua ya llegó. Tenemos que marcharnos.

Vuelvo a oírme decir su nombre. Ya no me da ningún miedo mirarla.

—Tranquila, hermana, no se te ha quedado la cara de pellejo hinchado del Antolín. ¿Recuerdas la cara que tenía cuando lo sacaron ahogado de los Aguachines? Pero esa cara era más por borracho que por ahogado. Tú sigues guapa, Sara, no te preocupes.

No le voy a decir que me pesa mucho camino del zaguán. No es ella, es que la rodilla está fatigada. Tampoco voy a decírselo.

—¿Has visto tu colcha? Te ha quedado hermosa. Te voy a llevar con madre y con Gabriel ahí dentro, ¿te parece? No te preocupes: no irás más cómoda en ningún otro sitio. Te cierro los labios. Así. Y los ojos. Eso es. Los brazos sobre el pecho. No te apures, que aún no estás rígida. Se te ve bien aparente, hermana, de verdad. Ahora te voy a tapar para que vayas protegida, como cuando te trajimos envuelta en un almohadón, ¿te acuerdas de todas las veces que lo contábamos madre y yo? Así entraste en el pueblo y así vas a salir, bien envuelta. No te azores, Sara, que tu hermano ya se encarga de remeter bien la tela. Por dentro... Ahora por fuera. Lo que sobra de la cabeza y los pies, bien prieto por debajo, ¿ves?

Se me ha quedado el derecho del bordado por dentro. Con lo que han discutido Sara y la Vitoria cuando la Vitoria ponía una colcha del revés y se veían los nudos de la tela. La Vitoria nunca quería quitarla de nuevo y decía que para qué, que al día siguiente ya se dejaría bien. A la Vitoria no le gusta bordar y, por eso, no se da cuenta como Sara. Ahora he sido yo quien ha dejado los nudos por fuera. Tal vez no lo note o no le importe porque, si la saco, podría manchársele el vestido en las baldosas. En un momento como este seguro que no tiene en cuenta que se vean los nudos.

—Sara, voy a enganchar a Noble. Ahora vuelvo.

Al caballo ya se le ha olvidado del todo el susto y anda persiguiendo las gallinas. A veces las bestias dan envidia. Cuando me ve descolgar los arreos de la cochera, se acerca sin que lo llame, manso y contento. Le gusta sentirse útil y se conforma, y eso también se lo envidio, pese a que madre y la Vitoria dicen que es el carácter que se espera en un macho joven. Ajusto el ramal y la collera, engancho el tiro a las varas del carro y le explico despacio, como un maestro en la escuela:

—Escucha, Noble, vamos al otro pueblo, como todos los días. Pero no por la carretera, sino por los cortados y el monte, que es un camino más bonito. Ya sé que es más difícil, pero no viajamos cargados. Solo con el ama buena. No te preocupes más por ella, que ya está bien. Lo que viste no fue nada, era su manera de descansar. Ahora tiene que seguir descansando, así que no irá sentada conmigo, ¿de acuerdo?, se quedará tumbada detrás, que estará más cómoda. Por eso tienes que ir ligero, pero con cuidado, ¿verdad, amigo?, para que el ama no se lastime, que yo sé que la quieres tanto como yo. Sí, señor, lo harás muy bien.

Sara, envuelta en su colcha, parece una semilla enterrada en un surco bermellón. Ojalá de repente renaciese de allí siendo otra. Ojalá todo fuera una muerte falsa, un sueño. Pero no, mi hermana pesa mucho más que un sueño. Quizás sea la colcha o la rodilla, pero nunca habría pensado que Sara fuese tan difícil de cargar. No se lo diré y hasta me trago los jadeos del esfuerzo, pues nadie sabe si los muertos escuchan o si algo puede acabar con su calma antes de que lleguen al destino que les espera. Los flecos estorban y casi se me escurre al alzarla hasta la caja del carro. Pase lo que pase, no la arrastraré, así que vuelvo a levantar su peso y la dejo bien pegada a la tabla del cabezal.

—Tengo que taparte un poco, no vaya a ser que alguien se nos cruce y pregunte de más. Sobre todo, cuando nos acerquemos a Pardales.

Quizás sea bueno ver a madre antes de que en el pueblo nuevo todo el mundo esté fuera, y así podré contárselo despacio, decírselo también a Gabriel, decírselo a la Vitoria. Tengo que llegar cuanto antes, pues si tardo mucho, a lo mejor no puedo retenerme y entraré en el pueblo nuevo gritando que está muerta. Chillando hasta quedarme ronco. Ella oirá mis gritos y podrían trastornarla en el último momento. Porque a ella no le preguntaré nada. Puede estar tranquila. Ahora solo es momento de buscar algo para taparla y que nadie sospeche si se nos cruza y haya que gritar antes de tiempo. No le pondré sacos de cebada encima, la aplastarán, y tampoco alfalfa, la llenará de polvo y de hierba. Los restos de los vellones, los que guardó madre para renovar las camas, me valen, así que la cubro con los sacos de lana.

—¿Ves cómo irás cómoda?

Pero, por bien que lo haga Noble, los vellones no pesan nada y pronto rodarían por el carro vacío. Los sacos de patatas que sobraron de la sementera no dejarán que se desplacen. Lo cubriré todo con haces de alfalfa. No del todo, no hay tiempo. Sería mejor, pero el sol acaba de asomar; son ya las siete y, si me entretengo, no llegaré antes de que todos en el pueblo nuevo salgan para la misa mayor. Con esto es suficiente para dar una excusa. Mentir a veces no es tan malo, a veces no es ni difícil.

—Despídete, Sara. Es la última vez que cruzas el portalón del corral.

Me callo porque bajo para cerrar y porque la voz me ha salido rara y no quiero que Sara lo note.

En los cortados se empiezan a ver unas cuantas decenas de buitres volando aún cerca de la tierra. Como es temprano, todavía son pocos y no se aprecian bien las espirales. Con las alas enormes extendidas, en silencio, calmados, sin agonía por lo que pueda ocurrir.

—Arre, Noble, arre.

—¡Para, Noble, so! Por la carretera no, que hay que llegar a los cortados. ¡Venga, Noble, *mecagüen*!

Noble cabecea sin hacer caso a las riendas que tiran de él hacia la izquierda. Patea con violencia el suelo, pero no se mueve; no está enfadado, se ofusca por tener que coger un camino por el que nunca hemos ido. No sabe para qué debe bajar otra vez hacia el pueblo, por qué hay que tomar esta calzada negra como tizón y paralela a unos palos de hierro que no le inspiran ninguna confianza.

—Solo son las vías de las vagonetas, Noble... Venga, que no te harán nada...

Al oír el silbido de la fusta, cede, renuncia a seguir en la carretera y gira con resignación hacia el almacén del pantano. Es normal que Noble se desoriente, este camino es un sindiós. Solo dos pájaros de cuenta como el Satur y ese tal don Alberto harían construir algo así. ¡Ladrones! Afanar aún más dinero del que ya se llevaban fue lo único que les importó; el dinero que ahora falta para el cementerio del pueblo nuevo. La culpa no es de ellos, sino del Gobierno Civil y de la Confederación, que les dejaron arramplar con todo sin chistar. Gabriel me contó que al pedirle cuentas al Satur, al cabronazo se le pusieron las orejas como farolillos. Sería la falta de costumbre de sentirse cazado como un conejo. Le echó la culpa a don Alberto, que ya no podía defenderse, pero él y su ralea siempre han estado donde hubiese qué robar, ¡que se lo digan a madre!

Me habría gustado ahorrarme tanto rodeo y el mal trago de volver a ver el pueblo desde lo alto, pero la carretera no es el mejor camino con Sara ahí atrás. Siempre te puedes encontrar a algún conocido preguntón o tener un percance entre las curvas estrechas, o incluso toparte con la Guardia Civil, que aparece cuando menos te lo esperas. Pero ver el pueblo así me remueve las ideas, me ofusca tanto como a Noble este camino, como si intentara ordenar una mala mano de cartas y se me mezclaran la sota de bastos con el rey de oros. La piedra manchada de barro y la línea de su cuello se cruzan, se enredan.

—Sara, el agua ha llegado a la marca. ¿Te lo había dicho ya?

El sur de la calle Real parece tan ajeno al agua, con el cementerio en medio del cerro, los palomares, las bodegas de la ladera y los tejados rojos sobre la piedra de los caserones —ese ancho y alto es la fonda—, que es increíble lo que pasa más allá de nuestra marca, al norte. A esta hora ya está lleno de destellos del agua, que es un cangrejo plano y manso que va encaramándose sobre las casas: primero en pequeños charcos que se cuelan por el portalón de los corrales en la calle de las Huertas; hasta la mitad de las ventanas bajas en el callejón de la Plaza; hasta el mástil de la bandera en el Ayuntamiento; hasta los desvanes en la calle de la Lastra; y en la calle del Cura apenas se adivinan ya unas pocas tejas. La iglesia se salva en el alto, junto a la pared del cortado, como una isla rodeada de tejados sumergidos. No resistirá. Allí está para impedírselo el talud de la presa, mucho más alto que la torre, de un gris que parece un pariente descolorido de este camino inútil, pero ajeno a los tejados, a las casas, a los cortados, al río, a los hombres, a los animales y a las plantas, y, sobre todo, tan ajeno a la iglesia que no puedo evitar imaginármela ya tragada por las aguas, vencida.

—Mejor marcharnos ya, hermana, así siempre recordaremos la iglesia como era.

Como la vimos cuando madre nos trajo al pueblo por primera vez, aunque Sara no pueda acordarse. La iglesia fue el primer edificio que se distinguió entre los cortados. Madre me hizo parar y me dijo: «Allí está nuestra casa». Yo era lo bastante mayor para no confundir una iglesia y una casa, pero llevábamos caminando tantas horas, habíamos viajado tantos días y estaba tan cansado que pensé de verdad que esa era la casa, y quizás por ello, desde entonces, cada vez que he regresado al pueblo, al distinguir la iglesia me he dicho: «Ya estoy en casa». Ojalá Sara hubiese sido más grande para ver la iglesia de lejos esa primera vez.

—Pero te lo contamos, Sara. Te lo contamos muchas veces.

No todo, claro. Pero sí le dijimos que llegamos desde Sepúlveda después de casi diez horas caminando. Que a madre no le quedaba un real para pagar la pensión y salimos en mitad de la noche para que no nos sintieran, con los cuatro bultos que aún nos quedaban desde nuestra salida de Madrid. Le dijimos que, para que ella fuera cómoda, madre deshizo un pequeño trozo de costura de un almohadón, la metió ahí dentro con su cabecita fuera, me la colocó al pecho y me ató a la espalda los extremos, bien fuerte, como solo ella sabe hacer los nudos. A cada rato nos parábamos para comprobar si seguía respirando.

—¡Si has sido siempre la más fuerte de los tres! ¿Verdad, Noble, que era una tontería preocuparse por Sara?

Madre me hacía arrodillar y desataba los nudos, y yo recibía a Sara en los brazos como se recoge una carga de sarmiento nuevo. Luego madre se alejaba con Sara entre las encinas. Desde que salimos de Madrid había dejado de darle de mamar en mi presencia. Yo me impacientaba enseguida: «Vamos, madre, que se nos hará de noche». Y volvían las dos y otra vez la tenía pegada a mí.

—¿Te acuerdas de lo que siempre te cuenta la Vitoria? Que, cuando llegamos a su casa, yo me negaba a soltarte y la tía Aquilina, que en paz descanse, te dijo: «¡Ay, niña, que tu hermano cree que eres una judía tierna y no quiere sacarte de la vaina!».

No le dijimos todo, claro. No le dijimos por qué nos marchamos de Madrid, ni le dijimos que madre se pasó semanas intentando buscar trabajo en Segovia, pero que fue igual que en Madrid, que, cuando creía tenerlo en la mano, venía algún conocido de don Cristóbal a estorbar. No le dijimos quién era don Cristóbal. Ni siquiera madre y yo hablamos jamás de él después de salir de Madrid. No le dijimos que madre tampoco consiguió trabajo en Sepúlveda, pese a que allí no conocían a don Cristóbal. Lo que pasaba era que nadie creyó que fuese viuda hasta que llegamos al pueblo. A madre solo se le puso el cuerpo de viuda cuando la tía Aquilina le dijo: «No pretenderás no llevar luto por tu marido». No hubo dudas en la voz de la tía Aquilina ni en el gesto del tío Joaquín. Como si fuera lo más normal del mundo que madre apareciese después de dieciocho años en ese traje de algodón claro con la falda demasiado corta, junto a una niña recién nacida dentro de una funda de almohada y un chaval de diez años arregladito de ciudad y lleno de mataduras en las piernas. Nunca le he preguntado a la Vitoria si sus padres dudaron de lo que les contó madre. Ni lo haré. Ese día las caras del tío Joaquín y la tía Aquilina convirtieron en verdad todo lo que no lo era.

Por eso no entiendo por qué madre odia tanto el pueblo si fue aquí donde empezó a ser una viuda respetable. Que no diga que lo odia no quiere decir que no lo haga. Ahora el pueblo solo es un tazón de barro a medio llenar, pero cuando lo vi por primera vez me pareció un castillo. Uno que se encontraba en lo hondo en lugar de en lo alto, con las murallas de los paredones pelados y ese vaho que salía de la misma tierra y me aliviaba el pecho conforme nos acercábamos.

—Sara, el agua se ha tragado la fuente de los Aguachines. ¿Tú te habías dado cuenta?

El pantano también crece hacia el sur, claro, pero desde que el agua cegó el acceso a los barrancos de detrás de la iglesia, me dejó de preocupar esa parte del pueblo. Es posible que hasta me alegrara un poco porque ya no había manera de llegar hasta los Aguachines para tomar las aguas y, por lo tanto, ya no vendrían más huéspedes a la fonda. Sin embargo, el vapor del manantial seguía viéndose detrás de la iglesia, como el limbo de un santo, más intenso o más claro dependiendo del frío. El día que llegamos pregunté a madre qué se estaba quemando. «No es humo, son las aguas». No lo entendí hasta un día después, al pasar junto al manantial con las ovejas del tío Joaquín. «¿Está caliente?», le pregunté.

«Mucho». Me arremangué y metí el brazo. Quemaba lo justo para que, al sacarlo de nuevo, la piel sintiese en el roce del viento una vida distinta. «Es que mana de lo profundo y además cura... Tu madre dice que vais a vivir de las aguas, que vendrá gente a quedarse en la casa de tus abuelos y se pasarán días bebiéndolas. No sé cómo alguien puede querer llegar hasta aquí a tomar algo que solo encharca las tripas». Madre ya parecía viuda, toda de negro, con las faldas tocando el piso, la camisa cerrada, la toquilla de lana a la cintura y el delantal sin adornos. Una madre no es guapa ni fea, es una madre, pero nunca me pareció más guapa que entonces, tan alta y morena como después lo sería Sara, tan vestida. Sin embargo, da lo mismo los refajos que llevase madre, odiaba el pueblo entonces; lo odia ahora, aunque no lo diga. Solo fue capaz de soportarlo trayendo a gente de fuera.

Entonces no me importó lo que hiciera madre: el pueblo y los cortados nos protegerían. A Sara y a mí. O ellos a mí y yo a Sara. El pueblo era una fortaleza que nos defendía de Madrid, de don Cristóbal, de Segovia, de la familia de don Cristóbal, de sus conocidos, de los reparos, de las mentiras, de los reproches..., de madre; sobre todo ese castillo hondo nos protegería de madre.

Sara se ha movido. Estoy seguro. La parada fue tan violenta que los haces sin amarrar han acabado en el suelo. Sin embargo, solo los sacos de la última fila no están donde los dejé. El resto de la carga sigue en su lugar, hasta los vellones. Pero Sara se ha movido. Sentí cómo golpeaba el pescante. Aunque este tembleque no es por eso, sino por el dolor de la rodilla que, al intentar sujetarme al asiento, se tronchó igual que una rama seca. El latigazo fue tan fuerte que he castigado a Noble sin motivo. El pobre ni siquiera ha relinchado —no volveré a tener una bestia mejor—, sigue con la testuz baja, acariciando con el belfo la barra de hierro; preguntándose qué hace ahí en medio esa madera tan negra, tan fría, tan dura; esperando paciente a que yo haga algo útil para sacar la rueda delantera de entre los raíles. La culpa ha sido mía porque me distraje y Noble se fue desviando poco a poco hasta que el carro saltó la vía y la rueda se encajó entre dos traviesas. El empellón fue sordo, por eso sé que el golpe vino de Sara. Quizás ya estaba moviéndose desde que tomamos esta calzada inútil. A lo mejor se pregunta a qué tanto rodeo, por qué no vamos por la carretera, por qué la quiero llevar por mitad del monte como si fuese de contrabando. Tal vez me esté diciendo: «¿Adónde vas? Hermano, ¿qué haces?».

Me distraje porque llegábamos al pie de presa y aquí es imposible dejar de mirar la pared de hormigón, que se ve tan grande que encoge el pecho. Por eso lo deben de llamar así, pie de presa, por lo de sentirse uno aplastado por una mole que te deja quieto, convertido también en piedra; no una piedra grande, sino un canto de los pequeños, una grava del camino que espera a que la trituren y la vuelvan en nada. Sara también se paraba aquí y se pasaba ratos largos mirando hacia arriba. El fondo gris entre las dos paredes marrones de los cortados le tendrían que haber parecido uno de esos paños viejos que se usan para remendar las sábanas en las que se ha hecho un jirón; sin embargo, ella siempre decía algo distinto, que me dolía como si me pellizcaran las orejas: «Es un cortado más. Una ladera seca». No hay nada menos parecido a una ladera o a un cortado que este despeñadero de hormigón, aunque para ella debe de ser distinto, porque cuando mira la presa lleva puestos los ojos de Gabriel. Noble agita la cabeza como si mis pensamientos fuesen moscas abrumándolo.

Al bajar del carro, el hueso se ha vuelto a colocar con un chasquido. Noble levanta el morro cuando siente que le tiro de la brida y nos quedamos frente a frente. Me mira y sabe que me arrepiento de haber usado la fusta y también sabe que no siempre tomo las mejores decisiones, pero quiere decirme que a él eso no le importa.

—Para atrás... Eso es, amigo. Bien hecho, despacio. ¡Despacio! Ahora quieto.

No hace falta que eche el freno, Noble no se moverá hasta que se lo diga. Cuando siente mis toquecitos en las patas, levanta mansamente las pezuñas, que aparecen limpias, sin heridas ni clavos. La Vitoria lleva razón cuando dice que lo tendría que haber herrado desde el principio: «Se nos quedará cojo. Un buen macho echado a perder porque el dueño no tiene sesera». Qué fácil es hablar cuando ella sabe que fue pura mala suerte que el Paco se marchara de los primeros, justo la misma semana en la que compré el caballo. Un primo lejano le encontró no sé qué trabajo en una fábrica de Bilbao. «Ya no quiero más esclavitud —me dijo al despedirse—. Esto no tiene futuro». No sé a qué se refería con «esto»: a su fragua, al pueblo, a nuestra vida. A veces es mejor no preguntar.

La rueda también parece intacta. Arriba solo la última fila de sacos recuerda el choque y el resto del parapeto de Sara está como antes de salir de la fonda. Pero ese ruido no lo soñé, algo aquí atrás no está en orden y tengo que ver lo que es, aunque suponga desmontar toda la carga. Realmente no hay tantos sacos y enseguida aparece su cuerpo bajo los vellones: Sara no se ha desplazado ni un centímetro.

—¿Estás bien, hermana? ¿Te molestaban los bultos? ¿Estás demasiado prieta dentro de la colcha? ¿Son los nudos?

No tendría que haberlo dicho. Seguro que no se había percatado aún de que los nudos van por fuera. Ahora es cuando entenderá por qué lo que la roza es tan liso y terso como su propia piel, sabrá que puse mal su colcha. No, no es una locura. La brida que une a los muertos a sus cosas y a su gente es imposible que se rompa de un segundo para otro, por eso les sigue llegando el mundo durante unas horas, a lo mejor incluso días. Si no lo creyésemos así, no velaríamos a los muertos y los condenaríamos a la tierra en el primer instante, pero sabemos que hay que dejarles tiempo para que se acostumbren a estar muertos y se despidan de la vida. Es posible que algunos, o la mayoría, incluso nos sientan mucho después de morir. Que madre y don Rufino me pongan mala cara cuando digo que los muertos nos escuchan no quiere decir que no sea cierto. ¡Qué sabrán ellos! También los vivos conocemos cosas que en realidad no sabemos y nadie lo pone en duda... Como ahora Gabriel.

—Sara, fíjate en quién nos mira.

Desde lo alto de la presa, las compuertas recién colocadas del aliviadero son tan oscuras como los ojos de Gabriel. Son sus compuertas. Son sus ojos los que nos ven desde lo alto del talud. Ahora, en el pueblo nuevo, Gabriel se levanta de la silla con el mal presentimiento, entrelaza los dedos y aprieta muy fuerte una palma contra la otra a la altura del estómago. Si algo le preocupa, Gabriel se coloca como un santo de palo en sus andas, en un gesto que no parece suyo, ya que Gabriel no da la impresión de rezar ni dentro de la iglesia. A Sara no le gustaría que su novio se preocupase de este modo, así que vuelvo a esconderla bajo los vellones. Ya habrá tiempo para que vea su colcha en el pueblo nuevo, como la vio en el zaguán de la fonda el día que conoció a Sara. Se repite la historia: primero la colcha y luego Sara. Pero entonces la colcha no estaba terminada y Sara estaba viva y ella no era nadie para Gabriel. Ahora la colcha se ha acabado y Sara ha muerto y ha dejado al más triste de los viudos, aquel que ni siquiera llegó a casarse. Será como terminar en el punto en el que se empezó, aunque no del todo. No del todo porque ahora él sabe tanto de nosotros como nosotros de él, pero entonces nosotros ya sabíamos mucho de él antes de que apareciera y nos empezara a adivinar en un cobertor a medio hacer. Antes de que a nosotros nos presentara la colcha, a Gabriel lo anunciaron los rumores, el retrato de la escuela y el jaleo de los críos que lo trajeron hasta nuestra casa.

—¡Vamos, Noble! Que se nos echa encima la mañana y al final nos va a coger el sol en los páramos.

Si hubiese sido por madre, habríamos conocido todo lo de Gabriel mucho antes. Pero don Ignacio no soltaba prenda, aunque madre se pasó semanas preguntando por el ingeniero nuevo, todavía con rabia contenida por la forma en la que se llevaron al anterior. «Esto es una casa decente», repetía, y luego farfullaba algo que no llegaba a comprenderse, pero que se suponía eran insultos contra el sargento y el cabo que salieron de madrugada del cuartelillo y aporrearon la puerta de la fonda para sacar a don Alberto. «Venir aquí, a un negocio decente, en lugar de ir a buscarlo a la Casa del Pantano o a la misma obra. ¡Que no se podía ir tan lejos, el pobre! Venir aquí, con lo que yo soy y lo que he hecho por este pueblo...». Eso decía madre. A mí no me importó que lo detuvieran en la fonda; solo me rascó un poquito la entraña verlo salir hecho un cromo de Semana Santa, despeinado y pálido como una pared recién enjalbegada. Me dio lacha, aunque don Alberto fuese un ladrón, ¡que vaya si lo era! Después también se llevaron al Satur. Pero ese a madre no le importaba, y a mí menos, porque lo cogieron en su propia casa y porque siempre vuelve como si nada. Nadie sabe cómo lo hace el pedazo de sinvergüenza para salir de todas con bien, y es que al Satur solo Gabriel ha conseguido ponerle las orejas coloradas.

Y madre preguntando a don Ignacio a todas horas: «¿Y cuándo va a llegar el ingeniero nuevo?». Pensaba que don Ignacio sabría más. Al fin y al cabo, tuvo que ser él quien denunció a don Alberto. Ya hace falta tener cuajo para delatar a alguien, por muy ladrón que sea, con quien has comido en la misma mesa durante cuatro años. Pero así son los de fuera, sin apegos ni a lo propio. Don Ignacio achinaba los ojos detrás de sus lentes: «Están buscando a alguien de confianza», decía. Nada más, hasta que, después de tres semanas con las obras paradas, mandó aviso a los obreros para que se presentaran en la Casa del Pantano a la mañana siguiente. Ese día tampoco se cobró, aunque ni al Valentín le importó perder el jornal: «Tenías que haber visto a don Gabriel saliendo de ese cochazo negro... Parecía un ministro... ¡Y cómo nos habló! Mejor que don Rufino, don Julián y don Aníbal juntos». No creo que el Valentín haya hecho otra cosa que dormitar durante los sermones del domingo, nunca lo he visto en una reunión del Ayuntamiento y a la escuela no fue, así que no sé qué se podría decir de su opinión; pero es verdad que Gabriel tiene una labia diferente, o será su voz, que es más viva y más suelta.

No tendré otro animal como este. A saber cómo Noble se ha dado cuenta de que se ha vuelto a caer la alfalfa y él solo ha parado. Por mucho que me esfuerce en trabarla entre los sacos, se caerá en cuanto nos echemos a andar de nuevo. Me faltó paciencia para sujetarla en condiciones y ya me veo todo el camino subiendo y bajando, como si mi rodilla estuviese hoy para tanto jaleo. Cuando lleguemos a Pardales, vendría bien pedir algunas cuerdas, pero con Sara ahí atrás siempre hay quien puede preguntar demasiado. Si voy con cuidado, tal vez aguanten sin caerse. Además, a partir de ahora ya no me distraerán los ojos de la presa. En cuanto rodeemos la Casa del Pantano, la pared desaparecerá detrás de las hoces.

Siempre me ha gustado este edificio, a pesar de su aire de estación de ferrocarril. Las paredes marrones, lisas, y las puertas y ventanas de madera pintadas de verde..., no sé, no se parecen nada al pueblo, pero tampoco son como el gris de la presa, se confunden con el paisaje, se llevan bien con los cortados. En los azulejos de encima de la puerta se lee: «Pantano de Hontanar del Río», y debajo: «Casa de Administración». Sin embargo, este lugar fue desde el principio para nosotros la Casa del Pantano. Una cosa es el nombre que se pone a algo en los papeles y otro distinto el que le destinan los hombres. Ese es el importante, ¡bien lo sé yo! ¿Dónde se pondría Gabriel para hablar a la peonada ese día? ¿Justo a la puerta de la Casa? No, ahí es donde siempre dejó el Mercedes de la Confederación. Seguramente se subió a uno de los mojones de la carretera, pues hasta los niños, que fueron los primeros en dar el parte a los que estábamos esperándolo en el pueblo, lo vieron bien.

Yo también quería verlo llegar, pese a que ya lo odiaba tanto o más que a los anteriores ingenieros. La Vitoria me leyó la intención y el mal genio cuando dije que no saldría con las ovejas esa mañana: «Si es que te gusta sufrir. ¿Qué creías? ¿Que no mandarían a otro? Pues no hay ingenieros ni nada... En la ciudad deben de crecer como aquí los cardos. ¡Anda que no hemos visto ingenieros...!». La Vitoria los considera gente de poco entendimiento para lo realmente necesario, así que mandó a los chicos del Valentín a que cargaran con el equipaje de Gabriel y lo trajesen a él hasta la casa. Como los niños tardaban en volver, me puse a trenzar ajos al fresco para templar el mal humor que me carcomía al oír a madre y a la Vitoria preparando la habitación del nuevo ingeniero. A media mañana la Herminia entró en el corral sola, con las manos vacías y sin aliento: «¡Tía, tía, que ha venido el señor de la foto!». Madre y la Vitoria sacudían la alfombra del cuarto en las cuerdas de tender y yo me demoraba con los ajos. «¿Qué señor de la foto?». «El de las escuelas. En un coche así...». Herminia extendió los brazos todo lo que pudo. «¡No digas gansadas, niña! A ver si tu Juan sale más listo que los hijos de tu hermano», algo como eso dijo madre. Herminia la ignoró: «Que es verdad, tía Vitoria, que yo lo he visto, que es el hombre de la foto de las escuelas y ha salido de un coche enorme». La Vitoria habría estado dispuesta a cualquier cosa por salvar el honor de su familia: «¿Cómo la foto de la escuela? ¿La de encima del encerado? ¿No habrá venido...?». Madre no la dejó seguir: «¡No digas bobadas, hija!». Madre solo llama hija a la Vitoria cuando busca ofenderla. La niña seguía a lo suyo: «No, ese no. El otro, el que está en el cuarto en el que hacemos labores». «¿El de la Sección Femenina?», pregunté. La niña respiró hondo: «Eso, tío. En un cochazo así, así». Madre y la Vitoria se reían, y a mí se me aclaró un poco el malestar: «Niña, el señor de esa foto hace mucho que está muerto». Herminia no se dio por vencida y desapareció tras el portalón como una centella.

Cuando entré en el zaguán para llevar las ristras de ajos a la despensa, Sara estaba bordando. «¿Ya ha llegado don Ingeniero?». «No, sigue en la Casa del Pantano o en la obra... Herminia cree que ha resucitado un muerto». No pareció importarle. «¿Por qué no sales al corral? Hace muy buen día». «Madre y tu mujer llevan toda la mañana levantando polvo y aquí estoy mejor». Su sitio siempre fue aquel, nunca le pregunté el motivo.

Al salir de la despensa, vi llegar a Gabriel desde la ventana de la cocina y entendí la confusión de la niña y la insistencia de don Ignacio en que vendría «alguien de confianza». Tan feliz, tan seguro de sí mismo, de la mano de Herminia, que mostraba triunfal que aquel hombre no estaba muerto, y rodeado de niños que gritaban disputándose sus maletas, lo odié tanto que pensé que me estallarían las venas del cuello.

Durante días, en los Aguachines se oyó hablar a las mujeres de la llegada del ingeniero buen mozo, y en la plaza los chicos describieron una y otra vez aquella camisa azul mahón con sus correajes, con una medalla que no se parecía a ninguna de las que conocíamos, con las enseñas cosidas en los bolsillos, en la botonera, en la parte superior del pecho. Los niños comentaron sin descanso la figura labrada en la placa del cinto, los pantalones grises, las botas de cuero negro por las que parecía haber resbalado el polvo de los cortados. Todos habían visto mil veces al Satur y al hijo del sastre paseándose por el pueblo con sus uniformes falangistas, pero se dieron cuenta, como cualquiera que lo vio, de que aquel uniforme era más importante y, sobre todo, de que no era, como les pasaba a los del Satur y el sastre, un simple disfraz.

—¿A ti te pareció tan guapo, Sara? Nunca te lo pregunté. Como tantas cosas de las que no hemos hablado.

Cuando Gabriel entró en el zaguán con toda la chiquillería, solo la colcha de Sara estaba en su asiento. Me extrañó que, con su aspecto de general victorioso, se agachase a contemplar con calma el tejido. Yo miraba a través de la puerta abierta, desde un ángulo ciego de la cocina, y debí de sentir al mismo tiempo que él la voz de Sara espantando a los niños: «¡Vamos, vamos! Dejadlo todo aquí. ¡Afuera a armar escándalo!». Antes de que Sara se acercara lo suficiente al forastero para que yo pudiese verla desde mi escondite, me llamó: «¡Marcos! ¡Marcos! ¡El equipaje del señor! Pero ¿dónde está este hombre?». Contuve el aliento hasta que casi me flojearon las piernas. Aunque Sara no pudiese verme, los hermanos se barruntan. Yo la he adivinado muchas veces sin verla. «No se preocupe, señorita, lo hago yo». Sara ya no tenía edad de señorita. No pude verle la cara, pero sé que en ese momento Gabriel la ganó para siempre. «No, déjelo, lo subiremos luego. Mi madre baja en un segundo, ahora está ocupada». Madre seguro que había visto llegar a Gabriel desde una de las ventanas de arriba. Cuando bajó, se había puesto una enagua limpia y un delantal nuevo. «¿Es de usted la labor?». «Sí». «Me he tomado la libertad de fijarme en las puntadas. Pequeñísimas, perfectas». «Muchas gracias. ¿Entiende usted?». «No se ría. Me gusta... lo artístico». «¿Lo artístico? No me río. Es extraño». «Pero no quiero entretenerla, de verdad. Continúe como si yo no estuviera». Y Sara hizo algo rarísimo, algo que ya anunció que todo iba a ser diferente a partir de entonces. Pese a que no conozco la razón por la que Sara bordara en el zaguán, lo que sé es que no le gustaba que nadie la observase. Tal vez por eso lo hiciera allí, porque es el lugar por donde todo el mundo pasa y nadie se queda. Sin embargo, ese día Sara volvió a su silla, tomó el bastidor y Gabriel y yo vimos cómo acercaba el rostro a la tela mucho más de lo necesario, cómo clavaba la aguja en el tejido rojo, la mano desaparecía bajo el bastidor y el hilo blanco se deslizaba hasta hacerse invisible al otro lado; vimos cómo la aguja volvía a surgir, casi a la vez que la mano, y el hilo blanco reaparecía largo, tenso, en una línea perfecta. «Sara, por Dios, ¿así atiendes a nuestro huésped? ¡Marcos, hijo, sube el equipaje! ¡Qué pensará el señor...!». «¡Ah! Lo siento. Soy Gabriel de los Cobos». «Yo María Valle..., viuda de Cristóbal, la dueña de la que espero sienta como su casa. Ella es Sara, mi hija. Pero ¿dónde está tu hermano cuando se le necesita?». «No se preocupe, señora. Yo lo subo todo, no es para tanto». No era embarullado y torpe como los otros ingenieros. Agarró todas sus cosas y no se oyó ni el roce de los bultos en las paredes de la escalera.

—¡Sí que te pareció buen mozo! Yo te estaba mirando, Sara, así que no puedes negar que te gustó desde el principio.

Sara se recostó en el respaldo de la silla, sujetó su gruesa trenza y la llevó hacia delante. Se miró durante un rato largo el pelo y, cada tanto, hundía los dedos con suavidad para separar algún mechón. Al final supe qué estaba buscando. Al no encontrar ninguna cana, levantó la vista hacia la parte alta de la escalera y sonrió con alivio.

—Te gustó tanto que yo no sabía si odiarlo aún más o dejar que también me gustara, sin importarme que fuese el nuevo ingeniero, sin importarme aquel uniforme. Noble, por aquí, por aquí. ¿Ves qué fácil?

No volveré a despistarme. No debo hacerlo. Entre los cortados el camino se vuelve estrecho y la tierra está blanda con tanta lluvia. Si el carro se hunde en alguna poza, no seré capaz de volver a sacarlo. Lo mejor es que Noble parece contento, le gusta el olor de los cortados y el ruido que hace el río, que suena en el eco de las hoces como si fuese mucho más caudaloso de lo que jamás fue. Tampoco Sara se ha movido desde que nos alejamos de la presa. Será que se acostumbra poco a poco a estar muerta, o que sabe que tiene que ayudarme a llegar al pueblo nuevo antes del mediodía, o simplemente está tranquila en los cortados, que es de verdad nuestro hogar, más que el pueblo y mucho más que la fonda. Eso es lo que pasa, que Sara se siente protegida por las rocas y por los buitres que, volando ya en espirales perfectas, ahí arriba, son su compañía y sus guardianes, y no permitirán que ni su hermano estropee todo esto.

Noble sabe que el agua no es un problema. Son los de fuera los que han convencido a todos de que hay que cercarla como a las gallinas para que no nos dé mal vivir. Pero Noble no escucha lo que dicen los funcionarios del Gobierno y jamás aceptará esa mentira. Los del pueblo tampoco entienden a los que llegan trajeados de Madrid o de Segovia, sueltan su discurso y regresan a unas casas que nadie se atrevería a inundar, pero han preferido resignarse: «Ellos sabrán más, que tienen estudios», dicen. Como si no tener estudios te arrancara los ojos de la cara... Lo parece... Hace tiempo que dejaron de ver el agua como la ve Noble: tan clara que no nos daríamos cuenta de que está ahí si no parloteara a su paso; tan fría que, de solo pensarla llegando al gaznate, alivia; tan suya que adelgaza y engorda cuando le da la gana porque ha nacido para no estar sujeta. Es lo que les da rabia a los de fuera. Ellos quieren que el agua sea obediente y eso es imposible, a no ser que la conviertas en ese maldito cangrejo oscuro que inunda el pueblo.

—Mucho mejor cuando corre por su cauce, ¿verdad, amigo?

Noble relincha y trota alegre. Quizás vamos más rápido de lo que deberíamos, pero la senda ahora es firme y no está embarrada, pese a las lluvias sin tino de febrero y marzo. Dicen que la presa impedirá que las riberas vuelvan a anegarse y que a partir de ahora se sembrará sin miedo en las parcelas del río. Nosotros ya no, claro; los de los otros pueblos se quedarán con la suerte que no tuvo nunca el nuestro, que plantaba las tierras a la vera de los chopos rogando cada noche para que las crecidas de primavera no se llevasen la semilla.

—Sara, el Satur no ha sembrado las parcelas de nuestra familia. Con lo bien que se daría este año la remolacha... Yo lo habría hecho, aunque hubiera sido solo por tener un motivo para venir aquí hasta diciembre.

Sé mejor que nadie que madre no habría consentido que labrara estas tierras si fuesen nuestras; las odiaba aún más que las otras, más aún que al pueblo entero.

—A ti tampoco te dijo por qué las odiaba, ¿verdad? El padre de madre lo perdió todo por culpa de estas parcelas. Me lo contó el tío Joaquín.

Sara solo conoce la vida de madre desde que nos trajo al pueblo y se convirtió en viuda. Sobre lo de antes nunca preguntó. ¿No le entraría en algún momento un hormigueo, así, en el pecho, como de curiosidad? Jamás me dijo: «¿Por qué eres rubio?», «¿Es que nuestro padre lo era?», «¿Y de dónde venía nuestro padre?», «¿Cuándo se lo encontró madre?», «Y si era ferroviario, como dice madre, ¿por qué no le sonaba su nombre a ninguno de los que pasaron por el pueblo?», «Y madre, ¿por qué sabe de telas y de sombreros y de cómo se debe sentar la gente a la mesa si viene el gobernador? ¿Cómo es posible, Marcos?». A saber qué le habría contestado. Seguro que mentiras, y tal vez Sara prefirió callarse a oírlas. Las mentiras, cuando las dices, son ligeras; sin embargo, pesan cuando se escuchan. Además, Sara era tan lista que a lo mejor sabía las respuestas, como se barruntan todas las cosas que no se han llegado a confesar.

—No, no fue por culpa de las parcelas, ni del agua, sino del abuelo del Satur. Al Satur lo de ladrón le viene de casta.

El tío Joaquín, que en paz descanse, me lo decía cada vez que pasábamos por aquí: «Nada pudo hacer tu madre contra el Corral más viejo». Qué podía hacer una niña como ella, con sus padres y su hermano todavía calientes en la tumba, contra un viejo zorro como aquel.

—Yo a madre la entiendo, Sara, pero ella nunca se ha sincerado y seguro que maldice el agua en lugar de a ese saco de mierda que ha sido la ralea de los Corrales. ¡Noble, eh, más despacio!

No es el primer tramo de cascajar que pasamos. La lluvia ha debido de desprender esas pequeñas guijas de los taludes y con la rociada el sendero se ve por aquí resbaladizo. Si no vamos con calma, podemos acabar en la cuneta.

—¡Noble, amigo, no hacen falta tantos ímpetus!

El padre de madre debía de tener su genio arriscado; si no, no se entiende cómo, después de cuatro años de sequía, con el trigo de los páramos más flacos que un campo de avena loca y la bolsa sin un real, se atrevió a comprar las tierras del río. Es verdad que eran las únicas que daban algo en aquella sed; sin embargo, madre jamás las habría comprado pidiendo el dinero al viejo Corral, ni se hubiese hundido en la pena cuando las riadas de aquel año, en el que llovió por los cuatro anteriores, se llevaron por delante los sembrados. «A tu abuelo no lo mató el tabardillo, lo mató la pena», eso decía el tío Joaquín. Pero las que se lo llevaron a la fosa fueron las fiebres. A él y a la madre de madre y a su hermano.

—Y casi a madre también la mató el tifus, Sara. Pero madre es tan fuerte como tú, no se dejaría tumbar por un cochino piojo.

El tío Joaquín decía que madre estuvo tan mala que una noche llegaron a rezar diez horas seguidas para que su alma dejase aquel cuerpo maloliente. Pero a madre nadie le dice lo que tiene que hacer ni cómo ni cuándo, así que vivió. El tío Joaquín contaba que cuando al fin pudo levantarse, había crecido lo menos diez centímetros y se le había quedado el cuerpo flaco para siempre. Pero aún era una niña. Y no era lista, eso se hizo después. Ni dura, eso le ocurrió al volver aquí. Y los padres de la Vitoria tampoco pudieron ayudarla. ¿Qué podrían haber hecho, pobres como ratas y poco mayores que ella?

—¿Te imaginas al tío Joaquín convenciendo a madre de algo? Yo lo quise siempre, bien lo sabe Dios, pero el tío Joaquín no tenía demasiadas luces. Si a madre se le había metido entre ceja y ceja la idea de irse...

Una mañana la tía Aquilina se encontró el caserón con la tranca en las ventanas y en las puertas echada la llave, y no supieron más de ella en casi veinte años. Me pregunto si odiaba ya entonces el pueblo o la rabia vino más tarde, al verse sola con su suerte en Segovia. Aquel día tuvo que cruzar las hoces como nosotros. Me la imagino en la parte ancha de los cortados sin volver siquiera la cabeza para no ver la desgracia de su padre; me la imagino cargada con un hatillo, apretando el paso en esta parte estrecha del cañón, levantando la vista hacia estas dos paredes, separadas solo por el cauce estrecho, a la vez tan juntas y tan enfrentadas que se niegan el sol la una a la otra hasta bien entrado el mediodía.

—¡So, Noble, para! ¡Para! ¡Para! ¡Para!

Ya no puede parar porque el carro nos arrastra hacia el río. Ha sido otro cascajar. No lo he visto. Estaba en sombra. No. Iba distraído. Noble relincha y yo grito. ¡Sara, quédate quieta! Caemos sin remedio. Un tirón invisible me arranca las riendas de las manos. Dejo de sentir el pescante bajo los pies. Solo el aire me sostiene. Luego un golpe en el hombro, en el brazo, en las costillas. En la cabeza no y en la rodilla tampoco. Menos mal, la rodilla se salva por esta vez, aunque las de Noble sí se han doblegado. Me podría haber aplastado, la pobre bestia. Quizás no sea tan bueno que no lo haya hecho. La rueda delantera casi está vencida sobre el río, pero las piedras más grandes de la orilla han evitado que el carro vuelque y que yo me llene de barro. Eso me preocupa poco. Ni la costalada, aunque apenas puedo respirar por el dolor en las costillas. Lo importante es saber cómo salgo de aquí ahora.

—¡*Mecagüen* todo! ¡Inútil!

La Vitoria dice que me falta seso, y es verdad. Madre dice que de todas las decisiones siempre tomo la menos sensata, y lleva razón. No tendría que haber salido con Sara de esta manera, por mitad de los barrancos. ¿Y si Noble se ha roto una pata? ¿Y si no consigo enderezar el carro? ¿Qué voy a hacer? Esto no le pasaría a nadie del pueblo. Ni a madre, ni a Sara, ni a la Vitoria, ni al Valentín, ni al Satur, ¡a nadie! Me ocurre a mí porque no soy más que un fraude, como un café de malta, como uno de esos artistas que vienen en fiestas y se pintan de negro el entrecejo y se enroscan una boina para hacer su comedia. Algo que quiere parecerse sin siquiera acercarse. De nada me han servido estos treinta años. Aunque hubiesen pasado cien, seguiría siendo un niño de ciudad con la cabeza volada de sandeces.

—Sara, perdóname. Perdóname, hermana.

Noble me mira aturdido desde su postura imposible, las patas derechas totalmente dobladas, las de la izquierda a medio estirar. Le acaricio el morro, le pido también perdón sin pronunciar palabra y me entiende. No tendré nunca una bestia mejor. Libre de las varas del carro, el animal es capaz de enderezarse un poco, pero si no consigo que apoye las patas de su izquierda en una superficie firme no podrá levantarse.

—No te resistas. Confía en mí.

En realidad, es el único que se atreve a hacerlo. Deja que le coloque las pezuñas, reacciona a mis tirones en la rienda, se incorpora, vuelve aliviado al camino y da algunos pasos. Gracias a Dios, no se ha roto nada.

De la carga no queda ni un bulto en su sitio. Parte de la alfalfa se la ha llevado el río, otra parte se ha quedado enredada en los escaramujos y el resto de los haces, tirados entre el sendero y la orilla, parecen la rebaba del desastre. Los sacos de sementera, al aligerar el peso, chocan contra el suelo y los golpes secos llaman la atención de Noble, que levanta el pescuezo del atado de alfalfa con el que se entretiene. Mientras rumia su inesperado premio, observa tranquilo los costales de patatas que van formando un pequeño monte a la izquierda del carro. Él no puede ver, como yo, la colcha bordada cuando aparece, así que no le duele que Sara esté medio cruzada en la tabla, confundida entre los sacos desordenados de vellón. Al final sí que se ha movido, pero por mi culpa.

—No te preocupes, no te bajaré.

Ella también ha confiado siempre en mí. Desde niños, aunque acabase obedeciendo a madre, creía al pie de la letra lo que yo le decía... No sé por qué, pues entonces tampoco tomaba una decisión a derechas. Hasta el tío Joaquín se daba cuenta: «No seas majadero», me decía. En cambio, madre sí que ha tenido criterio para salir con bien de cualquier trance. Madre sabría cómo volver al camino mucho mejor que yo. Es lista, se para a pensar y actúa cuando toca, por eso sobrevivió en Segovia sin nadie que la acogiese y sin un real. A madre solo le gusta hablar de esa primera época fuera del pueblo. Extiende las palmas y dice: «El primer invierno no me cabía un sabañón más de tanto refregar suelos y tanto frío. Si no me hubiesen hecho falta, me habría cortado las manos para quitarme el picor. Y, sin embargo, a los tres años ya no había señorona en toda la provincia que no buscase estas manos en la sombrerería». La de mademoiselle Ricci. ¿Por qué me acuerdo ahora de ella? No tiene sentido que me distraiga con esto. Pero es verdad que fue la única conocida de madre que pisó el pueblo. Al principio venía todos los veranos, a veces más, hasta que no pudo con las cuestas de las hoces. Madre siempre hablaba de ella con agradecimiento, pues recomendó la fonda a muchas familias de la ciudad. Sin embargo, la Vitoria se ponía mala cada vez que la oía mencionar: «Ni italiana ni francesa ni nada. Esa no había pasado de Pedraza, que te lo digo yo, que mi madre le lavó más de una vez la muda cuando venía aquí de balde con sus aires de reina». Es posible que la Vitoria llevara razón y que, sin quererlo, la culpa de todo lo que ocurrió después fuese de la tal mademoiselle Ricci, por meter en la cabeza a madre la idea de que para salir adelante había que dejar de ser lo que de verdad se era. Yo me entiendo.

Las riendas están bien atadas a los varales. Ahora Noble tiene que demostrar que de verdad confía en mí. Si no me obedece, no podré hacer nada, y si tira de más, el carro vencerá del otro lado y ya no habrá remedio.

—¡Vamos, amigo, vamos! ¡Tira fuerte! Ya está derecho. ¡Quieto ahí! ¡Quieto!

Noble se queda parado donde quiero y parece casi cómodo. Al fin y al cabo, es joven y fuerte, aguantaría el doble de peso. Soy yo el que sufre llevando las piedras más grandes de la orilla bajo estas dos ruedas levantadas en el aire. El costado me duele con cada aliento y la rodilla tampoco da tregua. Peor está el carro, que ha crujido como mil huesos viejos al enderezarse. Si los varales no aguantan hasta que consiga colocar las piedras, puedo quedarme atrapado ahí abajo... Quizás eso no sea tan malo. Pero no...

—Ya lo tenemos derecho, ¿lo ves, Noble? Ya casi lo hemos conseguido.

El pobre animal se resiste a verse de nuevo atado a las varas. Intuye que si esto no sale bien, volcaremos del todo. Al notarme de nuevo en el pescante, parece que se tranquiliza. Rápido y del tirón, así será, para no dar tiempo a que las piedras se desmoronen.

—¡Arriba!

La arrancada es brusca y mi cuerpo se ladea como uno de esos tentetiesos de los niños: primero hacia la tierra seca, luego hacia el cauce. Se oye el derrumbe de las piedras bajo las ruedas y el carro parece que se deshace entero. Sara golpea con fuerza las maderas. Lo siento, hermana.

—¡Arriba, arriba!

Otra vez la vertical. Echo la retranca y el carro frena. Aquí estamos, de nuevo en el camino.

—*Mecagüen*, sabía que no íbamos a fallar. ¿Lo has visto, Sara? Al final, no soy tan inútil.

El cuerpo no me deja bajar aún a recoger los costales abandonados. No son los dolores, sino la mojadura y los nervios los que me reparten todo el humor entre la cabeza y los pies, y me vacían los brazos y las piernas de sangre y de fuerza. Los pinchazos en el costado tampoco ayudan. Pero los buitres que no han abandonado los cortados y me observan no van a dejar que me rinda justo ahora. Son dos grupos de buitres jóvenes que pasan la mañana posados en los cantiles, oreándose al sol, disfrutando de la saciedad del festín de ayer. No les ha espantado nuestro ruido. Al revés, se han quedado ahí para proteger a Sara y darme a mí la suficiente entereza para aguantar el dolor y la desgana. Con su compañía, la pena por volver a colocar una vez más a Sara ahoga menos y los costales de sementera no pesan tanto.

Nos ayudan porque yo conozco su nombre y ellos saben el nuestro. Son los únicos, con madre y conmigo, que saben que no somos Marcos Cristóbal ni Sara Cristóbal. Se lo confesé de niño. Subí a los escarpes y a las repisas, me encaramé en cada roca, llegué a cada nido y les dije a los buitres quiénes éramos para no desaparecer en el nombre que nos había puesto madre al llegar al pueblo.

—No me llamo Marcos Cristóbal. En realidad, nunca ha habido ningún Marcos Cristóbal en el mundo, hermana. Solo un Marcos Valle, ese es el que ha existido siempre, y tú eres Sara Valle. Marcos y Sara Valle, hijos de María Valle y nada más. Ya lo sabemos todos: los buitres, madre, yo y ahora tú.

No puedo decírselo todo a la vez, así que me alejo de ella y subo al pescante sin casi sentir ya las punzadas en el costado. No puedo confesarle que sí que existió un hombre llamado Cristóbal. Que era, como yo, rubio y más bajo que madre. Que su nombre cambiaba, según quién lo dijese: para madre era solo Cristóbal; para mí, tío Cristóbal; don Cristóbal para la Patro, la que ayudaba a madre en la casa y era blanca y seca y olía a sudor viejo. De ella tampoco sabe nada Sara. Ni que el tío Cristóbal era parte de la casa de Madrid, llena de sol y vitrinas. Pero solo por las tardes. Cuando el sol dejaba de brillar en los cristales relucientes de las vitrinas, llegaba el tío Cristóbal con un bollo de nata envuelto en un papel con dibujos y un lazo de cordel fino. Entonces María Valle no era la viuda de ningún ferroviario, solo la amiga del tío Cristóbal, y yo era Marcos Valle, y era feliz porque no me imaginaba que mi mundo pudiese ser otro que el de la luz que entraba en aquella casa.

No puedo decirle a Sara, eso nunca, que todo empezó a cambiar meses antes de que ella naciese, cuando madre y tío Cristóbal discutían todas las tardes, cada vez más tiempo, cada vez más fuerte, y madre le decía que no y que no. Hasta que un día el tío Cristóbal no apareció más y madre me dijo que ya no preguntase por «ese señor». Sara no puede saber que con la marcha de don Cristóbal la casa se fue vaciando poco a poco conforme el vientre de madre se iba llenando de ella. Casi al mismo tiempo que don Cristóbal, se fueron el cuerpo encurtido y el sudor reseco de la Patro, y después desaparecieron los muebles uno a uno. Daba igual. Cuando Sara llegó, morena, rosada y redonda, no hizo falta nada. Ni siquiera los cristales de las vitrinas hacían falta para que la luz se reflejase más que nunca en aquella casa de Madrid.

—Viniste para llenarlo todo de nuevo.

Algunos de los buitres agitan las alas cuando Noble reanuda nuestro camino por el cañón. Falta poco para las ocho y media. Quizás sea algo más tarde. El sol ha llegado a la parte más alta de la pared que mira al este, pero todavía con suavidad, sin contrastes ni sombras, por lo que se distinguen los chorretones blancos de la inmundicia de los buitres junto a los diferentes marrones y grises de la piedra, como si hubiesen querido encalar las paredes con sus propias tripas y las hubieran dejado a medio hacer. Sara seguro que aún puede oír el grajeo negro y alegre de los vencejos que se han adelantado este año y tal vez, de alguna manera, vea que en las repisas abonadas por el estiércol ya han salido los primeros zapatitos de la virgen con sus flores de ochos blancos. No es cierto que madre haya tomado siempre buenas decisiones ni que yo haya sido toda mi vida un majadero. Ella solo ve en los cortados rocas secas, y eso demuestra que no es tan lista como parece. Sin embargo, yo veo las hoces como son, el único lugar en el mundo en el que la mentira no tiene grieta en la que ocultarse. Quizás sea por eso por lo que no le gustan, porque se siente señalada por algo que es todo verdad. O tal vez sea porque los cortados le recuerden que no hay pared tan alta que no tenga enfrente otra de la misma estatura y dureza.

—¿Te acuerdas de cuando llegaron a la fonda los primeros ingenieros? No los que eran como Gabriel, sino los que acompañaban a los topógrafos y se pasaban el día metiendo tierra en bolsitas. Uno de esos me dijo que al principio de todo las paredes de los cortados estaban juntas, que fue el río el que las separó, como quien excava un hoyo o una zanja.

Nunca lo había pensado, pero madre y yo éramos uno solo hasta que nació Sara. ¿Ella fue entonces el río que hizo entre los dos este abismo? Desde luego, no al principio, pese a todo. Pese a que no quedaba casi ningún mueble en la casa y pese a que madre me tenía prohibido abrir la puerta a nadie que no fuese ella y pese a que yo tuve que dejar de ir a los jesuitas.

—Sara, cuidarte en esa casa mientras madre salía a buscar trabajo fue lo mejor que me ha pasado nunca.

Por desgracia, esa vez madre no encontró una solución. A veces venía contenta y me decía que todo iba a mejorar y que las cosas volverían a estar bien; tal vez no tan bien como antes, pero bien. Sin embargo, la alegría apenas duraba, y la tarde siguiente llegaba azorada y furiosa. «Cristóbal, ojalá te pudras». Fue cuando empezó su costumbre de farfullar. Sin embargo, yo seguía contento: tenía a la niña para mí solo y creía que madre, aunque cada día estuviese más delgada y ojerosa, acabaría arreglándolo todo. Seguí pensándolo incluso cuando madre dejó de comer porque decía no tener hambre. Yo le repetía: «Madre, coma, que tiene que alimentar a Sara», y ella entonces raspaba el fondo del caldero y se comía un resto de guiso mezclado con metal.

Una noche volvió la Patro, blanca y seca, con su tufillo a sudor atrasado y una cesta con comida. Esa primera noche, madre ni la abrió. La segunda no la dejó pasar. La tercera, madre cogió la cesta. Y a partir de entonces, su peste se metió en la casa para discutir con madre los primeros días, para su-

surrar a trompicones después. Madre decía: «No, no, no», como se lo decía a don Cristóbal antes de que empezara a crecer su vientre, pero a cada momento ese «no» le salía menos fuerte, menos seguro, y al final solo movía la cabeza. Esos días aprendí a escuchar sin que se me sintiera y a mirar sin ser visto; y aprendí a entender, si es que no lo había hecho desde el principio, desde que me comía los bollos de nata en medio de la luz roja de la tarde. Pero esta vez entendí de verdad, y el río empezó a remover la tierra entre madre y yo.

«Hazte cargo, él solo quiere acabar con la tristeza de su casa y de la tuya».

«Ten piedad de esa mujer, María. No he visto a nadie con tanta ansia de criatura».

«La niña va a estar mucho mejor en aquella casa y lo sabes».

«¿No te das cuenta? Aunque aquel es el sitio de los dos, solo quiere a la pequeña. ¿Vas a negar a tus hijos su sitio? Porque al otro no le faltará de nada, no estaría aquí si no me lo hubiese jurado. ¿Tan difícil te resulta dar a tus hijos su sitio? Mujer, al final, lo tuyo es puro egoísmo».

«María, no seas bruta, no os dejará vivir hasta que no se la des».

Y un día, madre dejó de mover la cabeza y lloró. Lloró durante días cada vez que pensaba que yo no podía verla. Lloró tanto que después de aquello no la he visto volver a echar una lágrima.

—Madre será muy lista, Sara, pero yo supe lo que iba a pasar antes de que ella simplemente lo imaginase. Y cuando dejó de llorar, no me aparté de la puerta de la casa hasta que ocurrió.

A lo mejor Sara lo recuerda y no haya que contárselo nunca. Tal vez no sea capaz de recordar unas palabras que no conocía, pero ¿cómo puede haber olvidado el olor rancio de la Patro junto a su piel? ¿Cómo no puede acordarse de que yo también sentí su olor, junto al de aquella mujer, cuando me agarré a esas piernas torcidas para no dejarle que te llevara? «Di a este niño que me suelte». No. «Marcos, Sara tiene que irse con Patro». No. «Es que está enferma, ¿no ves?, y se la lleva a que la vea el médico». No. «Mira que no tengo paciencia para las locuras de este tonto». No. «Marcos, hijo, que vuelve dentro de un rato». No. «Si no lo coges tú, me lo quito a patadas». Estaba pegado a Patro como una mala hierba, así que ni la fuerza con ruegos y lágrimas de madre ni la fuerza de cochino acorralado de Patro conseguían desenredarme. Sara tiene que acordarse, pues lloraba como rodando por una escalera. Entonces pasó. No sé de dónde sacó madre la energía y yo la palabra, pero pasó. De repente, madre de rodillas y yo de pie nos quedamos cara a cara, sus manos como tenazas retorciéndome los brazos, mis piernas cansadas de patearla a ella y a Patro. En los ojos de madre no había lágrimas, ni cansancio, ni pena, solo esa rabia brillante que ha tenido desde entonces. En ese instante se lo dije: «¡Puta!», muy claro, «¡Puta!», y todavía no sé de dónde salió la palabra y el acento que lo cambió todo. Hasta Patro se quedó quieta, como esperando que el techo se derrumbase.

Madre se incorporó. «Dame a la niña». «No te pongas tú también histérica». «Que me des a la niña». «Esto estaba decidido. No perdamos más el tiempo». «Mira, Patrocinio, que no respondo». «Vale, mujer, pues vuelvo mañana». «No vuelves ningún día». «Tú estás tan majara como tu hijo, chica».

«Dile a Cristóbal que no duerma tranquilo, que mis hijos claro que tendrán su sitio cuando vayan el día menos pensado a reclamárselo».

Si madre no hubiese dicho lo del sitio, quizás se hubiera desvanecido la otra palabra. Pero cuando Patro se fue, lo repitió: «No te preocupes, Marcos, que un día reclamarás tu sitio y el de tu hermana». Y entonces sé que mis ojos se negaron a retirar la palabra y que en los de ella la rabia se quedó para siempre.

Sara no fue un río, sino un temblor que resquebrajó la tierra entre madre y yo. Casi treinta y un años así, como las paredes de los cortados, una frente a la otra, pero cerca, sin separarnos del todo, pues los dos taludes necesitaban estar próximos de lo que los ha separado y unido eternamente.

No muy lejos se adivina el ascenso a las tierras de secano. Allí por fin me dará el sol y conseguiré echar este frío de los huesos.

—Noble, aligera, no hace falta que vayas despacio que ya no llevamos la alfalfa.

Todo el cuerpo parece entumecido. Tal vez, si no estuviese empapado, el sol aún débil de la mañana sería suficiente para entrar en calor, pero la pana está húmeda y el cuello de la camisa va tragándose el agua que me gotea de la cabeza y se ha convertido en una collera fría alrededor de la garganta. Aunque lo malo son los pies. El tío Joaquín me enseñó que, pasara lo que pasara, debía llevar siempre los pies secos: todas las enfermedades comenzaban ahí, decía, y no era mentira, pues cada vez me siento peor dentro de estos dos charcos helados. Fue una estupidez no haberme traído las albarcas como cualquier otro día; además, cuando la Vitoria vea que se han echado a perder los zapatos de los domingos, se va a poner como una furia.

—Noble, con calma, que voy a soltar las riendas.

Descalzo estoy más cómodo. No conseguiré tener los pies calientes y los zapatos no se secarán, eso seguro, pero al menos que escurran un poco los calcetines en el asiento.

—En cuanto pueda, me calzo. Te lo prometo, Sara.

Además, ¿quién va a verme en los páramos? En primavera aquí no sube ni un alma porque no hay qué hacer. Esa es la desgracia del secano, que como el cielo no decida llover en condiciones, no se puede hacer nada, y cuando se puede hacer, o la intemperie te congela el pensamiento o el sol te lo abrasa. Ahora, si no fuese por la mojadura y el dolor en las costillas, sí se podría pensar bien en medio de esta enorme alfombra recién nacida que esconde todo lo ingrato de la tierra. Aunque, como este año hay tantas parcelas que se han quedado en barbecho, el páramo más que una alfombra parece un mantel gigante a cuadros verdes y marrones con alguna mancha oscura, a cada tanto, de enebro viejo, como los cercos que quedan del vino en los manteles de verdad. Ninguno de los Hernanpérez ha sembrado, tampoco los Nuño, se han conformado con lo que dé la cosecha del pueblo nuevo para no andar yendo y viniendo como los últimos tres años.

—Y a partir del invierno que viene, puro erial, Sara, campo ganado al cardo y al tomillo. No me digas que no te da pena.

Tierra baldía, a no ser que sus dueños quieran vender las fincas por una miseria y las acabe cultivando cualquier gañán de Motarejo o de Pedrerías o de Pardales. Por ahora no lo harán, porque todavía les dura el coraje del agravio, pero ¿cuánto resistirá el orgullo cuando lleguen los primeros pagos de los lotes del pueblo nuevo? Entonces aceptarán cualquier limosna que se les ofrezca.

—¡Las darán por un abrazo! Créeme, hermana. ¡Y los muy idiotas se van a celebrarlo!

Otra vez el pinchazo en el costado. Virgen santísima, es como un tornillo que no encuentra la tuerca y no para de buscar su camino por la entraña. ¡Y este frío! ¿A quién llamo yo idiota? No me imagino a ninguno de ellos chocando con la vía, cayéndose al río, yendo al pueblo nuevo con... con esta facha. ¿Yendo para qué? Para que Sara no se quede bajo el agua. Ya siento los ojos de la Vitoria clavándoseme en mitad del entrecejo en cuanto llegue: «Ahora dime cómo». Las mujeres tienen la habilidad de resumir en tres palabras cualquier problema. En una: cómo. Pues ¿no están ellas para ayudarme a saberlo? Sobre todo, madre. ¿No ha tenido madre siempre tan buen sentido? Pero madre ni me mira y me preguntará: «¿Dónde la enterramos, Marcos, si aquí no hay ni cementerio?, ¿y quién nos va a permitir enterrar a una muerta que traes como mercancía robada sin hacer mil preguntas?».

—¡*Mecagüen!* No me extraña, hermana, que dieses golpes contra el tablero.

Tengo que volver, es lo mejor. Por la carretera estaría en menos de una hora en Hontanar. Regreso, dejo a Sara en su cama y busco ayuda. En bicicleta no me llevará ni dos horas estar en el pueblo nuevo. El dolor no es un problema, puedo sobreponerme, no sería la primera vez que aguanto un dolor que para otro sería insoportable. Menos de una hora para volver, media para colocar a Sara y cambiarme, dos para llegar al pueblo. Las doce y media. Pero a esa hora estarán ya en la iglesia. Puedo ir más rápido. Me daré más prisa. Seguro que consigo llegar allí antes de las doce para contárselo a madre y a la Vitoria... A ellas primero no, primero a Gabriel. Después de la impresión de la noticia, sabrá qué hacer, sabrá con quién hablar para que Sara no se quede bajo el agua. Si yo no hubiese sido tan idiota, Gabriel ya estaría en el pueblo nuevo arreglando esta desgracia con los gobernadores y con el obispo. No obstante, todavía hay tiempo. Nos volvemos y punto.

—So, Noble, ¡so! Vamos, amigo, que hay que dar la vuelta.

—¡Eh! ¡Oiga, pare, no se vuelva! ¡Eh! ¡Pare, señor!

La voz llega de lejos, pero es ya tan clara que las alondras escondidas en los majanos se levantan de entre las piedras y llenan el breve silencio con revoloteo de alas y silbidos asustados.

—¡Buen hombre, por favor, no se vaya!

Si no hubiese tenido los ojos clavados en la testuz de Noble, hace un buen rato que habría distinguido en el horizonte la silueta negra que ahora corre hacia mí. Es inconfundible, el único hombre capaz de estar aquí arriba cuando no debería haber nadie. Pero don Rufino jamás está ni donde debe ni donde se le espera, o al menos nunca está a tiempo. Sara decía que era porque no llevaba reloj. Un cura sin reloj, como un hombre de campo pero sin serlo. Lo bueno es que no me ha reconocido; si doy media vuelta y pongo a trotar a Noble, no me alcanzará ni se dará cuenta de quién soy.

—¡Marcos! ¡Marcos Cristóbal! ¡Pedazo de mendrugo! ¡No se te ocurra dar la espalda a un hombre de Dios!

Sara adora a don Rufino, pero, tal y como está, no le gustaría tenerlo a su lado, así que soy yo el que se acerca intentando que no se me note mucho la cojera, a pesar de que con este dolor en el costado es difícil disimular. El cura parece temer aún que me dé la vuelta y eche a correr, pues se aproxima con una carrerilla impropia para una persona que, con su edad, debe de estar cansado después de la caminata por tierra que hasta para mí es dura y pedregosa. No lo he visto desde que cerraron la iglesia y se fue a Pardales, así que es como si me lo encontrase después de una eternidad, y me produce la misma impresión que de niño: la de ver acercarse un gran retal negro, algo así como un mueble sólido y bien armado, como una cómoda o un escritorio puestos de luto. La única diferencia del don Rufino de hace treinta años es la barba encanecida, aunque sigue teniéndola igual de larga y poblada que entonces. Tanto que la Vitoria dice que le hace parecer un bandolero, y Sara, que siempre lo ha querido, la tiene por la viva estampa de la de Dios en su trono.

—Hijo mío, ¡qué pinta de gallina escaldada me llevas! ¿Qué te ha ocurrido? ¿Y qué haces descalzo?

Ahora sé por qué el suelo me parecía tan duro. Ya no hay remedio. Lo sentiría si Sara estuviese escuchando nuestra conversación, pero está demasiado lejos. No me importa mucho lo que piense don Rufino. No quiero mentir.

—Me caí al río.

—¿Cómo, hijo?

No lo pregunta con sorpresa y no creo que me escuche, pero intento explicarle lo del cascajar. Sin demasiadas ganas, por supuesto, pues sé que su opinión sobre mí no es distinta de la que le dio a madre, cuando esta quiso meterme en un internado de curas después del fracaso de don Aníbal en la escuela. Madre me había dicho que tenía que aprender de los libros para cuando ocupara «mi sitio». Así lo siguió diciendo durante años: «Tu sitio». Y yo simplemente no dejé que don Aníbal me devolviese a mi sitio ni por las buenas ni por las malas. Y mira que lo intentó el maestro haciéndome sangrar por los cuatro costados: las palmas de las manos y las uñas con la regla, el trasero con la vara, una ceja con el canto de un libro, el oído de un tortazo... Hasta que un día, en medio de un zarandeo, perdí el equilibrio y me golpeé la cabeza con el borde del brasero. Cuando desperté, estaba tumbado en mi cama y lo primero que vi fue la cara de don Aníbal, blanca como la cera; la de madre, más enfadada conmigo que inquieta o molesta con don Aníbal, y la de don Rufino, que me miraba igual que ahora, como al que no tiene remedio. Madre, al ver que volvía a la vida, se giró hacia el cura y le preguntó si no me iría bien alguno de los colegios de Sepúlveda o La Granja. La respuesta fue definitiva: «Resígnate, mujer. ¿No ves que Dios te ha mandado un zangolotino que solo hace migas con los buitres? Al fin y a la postre, hay desgracias peores que la de andar triscando todo el día con el tío Joaquín y que se acabe pareciendo a una de sus ovejas». Ahora el mismo zangolotino le explica cómo un carro se puede salir del sendero de los cortados.

—Pero ¿adónde vas, Marcos?

—Al pueblo nuevo.

—¿Y por qué no has cogido la carretera?

—Y usted, ¿adónde iba, padre?

—A Hontanar.

—¿Por qué?

—Por... Para ver si queda alguien que me lleve a la fiesta.

Ahora es él quien explica su nuevo motivo para no estar donde debe cuando le toca, y soy yo el que no le escucha porque me doy cuenta de que en el tiempo en el que dijo que yo era un zangolotino, de los dos no fui yo el más tonto. ¿Qué hizo él entonces para que el agua no acabara cercando su iglesia y nos echaran a todos de lo que es nuestro? Nada, ni ningún otro del pueblo lo hizo. Solo yo, el bobo recién llegado, supe que esos dos hombres, de anteojos redondos y sonrisa amplia, que entraron una mala tarde en la fonda, eran un peligro, por mucho que parecieran inofensivos todo el día arriba y abajo midiendo y escarbando la tierra y hablando de presas y de pantanos a quien quisiera escucharlos. Yo sabía que anunciaban algo muy malo, mientras don Rufino le decía a madre que no eran más que otros dos mandaderos del Gobierno con planes que no se cumplirían, como el de la carretera, el viaducto o la estación de ferrocarril. Solo yo supe que con sus sonrisas y sus lentes habían venido para empezar a echarnos. Por eso, yo, el zangolotino, y no el señor cura, esperé una mañana en los cortados hasta que bajaron a almorzar a la fonda y cogí esos chismes con tres patas y sus azadas y palas y rastrillos para duendes y todas sus libretas llenas de dibujos, garabatos y cuentas, y me lo llevé todo a los nidos, para que los buitres me lo escondiesen, porque supe que ni el alcalde, ni el maestro, ni el secretario ni el cura harían nada para salvarnos, pero sí aquellas criaturas más grandes que cualquier hombre y más recias que la propia roca.

—No hay nadie en Hontanar. Todos se marcharon la víspera, hasta la gente del pantano.

—Pues llévame tú. Fíjate qué estupendo que nos hayamos encontrado.

—Es que yo me vuelvo, ¿no ve cómo estoy? Y el dolor de costillas.

—Yo te dejo unos zapatos en Pardales y una camisa también tendrá el ama de don Isaac y aceite de romero para el golpe. Además, lo que a ti te falta es almorzar, que tienes cara de estar en ayunas. Eso es lo que te pasa.

Don Rufino gana terreno y siento cómo en las plantas de los pies se clavan las piedras de regreso al carro. No va a dejarme que me dé la vuelta. No se rendirá tan fácilmente, como tampoco aquellos hombres estaban dispuestos a rendirse ni parecía importarles tener que empezar de nuevo con su tarea. Uno de ellos, el de los anteojos más grandes, cogió el coche de línea a la jornada siguiente. «Para reponer lo perdido», dijo el que más sonreía. Qué importaba, en las hoces había suficientes buitreras para esconder todos los aparatos del mundo todas las veces que hiciera falta. Pero la sorpresa fue que la Guardia Civil se apurase tanto por esos cuatro chismes de latón. No había regresado aún el de los lentes redondos cuando al padre y al hijo de los Cantamañanas los llevaron al cuartelillo. La tía Aquilina dio la noticia a madre: «Los ha denunciado el hijo del viejo Corral, que dice que su chico pequeño, el que es de la misma edad que el tuyo y que tiene la cabeza como el partido de Sigüenza y el hocico de ratón. Ese, sí, el Satur. Pues dice que el chaval los vio bajar al mediodía de los cortados con unos sacos llenos de cosas». Yo no sabía qué había podido ver el Satur, pero desde luego no fue a los Cantamañanas bajar de las hoces. Sin embargo, para meterlos en el cuartelillo bastó con la mala fama del abuelo que les dio el nombre y con su aún peor relación con los Corrales por el tema de las lindes. Esos días hasta perdí el gusto por subir a las buitreras.

Don Rufino y yo estamos a la altura de Noble, que me siente en el apuro y patea el suelo.

—Además, es una tontería que le lleve en carro. Se tarda mucho menos andando.

—Ya no estoy para esas caminatas, hijo.

—Pues en el carro en tres horas no sé si nos da tiempo.

—Con tres horas vamos de sobra. Además, quedan cuatro.

—¿Cuatro?

—El padre Isaac me dijo que retrasaron la misa a la una para que les diese tiempo a llegar a los señorones de Madrid.

Don Rufino mira el pescante como si ya estuviese acomodado en él.

—Es que es mejor que regrese, que Sara no se encuentra bien.

—¿No se fue con los demás?

—No, tiene migraña.

—¿Y por eso te quedaste tú?

—Claro.

—¿Y por qué la has dejado sola ahora?

—Es que se encontraba mejor.

—¿Pues no dices que sigue mala?

—¡Don Rufino, que me vuelvo al pueblo y ya está!

El cura se rasca con ambas manos el matorral canoso que le ocupa casi toda la cara. Lo hace siempre que quiere entender algo. Con el roce, la barba parece aún más silvestre y suena como un chisporroteo de astillas quemándose. Me da miedo ese gesto, pues muchas veces las ideas que busca se le quedan prendidas entre las uñas.

—Bueno, hijo... Pero al menos llévame a Hontanar y así hago compañía a tu hermana, a ver si la distraigo un poco.

Lo ha vuelto a hacer, como cuando hablaba del robo de los trastos con madre y el cura se preguntó: «¿Para qué los van a querer esos desgraciados si no tienen idea de lo que son? ¿Y para qué se llevarían los cuadernos si ni siquiera saben leer?». Y algo debió de quedársele también entre los dedos mientras se rascaba, pues don Rufino de repente fue a la Guardia Civil para explicar que los Cantamañanas le estuvieron arreglando una de las tapias de detrás de la iglesia durante todo aquel día y que a los que vio el Satur bajando de los cortados tuvieron que ser otros. Padre e hijo salieron libres, el de los anteojos volvió de la ciudad con chismes nuevos y todo continuó su curso, como si nada hubiese ocurrido, si no fuera porque los Cantamañanas y la ralea del Satur se siguieron odiando mucho más que antes.

Don Rufino siempre consigue que las cosas vuelvan a rodar. Nuestras decisiones son como las piedras que se desprenden del talud. Podrán quedarse durante un tiempo en un hueco de la pared, pero su destino final siempre es el suelo. El cura ha sido la ráfaga de viento que saca mi piedra de la repisa.

—Padre, no le he contado todo... Es que el agua ha llegado a nuestra marca, ¿sabe?; necesito decírselo a mi familia. Así que suba, que le llevaré a la fiesta.

—Ay, hijo, haber empezado por ahí. No hace falta que te calces, Marcos, que hay confianza. ¿Y qué es lo que me decías de tu hermana? Muy enfadado estoy con ella, que me tiene abandonado y me han dicho que quiere que la case cualquiera de esos frailes del monasterio antes que su párroco de toda la vida. Pero eso seguro que son cosas de tu madre, que los ve más finos. ¡Pues va a ser divertido ver a esos señores tan exquisitos llevar una parroquia de pueblo! Cuando acabe la fiesta, me vuelvo con vosotros para visitar a Sara. Mejor con tu futuro cuñado, en el Mercedes de la Confederación; no te ofendas, pero es que ya no tengo las bisagras para tantos traqueteos. Hay que ver, que vaya a ser yo el que se mueva para visitar a tu hermana. No os hacéis cargo de que los curas también envejecemos. Ninguno, pero de Sara esperaba yo otra cosa. Bueno, el Señor nos puso aquí para que tuviésemos motivos para perdonar al prójimo, ¿verdad, hijo? «Y quitaré de su carne el corazón de piedra y les daré un corazón de carne».

Don Rufino habla, pero no conmigo ni con una razón, y sus palabras, al no ir hacia ningún sitio, espesan el aire. Por eso no lo escucho, me callo y pienso, y me preocupa que a los muertos les ocurra lo mismo, que no oigan las palabras que no les atañen. ¿Y si Sara solo nota silencio, pese a que la voz de don Rufino lo ocupe todo? ¿Y si, al no oír nada, cree que la he dejado ya bajo la tierra sin ni siquiera despedirme? Conforme crece, la duda me atora el pecho más que el dolor.

—¿De verdad está enfadado con Sara?

—¿Cómo, hijo?

—Que si está usted de veras molesto con mi hermana.

—¡Ah, no! ¿Cuándo me has visto tú enfadado? Y con tu hermana menos, con ella imposible.

—Entonces habría que decírselo, ¿no? Cuando vuelva con nosotros a Hontanar. O se lo digo yo mismo: «Sara, aquí está don Rufino y no se ha molestado por que no hayas ido a visitarlo estos meses».

—Marcos, hijo, si hubiese una competición de rarezas, te quedarías con todos los puestos.

No, así no se puede hacer, pero al menos Sara ya sabe que no ha salido del carro, que continúo a su lado y, a lo mejor, hasta le da alegría sentirse cerca del cura.

—Y yo que pensaba: «Mira cómo le está entrando el juicio a este hombre, que en lugar de salir corriendo después del disgusto de la marca, llena el carro para aprovechar el viaje». Si es que antes recuperaría la cabeza san Juan Bautista... ¿Qué es lo que llevas?

—Patatas para la sementera y vellones de lana.

—¿Sementera? Andas muy retrasado con la siembra, ¿no? Por mucho que se dé mejor la cosecha en los regadíos del pueblo nuevo, se te echará el invierno encima antes de que las patatas tengan su tamaño.

—Es una nueva variedad que crece más rápido. Nos la recomendaron los ingenieros del Instituto.

—Virgen santísima, ¡qué viejo estoy! Ahora gente que no ha cogido jamás un arado es la que decide qué se planta y qué no. Dicen que eso es el progreso. ¡Pues es raro el progreso, y estoy muy viejo para él y para todo! Hasta hace un año podía recorrer el camino de Hontanar a Pardales sin que ni la sotana rozara el polvo, y hoy, cuando me has encontrado, no me alcanzaba ya ni el aire. Dice don Alejandro que es el corazón, que la sangre no circula bien por el cuerpo o algo así. Menos mal que el Señor te ha puesto en mi camino. Ha debido de ser Él quien te iluminó para no ir por la carretera, porque, de lo contrario, no me explico...

El cura ha sido siempre tozudo con sus dudas y yo lo soy con mi silencio. Sé que si aguanto callado, don Rufino perderá su interés, al menos por un rato. Solo hay que salvar esta cuesta y llegar al monte de la Virgen. Noble comparte mi ansia y, a pesar de la pendiente, va dejando atrás, cada vez más rápido, los árboles que anuncian el monte.

—Vamos, amigo, que estamos a un minuto de ver la ermita.

No importa las veces que se haya pasado por aquí: cuando de nuevo ves las pequeñas lomas con unos enebros más juntos y otros más distantes y, sobre la loma más alta, la ermita todavía lejos, siempre mucho más grande de lo que la recordabas, con sus formas rectas y redondas, sus piedras de fortaleza, su campanario que, aunque mudo, anuncia algo; cuando ves de nuevo el monte de la Virgen, no hay más remedio que callarse, y hasta don Rufino se queda quieto, fija la mirada en algún punto alto y bisbisea una Salve, como se escapa de los labios un desahogo. No conozco ni un solo vecino de Hontanar que no rece al llegar al final de esta cuesta. Hasta el primer Cantamañanas, que no creía ni en Dios ni en la santísima Virgen porque estaba loco, incluso él, seguro que se paraba en este mismo sitio y decía su oración, a lo mejor hasta arrodillado, como cualquier hijo de las hoces.

Sin embargo, hoy la Salve se me queda atascada en mitad del gaznate porque oigo la voz de Sara recitándola en su último cumpleaños y es como una bola de miga tragada a destiempo. Escucho sus palabras por encima de las de madre y don Rufino, que venían sentados a mi lado en el pescante; por encima de las de Juan y la Vitoria, que iban detrás con Sara, junto a las cestas de comida; por encima de la marcha alegre de Noble, que acababa de sustituir al viejo Granerito y hacía ese camino con la emoción de lo que se estrena. Oigo su voz y, sin quererlo, veo también la espalda de Gabriel, que se había adelantado con mi bicicleta. Debió de pararse aquí mucho rato para que llegáramos a alcanzarle, pues, como siempre, salimos tarde por culpa de don Rufino, que no estaba preparado cuando Sara fue a buscarlo porque, como no tiene reloj, sin ser un hombre del campo, nunca llega a la hora. Mirando el monte y la ermita, Gabriel parecía dormido y no reaccionó hasta que casi lo rozamos, y Juan, al tiempo que los demás decíamos «para que seamos dignos de alcanzar las promesas de Nuestro Señor Jesucristo», gritaba: «¡Don Gabrieeeeeel!».

—Creo que todavía tengo el dibujo que tu futuro cuñado le hizo a Sara.

Don Rufino no me adivina el pensamiento, es que el monte está hoy igual que ese día, con los árboles reventando de cagurrias y la tierra tan verde y morada que parece que es el color el que huele a espliego. El recuerdo de entonces se quedó enganchado en las bardas de los enebros, y por eso don Rufino piensa lo mismo que yo, aunque no me adivine el pensamiento.

—Al ingeniero le gustaba ya entonces tu hermana. No hacía falta sacarse una cátedra para verlo. Pero yo no quería que ella se hiciera ilusiones, con lo que había costado que estuviese tranquila, después de todo... Cuando pasemos por Pardales, busco el dibujo. ¿Dónde lo dejé? No acabó en la basura, eso seguro... Debe de estar entre las páginas del breviario.

—Don Rufino, no vamos a entrar en Pardales. No hay tiempo para entretenernos.

—Ni lo pienses, hijo. Tú paras a almorzar, que tienes muy mala cara, y a ponerte al menos calzado seco y, mientras, busco ese papel para devolvérselo a tu hermana. ¡Ay, Señor! ¿Quién lo hubiese dicho? Mira si la Virgen de aquí no es milagrera.

No fue un milagro. Si don Rufino piensa eso, es porque no los vio como yo al borde del camino. Madre quiso que lo preparásemos todo en la loma de los tocones grandes. Le gusta tanto el sitio que parece que esos árboles solo crecieron durante siglos para que sus pies cortados le valiesen a ella de mesas y asientos. La Vitoria gruñe cada vez que ve a madre sacar un mantel de la cesta y colocarlo con esmero sobre uno de los tocones. Aquel día no discutieron. Quizás estaban entretenidas con la cháchara de don Rufino o, como yo, intentaban enterarse de lo que pasaba abajo, en la vereda, donde se habían quedado Gabriel, Sara y Juan. Aprender a montar en bici, ¡habrase visto! Menudo regalo de cumpleaños. Pero a Sara le hacía gracia la manía de Gabriel de andar por las hoces en bicicleta sin rumbo ni propósito y llevaba tiempo con la matraca de querer montar. ¿Para qué necesita una mujer ir en bici? ¿Para qué le quiere enseñar un ingeniero? En sus encuentros en el zaguán, la palabra *bicicleta* aparecía una y otra vez: «A ver cuando me enseña usted, que mi hermano no quiere». «Cuando usted me diga, Sara». Habrían sido capaces de hacerlo delante de todo el pueblo, por eso propuse que pasáramos el día en el monte. Lo dejarían pronto, pensé. En cuanto Sara sintiese que se le iban a llenar las pantorrillas de verdugones. Pero pasaba el tiempo y no subían, así que bajé al camino con la excusa de buscar ramas más finas para la leña.

Don Rufino no los vio entonces, por eso cree que fue un milagro. Sara, subida a la bici, con Juan sobre el transportín, intentaba avanzar sin caerse. En las primeras pasadas, Gabriel la sujetaba en el límite de sus fuerzas y ella apretaba los labios en un gesto de pura cabezonería. Solo Juan estaba contento, y también Noble que, atado a la rueda del carro con la cebadera al cuello, relinchaba cada vez que los veía tambalearse. Pero poco a poco la BH empezó a verse más ligera, Gabriel corría en paralelo dando pequeños toques al manillar y Sara reía muy alto, como una mujer mucho más joven. El día que Sara cumplió los treinta, aquel que, sin decir palabra, madre, la Vitoria y yo temimos durante meses, empezó sin rastro de fatiga, como si Gabriel también tuviese una hachuela para reguilar la desgana de Sara. Cuando pasaban por mi lado, decían: «Padre, padre, mire a la tía». «Fíjese, Marcos». «¿Me ves, hermano?». Y el filo de mi hacha se hundía en la madera no sé si con la fuerza del agradecimiento o del coraje. Al final se cansaron de tenerme tan cerca y desaparecieron tras las dos enebras grandes que hay junto a la ermita.

Volví a lo alto de la loma con mucha más leña de la necesaria. La Vitoria ya había colocado las piedras para el fuego y reunido un montón de palitos secos para ayudar a la yesca. Don Rufino y madre esperaban a que la chispa prendiese sentados en el tocón más cercano, tan ancho que aún habría cabido una persona más entre los dos. Hablaban de Gabriel, como siempre, sin nombrarlo: que si la confitería de al lado de la catedral era la más grande de Segovia, pero la más elegante era la de la Casa de los Picos; que en la de la Diputación los merengues salían más dulces, aunque lo mejor de las confiterías La Delicia era el chocolate porque lo hacían en la fábrica de extramuros. «¡Qué aroma aquel, señora María! ¿Se acuerda? Llegaba hasta las puertas de la Vera Cruz». «¡Hombre, claro! Mejor que esta peste de enebro. Pero, hijo, ¿no podías haber cargado un poco de encina? ¡Siempre igual!». Por muy intenso que sea el olor del enebro cuando se quema, para calentar una olla de cangrejos no hace falta malgastar encina. «¡Ay, qué pena, señora María! Levantar todo eso para que al final el nieto no quisiese quedarse con nada». «Buenos cuartos sacaría, don Rufino». «¿Usted cree? Pues no me imagino a don Gabriel regateando». Madre suspiró. «¡Qué pena!», dijo, como si hiciese el eco al cura, pero la Vitoria, sujetando las asas de la marmita y sin siquiera mirar a madre, supo que la conversación ya había cambiado. «No empiece». «¿Qué empiezo?». «Nada, yo me entiendo, que si don Gabriel sacó buenos cuartos de todas aquellas cosas que ustedes dicen, le servirán para ponerle una casa hermosa a esa señorita de Madrid con la que va a casarse». «Si se casan». «Eso; no empiece, madre». «¿Ahora tú también? ¡Ay, don Rufino, qué listo fue usted metiéndose a cura para no tener familia! Pero ¿qué empiezo? Y aunque empiece, ¿no puedo pensar lo que me dé la gana?».

A don Rufino le gusta poner paz entre nosotros, pero esa vez no le dio tiempo. Juan llegó dando brincos y gritando: «*¡Isabejuna, isabejuna, isabejuna!* Madre, *¡isabejuna, isabejuna!*». «¡Hija mía, tu Juan va a salir peor que los chicos de tu hermano Valentín!». Yo hubiese dicho de nuevo: «No empiece, madre»; sin embargo, a la Vitoria nada de lo que se pueda decir le hace dudar de Juan. En esos momentos pienso que el niño tiene mucha suerte. «¿Qué dices, Juan?». «Madre, *isabejuna*». Gabriel llegaba casi sin aliento. Se había levantado aire y me di cuenta de que llevaba fuera parte del faldón de la camisa blanca. Hacía semanas que no se ponía el uniforme. «Vitoria, su hijo le comunica que tiene hambre, pero en alemán». «Don Gabriel nos lo ha enseñado. Bueno, primero lo ha aprendido la tía y la tía me lo ha enseñado a mí. *¡Isabejuna*, madre!». «¿Y dónde lo aprendió usted? ¿Cuando estuvo en Rusia con los alemanes?». «No, padre, me lo enseñaron a la edad de Juan». Don Rufino lamentó perder esa presa, pero madre tenía otras preocupaciones. «¿Dónde está tu tía? Ya va-

mos a comer». «*¡Isabejuna!*». «Ahora viene. Se ha quedado re-
cogiendo espliego para las arcas. Si quiere, la aviso». No hizo
falta, ella misma se acercaba desde este punto de la vereda que
pisa ahora Noble. Su marcha era decidida en la velocidad y en
el brío, aunque titubeante en el rumbo. No parecía mirarnos,
no parecía siquiera importarle que la mirásemos, incluso creí
que no iba a pararse cuando llegase a la altura de la loma. No
la vimos caer, pero sí se oyó el golpe y un grito más de rabia
que de dolor. Llegué el primero. Sentada en el camino, se miraba el roto en la lana de la media. El tejido que rodeaba el
agujero chupaba la sangre del raspón del centro, que casi había
dejado de manar. No estaba malherida, pero me devolvió al
idiota «¿Qué ha pasado?» una mirada de congoja. Era verdad:
Sara cumplía ese día treinta años. Largos. Tristes. Pero esa
certeza duró en ella un instante. «¿Se ha hecho usted daño,
Sara? Es demasiado valiente. Ya le dije que lo más difícil es
frenar. No debería haberlo intentado sola». Gabriel extendió la
mano, Sara la sujetó sin apuro y al incorporarse, fue perdiendo
años. Cuando los dos estuvieron casi a la misma altura, Sara
rio como antes de desaparecer detrás de las enebras: «Pero ¿ha
visto todo el trecho que he andado sola, don Gabriel?». Nadie habría dicho entonces que tuviera más de veinte.

—Marcos, hijo, necesito bajar en los caños. La caminata
me dejó seco el paladar.

—¿Has oído al señor cura, amigo? En los caños para.

—Si aún pensarás que el macho te entiende.

—Pues claro que me entiende, y yo a él, padre, que es la
mejor bestia que he tenido nunca, ¿verdad, Noble?

—¡Ay, hijo, más te valdría que te comprendiesen los hombres y no las bestias!

Pese a que la mancha de bosque oculta los caños, como no sopla viento, se puede oír el agua sobre el pilón. Don Rufino va delante. Yo le sigo descalzo y el roce mullido de la hierba me alivia el pinchazo que, al bajar del carro, me tronchó hasta el aire. Ahora el costado no me apuñala cada vez que respiro y también el dolor de la rodilla se templa. El claro de la loma aparece sin avisar, igual que un abanico que se abre de repente. La fuente es el ojo de ese abanico y las líneas poco pobladas de enebros, sus varillas rotas. Quizás don Rufino ha querido bajar a la fuente porque desde aquí la ermita se distingue entera sobre la pequeña colina, o, tal vez, sí necesite saciar una sed imposible. Amarrado con una mano al caño del centro y con la otra sobre la piedra del pilón, tarda una eternidad en separar sus labios del chorro. Es como si no hubiese bebido desde hace casi un año, la última vez que estuvimos juntos en el enebral el día del cumpleaños de Sara.

—Prométeme que seguiréis viniendo aquí, Marcos. Queda lejos del pueblo nuevo, pero no lo podéis abandonar.

—Padre, no abandonamos nada: nos echan.

—Treinta y cinco años en Hontanar y ni siquiera lamenté salir del templo. De tan viejo parecía ya un pajar arrumbado por las goteras. Cuando don Gabriel vino a anunciarme que se habían cerrado las compuertas y que pronto se cegaría el camino de la iglesia, casi me alegré. Pero ahora... La nostalgia es un amargor que no cede. Ya lo verás.

Don Rufino calla, bebe de nuevo y de repente se echa a reír hasta que le da la tos. Vuelve a beber y se le queda una carraspera suave.

—Con todo, me sigue cayendo en gracia tu cuñado. No sé cómo lo hará ese hombre para hacerse perdonar; que lo ves tan seguro y bien plantado y, sin embargo, parece que es él quien necesita consuelo. O quizás solo me gusta porque lo quiere Sara. ¡Virgen santísima! Marcos, espérame en el carro, que de tanto beber...

El cura desaparece entre los árboles y el matorral bajo, pero no me muevo. El borboteo del agua me amodorra un poco y me mantiene pegado a la grada de la fuente junto al recuerdo de la tarde del cumpleaños de Sara, cuando Gabriel estuvo sentado aquí mismo. No es cierto lo que dice don Rufino de que solo me hago entender por las bestias, también hay hombres que a veces me comprenden. Gabriel lo hace, o al menos así lo pareció esa tarde en la que empecé a apreciarlo sin que fuese mi voluntad. Don Rufino había traído las llaves de la ermita para que Gabriel la viese por dentro. Al entrar, sin habernos hecho aún a lo oscuro, dijo: «¡Qué bonita!», pero con el tono del que ya tiene las palabras preparadas de antes. No me ofendió, casi sentí como una victoria que a un hombre como él no le gustasen las paredes encaladas, los bancos viejos y el retablo de dorados falsos y cuarteados. Las mujeres se arrodillaron en los reclinatorios de delante y obligaron a Juan a hacer lo mismo con las manos juntas y pegadas al pecho como un Niño Jesús de escayola. Yo me quedé de pie en mitad del pasillo mientras don Rufino le explicaba a Gabriel cada cosa. No pareció prestar mucha atención hasta llegar al trasaltar. «Pero esto es un árbol»; su voz sonó tan alta que las tres mujeres levantaron la cabeza a la vez. «Claro, donde se apareció la Virgen a los pastores. Dicen que hasta el siglo pasado no se secó del todo». Gabriel se puso las manos en la cintura, igual que cuando los obreros le preguntan algo y no tiene una respuesta inmediata. Me imagino que intentaba comprender qué tipo de hombres construirían una iglesia para que viviera dentro un enebro rojizo y contrahecho. Una ermita para un árbol, como si la tierra y el cielo fuesen la misma cosa.

Al salir del templo, Gabriel dijo que iba a buscar su bolsa de dibujo. Ya entonces sabíamos que esa era la forma de avisarnos de que deseaba estar solo, y Sara no fue capaz de esconder su desilusión: «Pero ¿no prefiere dar un paseo?». Describió con tanto ardor la vista del final del monte con el castillo de Pardales y la sierra de la Mujer Muerta a lo lejos que fueron don Rufino y la Vitoria los que quisieron acompañarla. Madre dijo que prefería reposar la comida a la sombra, y Juan había huido de los mayores con un balón que yo le había hecho con los trapos y cuerdas sueltas que encontré en el fondo del carro. «Yo también voy», dije. Pero Gabriel me pidió que le enseñara un sitio desde donde se viese toda la ermita. Sara nos dio la espalda y empezó a alejarse. La Vitoria la siguió. «Esperad, hijas, no me hagáis correr. Baja con don Gabriel a los caños. Allí podrá pintar la ermita a gusto. Pero, Sara, criatura, ¿qué prisa tienes?».

No quería quedarme a solas con Gabriel. Así que cuando fuimos al carro a coger sus bártulos, dije que notaba a Noble algo inquieto y lo llevé con nosotros a que bebiese del pilón. Para mí dibujar era otra de las manías del ingeniero, casi tan inútil como la de ir en bicicleta, o más, ya que don Rufino decía que, con el precio al que estaba el papel, todos aquellos cuadernos y lápices eran una pequeña fortuna. No podía entender para qué Gabriel querría gastarse los duros en pintar plantas, rocas, casas, algún pájaro, ahora una ermita, nunca gente. Había sacado su libreta más grande y la caja de latón donde guarda esas barritas, más negras que sarmientos quemados, que utiliza para pintar. «¿Nunca usa colores?», pregunté. «Con las sombras los colores se sienten mejor, aunque no se vean»; eso me dijo, sentado en el centro de la grada, casi en el mismo sitio en el que estoy ahora, sin dejar de mirar la ermita y el papel en blanco. «A veces me dan tanta envidia...». «¿Las sombras?». «Ustedes». La sorpresa me dejó la mano inmóvil entre las orejas de Noble. «Tienen todo esto», trazaba líneas largas sobre la hoja, pero tan poco marcadas que desde mi sitio al pie de la fuente no podía distinguirlas. Cerré el puño sobre las crines del caballo. «Nada es nuestro ya desde que firmamos las indemnizaciones». Me miró solo un instante antes de empezar a tiznar en negro las líneas invisibles, y fue entonces cuando supe que me entendía, aunque no conociera que Marcos Cristóbal no había existido nunca ni supiese que estaba frente a otro hombre llamado Marcos Valle. «No se trata de que un sitio te pertenezca, sino de ser parte de un sitio. De que ese sitio te diga: "Tú eres mío". Eso es lo que ustedes tienen que yo no he tenido jamás». Sobre el blanco ya se distinguían los arcos del pórtico, la espadaña con sus dos campanas, la forma redonda del ábside. Gabriel se agachó sobre su cartera para sacar un trapo que había sido blanco y entonces era del color de la ceniza. Empezó a frotar muy despacio el paño sobre el papel y a todo el fondo blanco se le pegó el color del trapo. Pensé que ahí sentado el ingeniero no parecía tan buen mozo y me sentí, por primera vez desde su llegada ocho meses antes, cerca de él. «Don Gabriel, a veces basta con empeñarse». «¿Usted cree, Marcos?». «Lo sé».

Comenzaron a oírse los gritos de Juan persiguiendo su balón colina abajo. Noble se separó un poco de nosotros para recibir al niño con su alegría de bestia mansa. A Juan, pajizo y blanco como yo, se le arrebolan las mejillas cuando corre y todos dicen que en esos momentos se parece aún más a mí, pero su vitalidad siempre tiene más que ver con la Vitoria. «Padre, que dice la abuela que vaya usted a buscar a madre, a la tía y a don Rufino, que hay que llegar pronto a la fonda para preparar las cenas». Gabriel se levantó como movido por un resorte. «No se preocupe, don Gabriel. Termine su dibujo. Mi madre solo quiere volver porque está aburrida. Además, no tardarán mucho en regresar solos». Juan se fijó sin disimulo en la imagen de la libreta. «Está manchado». «Es que debo terminarlo». «¿Me enseña a dibujar?». «No soy buen maestro, pero puedo dejar que me veas hacer algo desde el principio. ¿Quieres?». El niño asintió y se acomodó en la grada junto a Gabriel. No quise acercarme, preferí mirarlos desde el pilón. Al lado del niño, delgado y rubio, Gabriel parecía de nuevo el hombre moreno y fuerte de todos los días. Guardó la libreta grande y sacó otra de tamaño cuartilla. «¿Qué es más difícil, don Gabriel, aprender a hacer dibujos o hablar en alemán?». «A mí el alemán no me costó, me lo enseñó mi madre de pequeño». Charlaban sin verse las caras: Gabriel concentrado en su cuaderno, los ojos de Juan pegados a la mano que se movía con rapidez, como llevada por un pálpito. «Mi madre era alemana». «Entonces, ¿usted no es de Segovia, como dice la abuela?». «¡Juan, hijo!». «Déjele. Mi padre sí lo era, pero mi madre vino a España ya mayor. Se conocieron en Madrid, y allí nacimos mi hermano y yo. Sin embargo, tu abuela no se equivoca del todo, porque desde que tenía unos pocos años más que tú nos fuimos a vivir a Segovia con mi abuelo paterno. Fue cuando mi padre murió.

A mi hermano no le habían quitado aún la toquilla». Creo que Juan sintió mi mirada fija y no preguntó lo que le habría gustado. «¿Y a su madre le gustaba Segovia?». «No mucho». «¿Por qué?». «No sé, me imagino que tenía nostalgia de su tierra». «¿Qué es nostalgia, don Gabriel?». «Cuando se echa de menos algo que te gustaba mucho». «Y si te gusta tanto, ¿por qué no te lo quedas?». «No es tan fácil, Juan. A veces hay que dejar las cosas. Tú echarás de menos Hontanar cuando os marchéis, ¿lo entiendes?». La mano de Gabriel se movía cada vez más rápido y ya no dibujaba solo con esa especie de barrita de regaliz gorda, sino que también utilizaba las yemas de los dedos. «Pero yo ya no podré volver a Hontanar y su madre sí que podía volver a su pueblo. ¿O también pusieron un pantano allí? ¿Fue eso?». «¡Juan, deja de molestar a don Gabriel!». Pero fui yo el que no pudo evitarlo: «¿Ese fue el motivo de que se alistara para ir a Rusia?, ¿por su madre?». «En parte». Paró de repente y levantó la vista, pero no volvió la cara ni a Juan ni a mí, sino que tan solo miró el agua. Luego volvió a su dibujo, más callado y mucho más lento.

Nos habríamos quedado así toda la tarde si no hubiéramos oído relinchar a Noble desde la mancha de bosque. Como ahora, que protesta en la vereda, a lo mejor con don Rufino ya en el pescante, preguntándose los dos dónde estaré: el cura protestando por mi mal seso y el caballo preocupado por mi suerte. Como yo me preocupé aquel día por él, pues aún no conocía el enebral y temí que se perdiese en mitad del monte. No me costó encontrarlo y regresamos juntos al mismo camino de ahora. También entonces el carro estaba vacío.

—¡Eh, Noble! ¿Dónde está el señor cura, amigo? Don Rufino siempre retrasándonos, y luego soy yo el aventado. Si seguimos así, no llegaremos al pueblo nuevo ni a la una. Ojalá pudieses meterle prisa, hermana, como siempre. Cuanto más tarde se haga, más difícil será arreglarlo todo. O a lo mejor si llegamos con todos en misa, puedo tumbarte en un cuarto y que todos piensen que te moriste sin más... Pero ¿qué hacemos con eso? Con tu marca... Ojalá se pudiese quitar con las yemas de los dedos, como Gabriel emborronaba las líneas de su dibujo. ¿Has oído que don Rufino quiere pasar por Pardales para recoger tu dibujo? La verdad es que tienes derecho a que te lo devuelva, hermana.

Tras preparar a Noble para el regreso al pueblo, bajé de nuevo a los caños. Madre estaba inquieta y se había unido a Gabriel y a Juan. «¿Dónde están?». Encogí los hombros. «¡Qué cachaza tienes! Y ellos también. ¿Vamos a quedarnos aquí a pasar la noche?». No había acabado de gruñir cuando los tres paseantes aparecieron en el claro. «¡Ya era hora!». Sara venía contenta, pero al ver a Gabriel sentado en la grada recordó el agravio de antes y frunció los labios.

—Ya lo querías, Sara. En tu cumpleaños, ya lo querías. Te enfadaste como lo hacen los que se quieren. Y él también te quería. Tal vez no lo supiera, pero por eso intentó congraciarse, porque ya lo hacía.

Juan no dejó que Gabriel guardara su dibujo y se fue derecho a Sara: «Tía, don Gabriel me ha enseñado a dibujar. Se hace así... Y así». Y el niño movía muy rápido la mano derecha y después distribuía el aire con la yema de los dedos. «Lo he hecho a vuelapluma. No tiene mérito alguno». Gabriel le puso la libreta en las manos a Sara, que la miró despacio, como si entendiera. «Si le gusta, puede quedárselo, o puedo hacerle uno mejor, si quiere, como regalo de cumpleaños». Todos los veíamos ahí plantados uno frente al otro y creo que hasta Juan sabía que no había espacio para nosotros. «¿Qué quiere decir?». «Es la cara de la Virgen en el enebro, cuando se apareció a los pastores». Era la ocasión que don Rufino necesitaba: «¿La Virgen? ¿A ver, hija?». Sara no pudo evitar perder el cuaderno. «Pues... sí que es bonita la estampa. ¡Mirad!». Era la cara de una mujer cubierta por un manto y rodeada de ramas puntiagudas y negras. No parecían bardales de enebro, era como si el rostro estuviese en una jaula y miraba desde el dibujo como si así fuese. Gabriel se disculpó. «Como hemos estado hablando de mi madre, creo que se parece un poco a ella».

—Tú también lo viste. ¿Verdad que lo viste?

No eran sus ojos, ni su nariz, ni su boca, ni sus mejillas: era su gesto de desgana lo que había retratado Gabriel en aquella libreta. ¿Cómo podía pintar Gabriel su pena si no la había visto aún, si no volvió a Sara hasta hace unos días y quizás ni entonces su novio se dio cuenta? Yo sí me di cuenta de lo que ocurría. Y también me di cuenta entonces. Y de lo que significaba aquel dibujo, como don Rufino. «Ay, Sara, ¿y no te importaría que me lo quede yo? Es que es muy bonito, muy bonito. Nunca había visto a la Virgen del Enebral así. ¿No es cierto, señora María? Es... distinta, moderna. ¡Uy, Señor, una Virgen moderna! Pero es bonito, muy bonito». Gabriel arrancó la hoja del cuaderno y se la entregó a don Rufino sin protestar. Madre empezó la marcha hacia el carro. Gabriel recogió su cartera y la alcanzó, Juan pateaba su balón delante de madre y don Rufino se metió en el bosque sin atreverse a mirar a Sara.

—Si no te cojo del brazo no habrías podido arrancar. Pero no fue porque don Rufino se quedase el papel: fue porque te viste. Te pasó lo mismo que a mí.

Como siempre, don Rufino llega por el lado del camino en el que no se le espera. Viene más rápido de lo normal, aunque no es por la prisa. Está a un tiempo pálido y azorado. Nos subimos al pescante sin decirnos nada. Hay que darse prisa para dejar el monte atrás, pues aún quedan un par de kilómetros para llegar a Pardales.

—¡Vamos, Noble, adelante!

Después de tres minutos, se cuelan partes de la ermita entre los árboles y me doy cuenta de que salí de los caños sin fijarme en ella por última vez. ¿Por última vez? Sí, nunca volveré a verla con Sara a mi lado. Lo digo muy bajo.

—Por última vez, hermana.

—¿Qué dices, Marcos?

—Nada.

El cura se mesa la barba. Es una caricia suave, como si solo quisiera desenredar una idea.

—Antes me he pasado por la ermita.

—¿Por eso ha tardado?

—No me podía ir sin acercarme por lo menos a la verja. Y me he dado cuenta.

—¿De qué, don Rufino?

—De que lo que dice la Salve es lo que me pasa ahora. ¿No lo ves, hijo? Y también lo que te pasa a ti, y a todos: «A Ti clamamos los desterrados hijos de Eva». Los desterrados, Marcos. Cada vez que volvamos aquí lo seremos realmente: desterrados.

Algo está ocurriendo aún lejos, más allá de las viñas de Pardales, es probable que en las tenadas. Seguro que es una oveja que no consigue parir sola. Aunque todavía no ha muerto, el cansancio la tendrá postrada desde la salida del sol. Eso ven los buitres: un animal, lleno como un odre y tumbado en la tierra, que aún no está inmóvil, pero al que le queda muy poco, cada vez menos. Los buitres vuelan desde las hoces hasta el lugar en el que está la oveja moribunda en un círculo enorme y eso les permite aguantar en el aire sin desfondarse; soportar la espera, que puede ser larga e incluso inútil. Si no conociera a los buitres, me dolería de la oveja y su desgracia y desearía apedrearlos por aprovecharse de ella. La gente piensa en ovejas como esa cuando los chiquillos arrastran hasta el pueblo algún buitre torturado con saña, un macho sin mundo que no se guareció durante una lluvia recia y acabó desplomándose en el peor lugar. Nadie se pone en la piel del buitre hambriento, al que no le queda más remedio que alejarse de su única comida en dos, en tres, en cuatro días, quizás en una semana, sin saber si cuando la corriente de aire le permita regresar hasta la carroña, ya será el festín de otros. Su elegancia y su calma en el aire confunden a los hombres, que no entienden que al buitre la angustia también lo está deshaciendo por dentro.

—¿Y para cuándo está prevista la boda?

Don Rufino debería saber más de los buitres porque dice que entiende de las cosas del cielo, pero siempre se interesa más por lo que se mueve en la tierra.

—¿Te ha dado un vahído, Marcos? Que cuándo se casa tu hermana.

—En julio. Yo preferiría que lo dejasen para otoño, que hay menos faena, pero a nadie le importa eso. Lo único que les preocupa es encontrar un sitio para el convite.

—Sí que va a ser raro para la señora María no hacerlo en su casa. Con la de bodas que se han celebrado en la fonda durante treinta años y ahora no puede arreglar la de su propia hija.

—No exagere, padre.

No han sido muchas bodas las que se han hecho en la fonda. Solo las de las familias con posibles o con tantas ganas de parecer que los tenían que empeñaban hasta la ropa de acristianar para poder pagar una fiesta en la que no faltase de nada. Así lo decía madre a los novios, hubiera lo que hubiese sobre las mesas del comedor: «¿Lo veis? Aquí no falta de nada». Pero en la mayoría de las casas, ni pensar en ir a la fonda; un refrigerio en el corral y listo: tinto para los hombres, vino dulce para las mujeres y almendrados para los niños. Y en los últimos tiempos, ni a eso llegaban algunos: la mayor del Tonín se casó a las siete y media de la mañana no solo porque tuviese urgencia, que ya me dijo la Vitoria que no había forma de escondérsela cuando iba a lavar a los Aguachines, sino por convidar al cura solo a un desayuno.

Por eso don Rufino se olvida, porque él ha comido bien en la mayoría de las bodas, fueran de pobres o de ricos.

—¿Te acuerdas de las de antes de la guerra? Eso sí que eran banquetes memorables. Bien lo sabe el Señor, memorables... La boda de tu cuñado Valentín con la Leo fue extraordinaria. ¡Quién le iba a decir a la tía Aquilina que su hijo se casaría como un marqués! Como tu boda fue justo después de la guerra, ya fue otra cosa, no se podía más y la Vitoria bien lo sentiría, aunque estaba tan feliz esa mañana que a lo mejor no se dio ni cuenta de la diferencia. Deberías haberte casado antes, en los buenos tiempos, como tu cuñado.

—No le escuches, Noble, que nada de aquello fue tan rumboso.

—¡Ay, qué manía con hablarle al caballo!

Don Rufino se amohína y calla. Se enfadaría aún más si le dijese lo que de verdad pienso: aquella boda fue un desastre para lo único que de verdad tenía algo de valor. Todo aquel alborozo era igual que las enaguas de la mayor del Tonín, no consiguió esconder la ruina que nos esperaba, la que nos tiene ahora al cura y a mí subidos al carro yendo a un pueblo que no es de nadie con Sara envuelta atrás en una colcha.

—Ni mucho menos fue una boda feliz, ¿verdad, hermana?

—Que aunque susurres te oigo. ¿Y también le llamas hermano al pobre macho? Si te creerás san Francisco de Asís.

La boda del hermano de la Vitoria hubiese sido algo sencillo, de las de poco más que un refresco bajo la parra del corral, si el tío Joaquín no hubiera metido a madre. Con la ocurrencia que tuvo de pedirle que fuese la madrina del novio, en lugar de la tía Aquilina, hubo quien se hizo lenguas de que no hay tonto que lo sea todo el tiempo, pero yo conocía bien al tío Joaquín y jamás quiso que aquello se convirtiera en lo que fue. Luego se dejó llevar, como siempre, pues no podía ni pensar en oponerse a algo de lo que hiciese madre. Si madre le hubiese dicho que se tirase de lo alto de un talud, allí le habríamos visto rodando. A su manera, solo deseaba demostrar que para él éramos parte de su familia, aunque ya fuese evidente: las órdenes de la tía Aquilina en la fonda se respetaban como si saliesen de los labios de madre, Sara quería a la Vitoria más que a su brazo derecho, y yo, pese a lo mucho que le encorajinaba a madre, no me despegué de las perneras del tío Joaquín hasta que fui lo suficientemente mayor para que él no se separara de mi lado. Llegó un momento en que ninguno de los dos supo quién seguía a quién. Cuando en aquella época, los años que don Rufino llama los buenos tiempos, íbamos de jornal a las minas de yeso o a las obras del viaducto o del ferrocarril o de la carretera, siempre había un capataz forastero que gritaba: «¡Eh, tú, ven aquí! Dile a tu padre esto o aquello». Solo se daban cuenta de que no éramos familia cuando cobrábamos la peonada y nos preguntaban el apellido, pero ninguno de los dos les desengañaba antes porque nos gustaba parecernos sin ser nada del otro. Por eso no hacía maldita falta demostrar lo que ya se sabía y más aún cuando era de suponer que madre lo iba a interpretar todo torcido.

Los buenos tiempos, dice el cura. Porque había dinero, lo dice. Pero el dinero no era nuestro, vino con la gente de fuera. Cuando en el 30 llegó la hora de mi quinta, el pueblo llevaba años lleno de ingenieros, de capataces, de hombres de cualquier sitio en busca de una ocupación. En la fonda hubo que apañar cuartos por todas partes: la cuadra, el pajar, el granero.

Durante un verano se colocaron jergones hasta en la cochera. Madre no daba abasto. El mismo arte que utilizó en los comienzos de la fonda para que los huéspedes que venían a tomar las aguas se quedasen el doble de tiempo de lo que habían previsto lo usaba entonces para convencerlos de que los Aguachines ya habían hecho su efecto: «Pero ¿han visto ustedes, señores Loquesea, qué buena cara tienen? Si estas aguas son mano de santo; tres días y listo». Y los despachaba para dejar libre la pieza.

Volví de la mili con la esperanza de que todos se hubieran esfumado. No era una idea tan absurda: si los reyes se habían ido del país, ¿cómo no se marcharía toda aquella gente traída por el Gobierno? Pero en el pueblo seguían los del ferrocarril, los de la carretera, los del viaducto y los de la mina como si tal cosa, incluso había más. El único que se marchó, pero al otro mundo, fue el pobre don Ezequiel, que se murió de pena solo de pensar que nunca volvería a ver a una reina paseando entre las fuentes de La Granja como en sus tiempos mozos. El nuevo secretario del Ayuntamiento llegó apenas unos meses después de mi vuelta y me disgustó desde que puso el pie en la fonda. No quiso que le llamásemos don Pablo, sino señor Riaño, porque el «don», dijo, era cosa de otra época. Fue el segundo que se tomó en serio lo del pantano. El primero siempre fui yo, digan lo que digan los demás. Antes del señor Riaño, cuando cada tanto venía algún hombre de la ciudad a vueltas con el tema, don Ezequiel me ponía la mano en el hombro y me decía: «¿El pantano? Lo mismo que la carretera y el tren: no llegará nunca»; y cuando hicieron en el pueblo la estación y no solo empezaron una carretera a Sepúlveda sino también otra a Aranda, don Ezequiel me agarraba el brazo y me decía con la misma calma: «¿Tú piensas que el Gobierno no tiene lógica? ¿Cómo nos van a poner todo esto si quieren inundarnos? Lo dicen para contentar al resto de los pueblos».

El señor Riaño era de otra manera, y el día que llegaron los planos de la obra del embalse y le comenté la teoría de don Ezequiel sobre la lógica, se encajó los lentes, ladeó la cabeza y me contestó: «La única lógica de la República es el bien superior». Que muriésemos ahogados era un «bien superior» para el nuevo secretario. No me quedó más remedio que detestarlos a él y a su República casi desde el principio.

—Menudo trajín se traen los buitres hoy.

Al final, don Rufino se ha dado cuenta.

—Es más allá de Pardales. Será una oveja malparida.

—O algún carnero se ha roto una pata.

—También... Pero, vamos, lo que sea lleva un buen rato muriéndose.

—Estos pastores que se ocupan del rebaño de otros no están a lo que deben estar. ¿Siguen tus ovejas en Hontanar?

—No, las llevé al pueblo nuevo, a unas tenadas que hay cerca de allí. El rebaño parece que está bien cuidado, pero cuando nos quedemos, quiero ocuparme yo. No sé si podré si tengo que atender también las tierras.

—Por fin labrador.

—Sí.

—Estarás contento, aunque tu madre seguro que no.

—No.

Don Rufino se ríe.

—¿Cuánto tiempo te dejó de hablar cuando compraste las primeras cabezas?

—Un año.

—¡Un año! Vaya, no me acordaba de que hubiese sido tan largo. La verdad es que nunca entendí un enfado semejante.

Don Rufino calla, pero yo no voy a contestar a eso.

—¿Y cuándo pasó? Lo de dejaros de hablar.

—Después de la boda del Valentín. Esa que a usted le gustó tanto.

Sara también me retiró la palabra ese día.

—Tu silencio dolió mucho más.

Don Rufino ni me mira, pensará que solo estoy rezongando. Es cierto que nada había cambiado en el pueblo después de que volviera de la mili, pero nosotros sí que habíamos cambiado. Madre, Sara, yo. Nos habíamos hecho más nosotros mismos queriendo cosas que yo supe desde el principio que no podrían vivir juntas. Pero eso no se nos mostró con su cara más fea hasta la maldita boda del Valentín. Y mira que estábamos elegantes esa mañana con la ropa que mandó hacer madre en Segovia. Con su vestido de seda negro, madre era justo la reina entre pastores que había buscado representar en aquella fiesta. Eso fue lo que pensé mientras, al bajar la escalera, la vi esperar nerviosa en el zaguán, dando todavía las últimas órdenes a la tía Justa y sus hijas, que se movían como renacuajos en una charca entre la cocina y el comedor. «¿Dónde está tu hermana?». «¿No se marchó ya con la Vitoria?». «No, sigue arriba. ¡Sara, hija, por el amor de Dios! Yo no puedo llegar tarde». Me enseñó las palmas de las manos en uno de esos gestos suyos de «tengamos la fiesta en paz». «Ve a por ella. Y os quiero en el primer banco antes de que entre la Leo, ¿me entiendes?».

La escalera ya empezaba a crujir por aquel entonces, así que Sara tuvo que oírme bajar, hablar con madre y volver a subir. Yo diría que me estaba esperando sentada en su cama, como una auténtica reina azul celeste, con su larga trenza negra sobre el pecho. Sara no se había cortado la melena como otras mozas del pueblo, que, imitando a las forasteras, parecían gatos trasquilados. Era más lista que ellas. Era la más lista de todos.

«Mira lo que madre ha hecho que me trajeran de Segovia». Fue la primera vez que vi lo que sería su colcha. La tela granate estaba colocada en la silla, junto a su armario, sobre aquellos libracos donde Sara estudiaba lo que le decía doña Encarna. «Madre quiere que empiece a bordar mi ajuar». «No me parece tan mala idea, se te da bien coser y además te gusta». «No te hagas el tonto, Marcos. Me está diciendo que no». «Que no a qué». «¡Jesús, Marcos! Al examen de la Escuela Normal». Me está pinchando de nuevo el costado de recordar su ansia. Porque antes de su desgana fue su ansia. Sara tenía ya la estatura de madre, y cuando se levantó, no me moví del marco de la puerta para que no fuese evidente que me podía mirar por encima y, también, para que no me alcanzara esa hambre que le supuraba por todo el cuerpo y amenazaba con inundar la habitación. «Pero ¿no quieres casarte? ¿No quieres algo como la Leo?». «No lo sé. Quiero ir a la Normal». «Esas son cosas que te ha metido en la sesera doña Encarna. A lo mejor ni apruebas el examen». «Pues tendré que hacerlo primero para que lo sepamos». «Y si lo apruebas, cuatro años en Segovia». «Claro». «Para ser maestra como doña Encarna. ¿Tú quieres ser como doña Encarna?». «No lo sé. Yo quiero ir a la Normal». «¡Y dale! Madre no va a dejar que pases cuatro años fuera». «Sí, si tú me ayudas. Dale el dinero de las ovejas para arreglar la Casa Grande». «Ya le he dicho que no». «Pues dile que sí a cambio de que me deje hacer el examen». «Luego puede negarse a que te quedes en la ciudad». «No si está entretenida con el dichoso hotel. Ganamos todos, Marcos: madre no tardará ni dos años en devolverte el dinero aumentado. Podrás comprar un rebaño mucho más grande. ¡Fíjate, he hecho las cuentas!». Sara dejó la colcha sobre la cama y sacó de entre las hojas de uno de los libros un papel lleno de números. No quise cogerlo. «Déjalo, de esto sabes más que yo. Pero, aunque sea verdad, madre no permitirá que estés tú sola por ahí». Sara sonrió, me explicó que no estaría sola, que se quedaría con la hermana de don Rufino. «Se está llenando de criaturas y necesita ayuda con la casa». Me dijo que no le costaría un real a madre y que el cura ya estaba convencido de que su hermana no podría sobrevivir sin ella. «No parará hasta convencer a madre, ya lo conoces». Hice el último intento. «Pero yo ya he dado mi palabra al de Motarejo». «Y tu palabra de cuidarme, ¿dónde está esa palabra?».

Cada vez aparecen más buitres en el círculo enorme. La oveja no ha muerto aún. Debe de ser fuerte; si no, su sufrimiento no sería tan largo. Aunque de eso no tienen la culpa los buitres. Todo el mundo pensará en ellos cuando vean los huesos de la oveja y los del pequeño lechal rebañados en mitad del campo. ¿Dónde se mete el pastor? ¿Dónde está el hombre que la tiene a su cargo y que permite que se vaya consumiendo entre dolores hasta apagarse?

—El castillo de Pardales está ya casi a la mano. Anda, Marcos, dile a tu caballo que corra, que estoy deseando llegar.

—Rodearemos Pardales por los huertos.

—Bueno, ya veremos.

—¡Aprieta, Noble!

«Ya veremos». Es lo que le dije a Sara: «Ya veremos». Pero sonó como un «sí», y Sara lo creyó toda la boda. Y a pesar del nudo de miedo que me apretaba el estómago y no me dejó apenas comer, hubiese sido feliz solo por contemplarla ir de un lado a otro, apareciendo de improviso en cada rincón para iluminarlo como un relámpago en una noche de agosto. La Vitoria, que la conocía casi tanto como yo, se dio cuenta: «¿Qué te pasa, niña? Si parece que eres tú la que se ha casado». «Mejor, Vito, mejor». Y la besaba en la frente como si fuera ella la más grande de las dos.

Me amargaron, como siempre, las ocurrencias de madre, que había invitado a los Corrales a la comida y los había hecho sentar más cerca de los novios que los Cantamañanas, pese a que madre sabía que aquello ponía al tío Joaquín en un compromiso y pese a que ella nunca quiso saber nada del Satur y su padre, ni de ningún otro Corral, desde que regresamos. Pero la Casa Grande era de ellos y madre la quería y a madre nunca le ha importado pasar por encima de lo que sea si al otro lado hay algo que ella desee. Así que tuve que aguantar cómo madre, con todo su porte de reina, reía junto al gañán del Satur viejo que achicaba los ojos en lo que yo imaginaba que era un regateo sordo e interminable. Puede ser que durante el banquete me planteara en algún momento el «ya veremos» que le di a Sara, pero no, no fue ese el motivo.

Cuando la fiesta se trasladó a la plaza, fue fácil olvidarse de todo aquello. Si madre hubiese pensado en poner líneas de banderitas colgadas entre pared y pared, nada habría distinguido aquella tarde de una fiesta de San Juan. No faltó un solo vecino al baile, ni un empleado de la yesera, ni un trabajador de las obras, ni un huésped de los que venían a tomar las aguas. Hasta había bastante gente de Pardales, familia lejana de la Leo, o eso decían. Al principio todos estaban como recién subidos al arca de Noé, cada cual con su propia especie. Pero cuando los dulzaineros empezaron a tocar sobre el carro y la gente llevó a los pobres novios, que no sabían qué hacer en mitad de todos ellos, al centro de la plaza para que bailasen, fue como si una gran cuchara de palo mezclara en un mismo mejunje lo que había estado separado. Y lo que no consiguió la música lo logró el vino: el tío Joaquín despachaba con el médico y el alcalde; la Leo les enseñaba a unas enfermas del riñón las puntillas negras de su vestido de novia; el señor Riaño gesticulaba frente a dos capataces de la yesera, que parecían esperar un turno para hablar que nunca llegaba; don Aníbal, sentado en una de las sillas que habíamos sacado de la fonda, intentaba que no se notase todo lo que había comido y bebido de más; los mozos hablaban a voces al lado de las borriquetas donde se servía la bebida y las tortas; las chicas los miraban desde el soportal del Ayuntamiento y reían; los niños cruzaban corriendo la plaza para encaramarse a la fuente; doña Encarna los reñía del brazo de don Rufino hasta que llegó Sara, la abrazó, le dijo algo al oído y las dos me buscaron con la vista y me hicieron gestos para que me acercase. «¡Qué alegría, Marcos, qué gran alegría!», dijo la maestra. «Hermano, ahora es el momento de hablar con madre, que está sola».

Madre reposaba de su reinado o simplemente lo contemplaba al final de los soportales. Crucé en diagonal la plaza llena de parejas que se balanceaban en mitad de un pasodoble. Noté un leve empujón y al volverme vi al Satur y a la Vitoria agarrados. El Satur me guiñó un ojo y aquel gesto me escoció como una ofensa, pero fue la Vitoria quien envaró el porte y se puso roja como la grana; yo solo dije: «Perdón» y seguí mi camino hasta madre, que dijo en cuanto me tuvo al lado: «Cuando vosotros os caséis, será mejor que esto. ¿Has visto lo guapa que está Sara? Puede aspirar, claro que puede». «Madre, ¿qué le han dicho los Corrales?». Madre tardó en contestar. «Me han bajado el precio, pero sigo sin tener dinero para el arreglo». «Y con lo mío de las ovejas ¿le llega?». «Con eso sí habría suficiente». No me acuerdo si dijimos algo más antes de callarnos mucho rato. «Se lo presto a condición de que deje a la hermana ir a Segovia a hacer ese examen». «¡Vamos, Marcos, qué tontería! ¿Por eso estabas hablando antes con la meticona de doña Encarna? ¿Es que quieres ver a tu hermana solterona como ella? A la Casa Grande vendrá mucha gente con posibles, con clase. A Sara no le faltarán oportunidades. Ya que tú no quieres, al menos deja que la niña ocupe su sitio». La dichosa palabra hizo tambalear mi «ya veremos», pero tampoco fue eso. «¿A esa gente le va a estorbar que Sara estudie unos años?». «Cuatro». «Cuatro años». Volvió el silencio. El pasodoble era otro, pero sonaba igual que los diez anteriores. La Vitoria y el Satur bailaban aún. Llevaban el suficiente tiempo bailando como para empezar a echar la cuenta. «Mañana iré a Motarejo a comprar las ovejas, a no ser que usted deje a Sara pasar ese examen». Los dulzaineros seguían a lo suyo encima del carro. «De acuerdo, te lo prometo». Madre se miró el raso de los botines. «¿Alguna vez me lo pondrás fácil?».

Fue dulce renunciar a las ovejas a cambio de ver ceder a madre. No importaba los más de diez años ahorrando cada real al lado del tío Joaquín. En ese momento sí que estaba contento, y no solo por Sara. Lo siguiente llegó como un pronto. Me acerqué hasta la Vitoria y el Satur, y le toqué a él en el hombro: «¿Me permites bailar con la hermana del novio?». «Lo siento, ahora está conmigo». «No importa —dijo la Vitoria—. Lo que queda de este lo bailo con Marcos y después, si quieres, te concedo otro». Nadie alrededor notó el forcejeo de la Vitoria para soltarse, pero fue suficiente para que las orejas del Satur se encendiesen como farolillos. Nunca había bailado antes con la Vitoria y recuerdo la sorpresa que me dio su cuerpo. No parecía haber sentido el calor y el movimiento, estaba tibio y la palma de la mano no se me humedeció con el contacto firme de su espalda. No era rigidez, pues todo en ella transmitía confianza: no sentí el dique de su codo sobre mi pecho, ni siquiera bajó los ojos. Su cuerpo no era duro, sino sólido y prieto como la tierra buena.

Acabó el pasodoble y después vino otro, y otro más. No hablamos casi, solo le pregunté: «¿Te ha gustado la boda?». «Mucho». Y al rato dijo: «Ha sido un buen día. Muy bueno». Me lo repetí para dentro, y sobre el hombro de Vitoria apareció la imagen de Sara en los soportales junto a un grupo de chicas mayores que ella, que permanecían atentas a algo que contaba más con las manos que con la boca. Tan alta en medio de todas ellas parecía la llama viva de un candil. Al rato volvió a cruzarse, pero ya sola, y era ella quien me miraba como en una pregunta. «Vitoria, me tomaría un vino. ¿No quieres uno?». «Uy». «Sí, mujer. Por un día». «De acuerdo». «Mira, ahí está mi hermana. Ahora voy yo». Escuché a la

Vitoria gritándome mientras me acercaba a los tablones donde madre había mandado traer otra barrica y tortas de azúcar
y chicharrones. «¡Pero poquito, Marcos, que enseguida se me
sube!».

Cuando llegué, la tía Justa servía también vino al señor
Riaño. «Justa, cuando puedas, uno lleno y dos a la mitad»,
dije. El secretario tenía las mejillas algo coloradas y la mirada
le chisporroteaba tras las lentes. «Bien que se sabe hacer una
fiesta en Hontanar». «Sí». «Desde el principio me di cuenta de
que este sería un buen destino». Sonreí. «Es una pena». Él tenía ganas de conversación y yo prisa. Sara y la Vitoria, aunque
no había nadie alrededor para escucharlas, se hablaban muy
cerca pegadas a una columna. «Perdone, don... señor Riaño,
me esperan». «¿Y cuándo vas a Motarejo para lo de ese rebaño?». ¿Por qué tuve que dar explicaciones? «No iré, vamos a
comprar a los Corrales la Casa Grande». «¡Qué listos esos Corrales! No sé cómo lo harán para enterarse siempre los primeros. Prefieren venderla antes de que se la tasen a la baja». ¿Por
qué tuve que preguntar? «¿De qué se han enterado el Satur y
su padre?». «¿No te lo imaginas tú? El jueves llegó la notifica-
ción de Madrid de que las obras del pantano empiezan el mes
entrante. —No solo el vino te hace perder pie—. Más te valdría comprar esas ovejas, al menos eso te lo podrás llevar».

No recuerdo dónde dejé los vasos. Salí por la calle del
Cerrajón para no cruzar por delante de mi hermana y la Vitoria. Pero antes de dejar la plaza sentí que una mano me
agarraba con fuerza del brazo. Me pregunté si al Satur no le
había bajado la sangre de las orejas desde que empecé a bailar
con la Vitoria, o si era que le retenía la sangre arriba ese gesto
suyo con la nariz, como el olisqueo de una rata. «¿Qué quie-

res, Satur?». «Eres como el perro del hortelano: ni lo comes ni lo dejas comer». «No sé lo que dices». «Vete a la mierda, Marcos Cristóbal. A la mierda».

—¡Estupendo, Marcos! Al final entramos en Pardales.

—¿Cómo?

—Acabas de pasarte el desvío de los huertos. Es porque quieres entrar al pueblo, ¿no?

—Me tendría que haber avisado.

—¿Y yo qué sabía, hijo? No creo que haya que enseñarte el camino a estas alturas.

—No importa. Cogeremos la senda estrecha de más arriba.

—¡Cuánto empeño! Me gustaría que te vieses: demudado, con la ropa húmeda, descalzo. Te vas a caer redondo en cualquier momento. Además, necesito beber...

—¡Si acaba de hacerlo!

Se rasca con fuerza la barba, intentando encontrar otra razón que doble la mía.

—Pues necesito beber de nuevo. Y me he dado cuenta de que me he dejado mi estola. No quiero que me presten una los frailes.

—Llevamos prisa, padre. Aunque la misa sea a la una, ya vamos muy apurados. Mire dónde está el sol, son casi las diez.

—¡No conozco a otro más cabezota! ¿Cómo lo haces, hijo?

La tía Justa y sus hijas dejaron bien recogido el comedor. No quedaba rastro del banquete. Habían restregado las mesas con esparto y fregado el suelo a fondo. Sin embargo, al entrar, seguía oliendo a sebo y a gente. Así que quemé un poco de encina en el brasero para borrar el tufo. Sara llegó cuando el enebro ya no ardía y el sahumerio se comía con su aroma a árbol el de los hombres. «Abre las ventanas o vas a ahumar toda la casa». Ella misma las abrió de par en par, dejando las hojas pegadas a la pared. La noche estaba calmada, no hacía frío ni se produjo corriente, por lo que el humo fue escapando de a pocos. «¡Menudo disgusto tiene la Vitoria! Nos has dejado a las dos plantadas. ¿Se puede saber qué ha ocurrido?». «Mañana tengo que madrugar. Me esperan en Motarejo bien temprano». La figura de Sara me pareció desleída por el humo y la oscuridad de fuera. «Entonces madre...». «Madre nada, solo es que lo he pensado mejor. Quiero esas ovejas». Quizás lo peor de todo sea el silencio. «¿Qué tiene de malo Hontanar? ¿Por qué quieres irte? ¿Por qué quiere todo el mundo que desaparezca? Fuera no hay nada. ¡No hay nada! Y menos para ti. ¿No quieres que te cuide? Solo en Hontanar puedo protegerte».

No me acuerdo de si me dijo algo. No recuerdo cuándo salió del comedor. Solo sé que me quedé abajo mucho tiempo, hasta que todo el humo hubo desaparecido y cerré las ventanas. Al subir, la luz de su dormitorio seguía encendida. Me asomé, pese a que no creo que me viese. Estaba sentada en su cama, igual que unas horas antes, y se había colocado sobre las rodillas la tela granate de la colcha. La miraba con fijeza, y confundí aquel gesto con cansancio, tal vez desilusión. Era lógico que no lo reconociera, pues no lo había visto antes. Yo fui el primero en verla: era la desgana. Su desgana.

—¡Noble, hasta Pardales!

Don Rufino se vuelve hacia mí, va a decir algo, pero cierra la boca. Se decide.

—Marcos, perdóname lo de cabezota.

—No se preocupe. Pero tiene que encontrar ese dibujo. Nos tenemos que llevar de Pardales el dibujo de Sara.

—Claro, hijo, si lo tengo en el breviario.

Mientras estemos dentro de Pardales, las calles harán que el cielo sea más estrecho y no sabré si ya ha llegado la hora de los buitres. Justo antes de las primeras casas, un rebaño cruza el camino. Sube hasta el carro el bullicio de las esquilas, el balar de los borregos, los gritos del pastor, los ladridos que se pierden entre lana blanca. Aprovecho el ruido.

—Sara, vamos a por tu dibujo. Al menos, eso.

En Pardales las casas parecen más pequeñas, quizás porque, al estar hechas con una piedra menos oscura que las de Hontanar, se les nota el musgo que ha dejado entre los huecos del mortero la lluvia de marzo. Sin embargo, al igual que allí, apenas hay distancia entre una casa y la de enfrente, y las calles son tan estrechas que se debe tener cuidado al doblar la esquina con el carro:

—¡*Mecagüen*, Noble! No seas atravesado.

Lo riño sin razones. Noble tiene costumbre de hacer caminos mucho más complicados entre las cuestas de Hontanar, donde todo está o subiendo a los palomares o bajando a las bodegas o en lo hondo de los lavaderos nuevos o en lo más alto del frontón. Solo las plazas y el espacio que queda alrededor de los Aguachines son un descanso a la pendiente. Eso hace que en el pueblo se respire como en campo abierto y que, mientras subes o bajas la costanera, divises lo que está a lo lejos en lo que parece un anuncio o un destino. Pero aquí, encerrado en mitad de cada calle, no sabrías adónde vas si no fuera por la torre del castillo, que se quedó de pie en el altozano por recordarnos que el mundo no se creó para tanta llaneza.

Para que don Rufino no note mi congoja, la descargo sobre el lomo de Noble. No me entra suficiente aire en el pecho. ¿Sara se mueve otra vez o son imaginaciones mías? ¡Dios santo, Sara, estate quieta! Cualquiera puede pararnos y descubrir lo que ocurre. Cualquiera no. El portalón del cuartelillo de la Guardia Civil está atrancado bajo los azulejos rojos, amarillos y negros del dintel. «Todo por la patria», dice, y esas letras parecen hoy el único rastro de los guardias en Pardales. Quitando al pastor, con sus ovejas y sus perros, tampoco se nos ha cruzado un alma desde que entramos. ¿Se habrán ido todos a la fiesta, como en Hontanar? Tal vez a los guardias sí los hayan invitado, pero el resto del pueblo sigue aquí: los hombres en el campo, cada uno a su faena, y las mujeres, que no han terminado aún de aviar su casa y poner el puchero en la lumbre, no están listas para visitar a la vecina encamada o comprar en la tienda el cuarto de aceite que les falta. No obstante, es mejor no dejar el carro solo. En Pardales son entrometidos. Me adelanto a las protestas del cura.

—Pase usted sin mí. Si no, nos demoraremos demasiado en conversaciones de cumplido. Lo mismo puedo comer un trozo de hogaza aquí arriba que allá dentro.

Don Rufino no contesta. En este pueblo la iglesia no está donde debe, sino escondida en mitad del caserío, y si llegas a ella desde la entrada de la casa parroquial, te recibe de espaldas, con el armazón de madera sosteniendo el campanario, como si estuviese del revés.

—¿Ese no es tu antiguo amigo? El que estuvo hablando con... El que fue contigo a la guerra.

Hace años que solo veo a Justo Gil a distancia. Si alguna vez coincidimos, sabemos cómo hacerlo para no tener que saludar al otro, así que no me había fijado hasta ahora en todo lo que lo ha roído el tiempo. Cuando todavía éramos amigos, nos mirábamos como si estuviésemos frente a un espejo, y por un instante recupero el hábito. Lleva la boina enroscada hasta las orejas, y me asombro de que la mía siga en el bolsillo de la chaqueta desde que salí de casa. Calza unas albarcas de trabajo tan sucias que bien podrían ser nuevas o caerse a pedazos, pero siempre serán mejores que ir descalzo por en medio de Pardales. Me sube el calor de la vergüenza al rostro; no por mí, sino por Sara.

—Sujete las riendas un momento, don Rufino.

Los calcetines están todavía húmedos y me parece que los zapatos siguen igual de encharcados que cuando salí del río. Ojalá Justo Gil desapareciese. ¿Por qué no se mueve de la puerta? ¿Por qué no se escabulle como lo ha hecho siempre, como también lo haría yo? Es porque no nos ve. Está pendiente de cada una de las palabras que salen de la boca de la Cipri.

—Entonces, ¿cuándo volverá don Isaac de esa fiesta?

—¿Tú crees que el señor cura me da explicaciones? Aunque no vengas esta noche, mejor mañana, por si decide quedarse a dormir con los frailes.

—Pero, Cipriana, en cuanto regrese dile que hay que hablar del bautizo, que desde que se nos murió el cuarto sin que se le hubiese caído el ombligo, la mujer no vive hasta que no ve a los hijos en la pila.

El ama cabecea como si hubiese repetido eso mismo muchas veces.

—No te preocupes, que, si queréis, el cura le echa el agua mañana mismo.

Ninguno de los dos atiende a quiénes somos hasta que tiro de la brida y doy el alto a Noble. Justo Gil apenas aprieta los labios cuando me ve. Siempre fue de ideas fijas, pero antes no se le grababan de esa manera en el rostro. La sotana de don Rufino se convierte de repente en su nueva idea fija y le ayuda a bajar sin necesidad. No sé por qué, yo también bajo.

—¿Y no podría hacerlo usted, don Rufino?

—¿Hacer qué?

—Bautizarme al hijo.

—Ya sabes que solo soy un huésped del padre Isaac.

—Pero puede bautizar a un niño.

—¡Hombre, claro!

—Pues entonces.

—Es que nosotros también tenemos que llegar a esa celebración.

—Si es un momento.

—Es más que un momento, Justo... Pero ¿qué pasa? ¿Que el chico está malo?

—Al cuarto tampoco le pasaba nada y se murió sin acristianar.

El ama de don Isaac se sacude el delantal como si se quitase de encima una discusión que ya ha tenido.

—Lo que pasa es que la Resti está nerviosa porque uno de los pequeños también se le murió de sarampión en febrero. ¿No se acuerda, don Rufino? Estaba usted ya aquí.

—Se nos murió el sexto.

—¿Ves?, ese estaba bautizado hace año y medio y se murió.

—¡Cipriana, no seas burra!

—Pues, padre, es lo que hay.

Justo Gil nos mira a los tres como con las cuencas vacías, alunado. Me pregunto cuándo le pasó. Me pregunto si me habrá pasado a mí también. «Estamos hechos de la misma madera», decíamos entonces. Aunque él siempre fue más de ideas fijas que yo. Por una de ellas nos hicimos amigos antes de la guerra, pese a que en aquellos tiempos no se le grababan en mitad del gesto como ahora. O yo no me di cuenta, tan pendiente como estaba de las manías de mi propia casa.

Y es que Justo Gil llegó en la época en la que madre comenzó a desesperarse. Yo no lo entendía, pues Sara apenas cumplía los dieciséis, los diecisiete, los dieciocho años, y aunque a las chicas de su edad ya se las considerase casaderas, la Vitoria, que era casi diez años mayor, aún no parecía acuciada, por mucho que la tía Aquilina suspirase de vez en cuando. Tal vez madre tuvo el pálpito de que todo iba a cambiar antes de que ninguno nos diéramos cuenta, antes incluso de que ella misma lo supiese; o, simplemente, pensó que las obras del pantano no marchaban tan despacio como parecía y, con el fin de Hontanar, se terminarían también las oportunidades de «casar bien» a Sara. Casarla bien. No tanto como para devolverla a «su sitio», pero sí lo suficiente para que saliese del pueblo con un hombre «mejor que los de esta tierra». Eso decía madre.

Justo Gil siempre me pareció un hombre de la tierra, aunque no fuese de Hontanar, y por eso me gustaba. Lo conocía de las fiestas de los pueblos y de alguna feria de ganado, pero creo que nunca había hablado con él antes de que viniera con el Satur por lo del replanteo de mojones. El canalla del Satur, siempre zascandileando alrededor de la obra, se ofreció para presentarle a gente que quisiera formar con él y otros hombres de Pardales y Motarejo una cuadrilla. «Sabes que yo no trabajaré nunca en el pantano». «¿Y el tío Joaquín y su hijo?». «Preguntadles a ellos». «¿Y la Vitoria no está en la fonda? Por evitarnos la visita si no les interesa». «¡Por Dios, Satur! En la cocina estará». Justo Gil siguió de mala gana al Satur hasta el interior del zaguán, pero en la cocina contestó a las preguntas de la Vitoria y Sara demorándose, hasta dejar que la excusa para seguir allí se agotara por completo. «Bien nos podrías poner uno de esos vinos que trae tu madre de Sepúlveda, para que este no crea que lo he traído de balde». El Satur era el que no entraba en casa sin motivo, sino para echarle a la Vitoria una de esas miradas de zorro tras el cercado de gallinas. Esos ojos del Satur se me mezclaron con la presencia nueva de Justo; tanto que se enredaron en él como una mala hierba y confundí su idea fija hasta mucho tiempo después.

—Esta rueda se va a salir.

Son las primeras palabras que Justo me dirige en diez años.

—Tiene el bocín hecho mistos.

Es la rueda que se quedó casi sobre el río. La anilla de hierro del centro sobresale más de la mitad.

—No aguantará mucho.

—Pasaré por la fragua antes de salir del pueblo.

—Mientras lo arreglas, don Rufino podría bautizar al hijo.

—¡Y dale!

—No tardaremos tanto, Justo.

—¿Tú también vas a la fiesta?

—¿Adónde voy a ir?

—¿Y vas contento?

—¿Eso qué más da?

Don Rufino se revuelve. Desea tanto como yo que Justo Gil se aparte de la entrada.

—En realidad, lo que quiere es llevar las patatas para la sementera.

—Es tarde para sementeras.

—Para las que le han dado los ingenieros del Instituto no. Crecen más rápido y son mucho mejores.

¿Por qué inventa don Rufino? Las ideas fijas pasan como nubes por la frente de Justo Gil.

—¿Y crecerían en esta tierra?

No respondo.

—En esta tierra qué va a crecer. Con todo lo que trabajé en la obra del pantano y ni una gota va a llegar a Pardales. Eso sí que te alegrará.

—No, Justo, me da lo mismo.

—Véndeme esos sacos.

—Son los únicos que tengo.

—Pide más a los ingenieros, ahora que te relacionas bien.

Siento calor en las sienes. Don Rufino está a punto de apartarlo de un manotazo.

—Pídeselos tú a tu cuñado Satur. A ese no le faltan tampoco buenas relaciones.

—Yo no quiero saber nada del Satur, don Rufino. Es usted el que está a piñón con él desde la guerra.

Ahora es el cura el que debe de sentir calor en las sienes. ¿Cuándo le pasó esto a Justo Gil?

—Bueno, señores, que yo tengo mucho que hacer. ¿Van a entrar o se quedan de cháchara en la puerta?

—Entramos, Cipriana.

—No te vendo los sacos y no se hable más.

Al fin se retira. Cipriana da paso a don Rufino. Voy detrás.

—Te vas a quedar sin rueda. ¡Qué mierda de vida! Que sepas que me alegro por Sara. Es la única que no se la merece. Ojalá estuviese aquí para decírselo.

Está aquí y le ha oído, pero ahora de qué le sirve.

La entrada de la casa cural es una boca estrecha y sin luz. Solo hay espacio para el arranque de las escaleras y una puerta a derecha e izquierda. La indignación de don Rufino tiene que oírse aun con la puerta cerrada.

—¡Sinvergüenza! Y todavía se atreve a hablar de Sara. Que Dios me perdone, pero has hecho muy bien en no venderle nada. ¡Muy bien!

Don Rufino respira como si tuviese un caramillo en la garganta, y el silbo no cede cuando deja de hablar.

—No se sulfure, señor cura, que ya sabe lo que le ha dicho don Alejandro. Pero ¿qué hace usted de vuelta?

—Me encontré a este en el camino a Hontanar y se ofreció a llevarme a la fiesta. Hemos parado a almorzar, que mira qué mala cara tiene. Y a mí me está matando la sed.

—¡Virgen santísima con la sed! Chupa más agua que un cerro de lana.

—Don Rufino, lo del dibujo.

—¡Ah, sí, y los zapatos! Ve empezando que ahora voy.

—¿Qué dibujo y qué zapatos? ¡Jesús, qué raro se ha levantado el día! Anda, entra, que te caliento unas patatas con pimentón.

Al sentarme en el banco de la cocina, se me representa la imagen del Justo Gil de antes de la guerra en una silla baja al lado de la lumbre, con las manos en las rodillas, hablando de las obras o quedándose callado cuando oía mis quejas. Empezó a venir con cualquier excusa. Que si os interesan unas barricas del vino que uno de mis hermanos hace en Pardales. Que si está por aquí el administrador, que no lo encuentro en la Casa del Pantano. Que si nos asáis un lechazo para celebrar que han cogido a la cuadrilla para la canalización del río. Después, ya no hicieron falta excusas. Se pasaba cada vez que creía que yo estaba en la fonda. Aunque no siempre acertaba y, al volver del aprisco, la Vitoria, que hablaba de él como del Satur, como con todo el cuerpo al fondo de una habitación helada, me decía: «Ha venido el de Pardales a entretener y se ha pasado media tarde en el zaguán. Ya le debe de gustar al mozo la costura».

Quizás por la manera en que lo trataba la Vitoria, también madre confundió la idea fija de Justo Gil y le hacía gracia ver su bicicleta apoyada en el portón del corral —«Ojalá viniese, el pobre, menos cuajadito de polvo»—. Además, cuando me negué a seguir siendo la carabina de Sara en sus paseos con cada nuevo hombre «mejor que los de esta tierra», se convirtió en otro peón en la obra de madre. Madre pensaría que faltando el hermano bien podía valer el amigo del hermano. Justo Gil acompañó durante dos años a la Vitoria en buena parte de aquellos recorridos por el pueblo, siempre seis pasos por detrás de la pareja que hacían mi hermana y el elegido de turno, siempre con la certeza de que esos paseos no conducirían a ningún sitio.

Sara no se resistía a los deseos de madre. Ya estábamos acostumbrados a su galbana dócil, sin dicha ni pena. No es cierto. La Vitoria no se conformaba: «Anda, niña, me he encontrado a doña Encarna en el Cerrajón y me ha dicho que necesitaría dos manos en la escuela. ¿Por qué no vas?». Y Sara no abría la boca, se quedaba quieta, como si hubiese entrado una avispa en el cuarto. La Vitoria también lo intentó con madre: «No se puede pasar toda la vida como en tarde de domingo. Se la van a comer las energías que no gasta. ¡Y con toda la faena que hay aquí dentro!». Pero madre a lo suyo: «Si me hace caso, pronto tendrá ocupaciones». Y Sara le hacía caso sin colaborar en nada. A veces, si el caballero traía algún libro en la valija, parecía despertar de la modorra; pero, para desesperación de madre, el único efecto era que cuando el señor volvía a la ciudad, se hacía unos centímetros más alta la pila de libros del rincón de su cuarto. Justo veía todo aquello y me contaba, y hasta desarrolló un ojo de tratante para valorar la resistencia de cada candidato: «Ese no aguanta tres paseos». «Este resiste». «Pero ¿qué quiere tu madre que haga Sara con semejante comesopas?».

Hasta que en la primavera del 36 nos llegó el susto del niño médico. Era parte de lo que madre llamaba una buena familia, porque en los primeros años de la fonda el matrimonio y los dos hijos ocupaban los mejores cuartos. La señora, que olía ya entonces a bolas de alcanfor, decía no aguantar un invierno sin tomar las aguas de las hoces en verano; sin embargo, al enviudar, debió de encontrar otra manera de soportar sus cólicos. Como empezaba la buena época, madre no los echó de menos, pero se alegró al recibir el telegrama de la señora en el que le pedía que le reservara dos cuartos, esta vez que diesen al corral, pues, según la señora, eran más frescos. Sí debieron de serlo en pleno marzo.

Yo esperaba que del coche de línea de Segovia bajaran la señora con su hija mayor; en cambio, detrás del bulto de la mujer apareció un bigardo con mostacho que recordaba solo un poco al tontaina que no se despegaba de las faldas de su señora madre años atrás. El niño médico aún no lo era y le quedaban años de estudio en Madrid; pero, ante la mirada de becerra de su madre, solucionaba con grandes aspavientos cada problema de salud de la provincia. Aunque lo peor fue el interés que el niño y la madre mostraron por Sara desde su llegada a la fonda. Yo ya me había dado cuenta cuando Justo Gil me lo dijo: «Esto es distinto, Marcos, muy distinto». Tan distinto que no hizo falta la carabina, pues era la propia señora quien acompañaba a la pareja en sus paseos. Madre hacía después largos interrogatorios a Sara: «Sigue así, hija, que esa gente trae buenas intenciones o a mí se me ha extraviado el buen juicio».

Justo Gil me buscaba en la tenada. No me extrañaban sus preguntas, pues un amigo de verdad debe compartir las fatigas: «¿Han dicho ya lo que quieren? Los vi ayer cerca del pantano. Sara parecía contenta. ¿Está contenta? ¿Qué es lo que piensan hacer hoy? ¿Va tu hermana con ellos? ¿Qué le dice Sara a tu madre? ¿Y a ti de qué te habla?». A Sara le hablaban, sobre todo, de lo feliz que era la hija mayor desde su boda, de lo bonita que era su casa de Segovia, de lo bueno que era su marido, de lo guapo que sería el niño que esperaba cuando naciera. Yo me preguntaba a qué tanto rodeo y me sentía como esos conejos que no han recibido un golpe certero en la cerviz y esperan agitados a que la mano asesina acierte al menos a la segunda. Me alivió que llegase el final de la espera: «Hijo, que me han dicho que quieren hablar. Debes estar tú también, que, al fin y al cabo, eres el hombre de la casa». Al contárselo a Justo Gil, se le pusieron blancas las manos de tanto apretarse las rodillas, y agradecí tener un amigo que sintiera tan fuerte las propias angustias.

No recuerdo las palabras exactas de aquella señora, aunque sí que madre iba poniéndose encarnada y que estiraba tanto el cuello que se notaba el latir de la piel verdosa por donde le corría una vena. «Señora, mi hijo y yo agradecemos su ofrecimiento, pero Sara no necesita salir de su casa para atender la de otros. Seguro que su señora hija encontrará una buena ama de cría en Segovia». No querían un ama de cría, explicó muy despacio el bigardo, sino una mujer sana con buenos modales que tuviese «costumbres higiénicas». Esas fueron las palabras que utilizó: «costumbres higiénicas». Dijo que no habían encontrado nadie que les gustara entre las «palurdas» —también usó esa palabra— recién llegadas del pueblo a la capital, y que al ver a Sara se dieron cuenta de que no podría haber mejor niñera para sus futuros sobrinos, ni mejor ayuda para su hermana.

La impresión de madre fue tan profunda que estuvo acostada tres días con una jaqueca. La Vitoria y la tía Aquilina vivieron aquello como si hubiesen sido ellas las humilladas. Y Sara no habló del tema. No habló apenas de nada y volcó su silencio en los bordados de su colcha. En esos tres días yo solo busqué no sentirme tan culpable por no compartir aquella pena. Sara continuaría en casa, con eso pasaba cualquier mal trago. No eché en falta a Justo Gil, que volvió a dejar la bicicleta en el portón al cuarto día. «Dicen que esa gente se ha marchado». «Sí». «¿Y?». «Buscaban algo distinto de lo que pensábamos». Mientras le contaba, Justo Gil no se agarró las rodillas, sino el pecho. «Me vuelvo a Pardales por el monte. Así paso por delante de la ermita y empiezo a cumplir la promesa». «¿Qué promesa?». Se me rebeló la idea fija de Justo Gil, como la Virgen a los pastores. «Y entonces, ¿tú y la Vitoria?». «¿La Vitoria? ¡Qué va! Si además esa solo tiene ojos para ti».

Sí, es indudable que Justo Gil era un hombre de la tierra, aunque, como yo, no hubiese nacido en las hoces. Por eso, en cuanto se me reposaron las ideas, supe que era bueno para Sara. Lo que pasó después no debería haber sucedido, y tal vez ocurrió porque Justo no pudo cumplir su promesa. «He prometido pasar todos los días por delante de la ermita hasta el final del año». Eso me dijo. No fue su culpa no hacerlo, sino de la desgracia que se nos vino encima.

La palma de la mano me quema bajo el plato de metal y el vaho empaña el esmaltado.

—¿Están muy calientes?

—No, están bien.

—Pues come, hombre.

Cipriana cuece mucho las patatas y es generosa con el pimentón, como la Vitoria, que dice que así huelen a adobo y alimentan más. Pero en estas patatas hay algo distinto, más suave, resbalan en el paladar.

—Están muy buenas.

—Es que les echo un poco de aceite; pero es un secreto, que luego don Isaac me gruñe por el gasto. Aunque cuando las come, no protesta, no.

El ama no deja de mirar al techo, como si pensase que puede adivinar lo que ocurre por los ruidos que vienen de arriba.

—¿Qué hace este hombre? Como no baje ya, subo a ver. El triple de trabajo tengo desde que llegó a esta casa. Pero don Isaac no sabe decir que no. ¡Como no es él el que lleva la carga! Fíjate si será difícil contentar a un hombre enfermo.

No aparto la vista de las patatas.

—¿Don Isaac está malo?

—¡Qué va, hombre! ¡Don Rufino! En todo el tiempo que lleva aquí, no ha pasado una semana sin que dejara de venir el médico. Hay mañanas que aparece sin que se le llame. Hasta ayer ponía cara de «voy a morirme» cuando don Isaac le animaba a acompañarle a la fiesta. Que no, que no estaba para fiestas. Y hoy me lo encuentro aquí parado sin que aún hubiese rayado el alba. Que se iba y que se iba, que a alguien encontraría camino del pueblo nuevo. ¿Y ahora me dice que tiró para Hontanar? Este hombre está perdiendo el oremus.

—Aquí no hay más que una loca, Cipri.

Don Rufino entra y se sienta a mi lado en el banco.

—¿Has visto por qué nunca he querido tener ama? Si es joven, otros hablan mal de ti; y si es mayor, es ella la que habla mal.

Extiende un papel doblado en cuatro partes.

—No estaba en el breviario, pero he dado con él.

Me alegra no tener las manos libres. Sé que, con solo tocar esa hoja, las patatas no se me sujetarían en el estómago.

—Guarde usted el dibujo, no sea que a mí se me caiga del bolsillo.

El rectángulo blanco desaparece entre el negro de la sotana al tiempo que Cipri coloca una jarra de cristal y un vaso redondo sobre la mesa baja.

—Su agua, padre. Recién sacada del pozo, no se me queje.

Don Rufino bebe los dos primeros vasos demasiado rápido, pero no se atraganta. Al acabar el tercero, yo también me he terminado mi almuerzo.

—¡Mejor así! ¡Vámonos! ¡Por los clavos de Cristo, los zapatos!

—Pero ¿qué cuento es ese de los zapatos?

—El chico, que se cayó al río y mira cómo los lleva.

Los tres bajamos la vista al suelo. Las losetas coloradas que rodean mis pies se han oscurecido por la humedad.

—¿Piensa dejarle unos suyos? Pues va a ir el pobre perdiéndolos por el camino. ¿Quiere que vaya como un pato cojo? Ya le busco yo unos de don Isaac, que le irán mejor. Esperen aquí.

Al quedarnos solos, a don Rufino le empiezan a entrar las prisas y dice que me espera en el carro. Ha quedado medio vaso de agua sobre la mesa y pasa fresca entre los dientes, por la lengua, a través de la garganta. Llevaba razón el cura: la parada me ha venido bien. Será que el almuerzo ha asentado el estómago o que esta luz me ayuda a respirar sin el tapón del pecho. Como no sé dónde dejar el plato, lo apoyo en el hogar, junto a la olla de las patatas, y, al acuclillarme, me cruje la rodilla. Los dolores cotidianos pasan sin maldiciones, basta con concentrarse en algo pequeño, como lo que se ve tras una ventana. Alguno de los párrocos que estuvieron antes que don Isaac mandó abrir un vano mucho más grande de lo normal y le puso estos cristales que son como los de las gafas que trajo el Goyete cuando don Alejandro se lo llevó a operar a Segovia, que parece que mira a través de un laberinto. Al enderezarme, distingo el azul en ondas y las líneas torcidas de la torre sobre el altozano.

¿Cómo se sentirán las piedras ahí tan solas? En Hontanar no hay castillo. El pueblo entero es una fortaleza y no hay murallas más altas que los taludes. Solo los hombres que viven en el llano necesitan construir un castillo para fingir el arrojo que no les concedió la tierra. Cuanto más desabrigados se sienten, más grande lo hacen, para que, al verlo otros hombres, digan lo mismo que Justo Gil al contemplar el de Peñafiel: «Da miedo».

En realidad, no daba tanto miedo, pero nos sentíamos los dos muy pequeños en aquella plaza redonda, no tanto por lo que aparecía arriba, ajeno y al descubierto, como por lo que habíamos vivido durante esas horas en lo llano. Creo que le respondí a Justo: «Ni un milagro nos salva». O tal vez no lo dije de viva voz, pero sí fue la primera vez que lo pensé de veras. Hasta entonces, aunque madre me llamase majadero por gritar más que nadie en las reuniones del Ayuntamiento y aunque me enemistara con todo aquel que dijese que al final llegaría una solución, yo también creía que en cualquier momento pasaría algo que lo devolviese todo a su sitio. No terminarían el pantano, no se atreverían. Bien mirado, si no lo hubiera creído así, habría sido imposible mi amistad con Justo, pues ¿no era él un obrero de nuestro infortunio?

Tiene gracia que fuese Justo quien me convenciese para ir a la asamblea de Peñafiel. Se celebró después de que el señor Riaño, el alcalde y cuatro vecinos más volvieran de Madrid de llevar la lista a no sé quién del nuevo Gobierno. La lista. Ni me acuerdo las veces que, al protestar madre por el traqueteo del demonio que hacía la máquina de escribir del secretario, este se disculpaba con un «señora María, es que hay que hacer copia de la lista para aquel señor o este otro». Cada nuevo gobernador, diputado por la provincia, ministro, director general, cada nuevo jefe de negociado de cualquier cosa con un pariente a sesenta kilómetros a la redonda recibía la lista de Hontanar. Hasta apareció dos veces en *La Ciudad y los Campos* gracias a don Rufino. De nada sirvió. De vez en cuando, una promesa. A veces, una nota con buenas palabras. Otras, silencio o incluso alguna contestación desabrida. A mí no me importaba que el pueblo fracasase con su lista. Aquel papel era un agravio. Pedía más tiempo, más dinero, un lugar adonde ir después de que el agua acabase con todo. Lo razonable, decían, pero no lo que de verdad era necesario: que no hiciesen el pantano, que se marcharan, que no queríamos a ningún hombre untado de brillantina disponiendo en lo nuestro.

El viaje a Madrid tampoco trajo nada nuevo. Y no había terminado Patricio del Amo de abrazar a su mujer cuando el señor Riaño le propuso lo de la Asamblea de Labradores de la Vega. Patricio es un buen hombre, de los que quiere todo el mundo porque no molestan. Por eso ha sido el alcalde desde poco después de llegar nosotros al pueblo. Cuando el señor Riaño le sugirió lo de Peñafiel, Patricio debió de pensar que se perdería las vísperas de San Juan o que se retrasaría más incluso en la siega en sus tierras, así que seguro que dijo aquello que tantas veces le oímos con don Ezequiel: «Vaya usted, señor Riaño. ¿Qué clase de alcalde es uno si no puede fiarse del secretario del Ayuntamiento?». Un alcalde idiota, diría Justo Gil. Uno que no se entera de nada. «Ese Riaño os dice una cosa, pero hace otra. Lo único que quiere es teneros tranquilos para que lo del pantano no se tuerza». «Pero

¿cómo lo sabes?». «Me lo cuenta el Satur, que tiene trato con él». «Entonces, el secretario...». «¡Qué va! Eso es lo peor. No busca sacar tajada, de verdad piensa que el pantano es bueno». Así que fuimos a Peñafiel, y hasta el último momento pensé que lo habíamos hecho por nada con todo lo que costó llegar hasta allí.

Le pedí al Belloto que nos llevara en su camión a Aranda casi de madrugada para poder tomar el coche de primera hora a Peñafiel. Llegamos demasiado pronto y tuvimos que esperar tres horas a la puerta del teatro. Cuando nos dejaron entrar, la calle era ya una gran mancha negra en medio del calor. «No vayas más adelante, Marcos, para que el señor Riaño no nos reconozca». Algo imposible entre tanta gente de pana ocupándolo todo: el rojo de los asientos, el hueco en los pasillos, las barandillas de los palcos. Solo los que nunca saben estar se quitaron la chaqueta, la mayoría aguantó el bochorno; pero muchos, cuando tuvieron la certeza de que no iba a salir al escenario ningún cómico, sacaron del bolsillo la petaca de cuarterón y ofrecieron a quienes los rodeaban.

«¿Cuándo dices que es el coche de Aranda?». «A las dos». Ninguno de los de allí llevaba reloj, todos éramos campesinos y no lo necesitábamos, pero la esfera enorme que estaba sobre el escenario marcaba las doce al salir la ristra oscura de señores que, desde la última fila, se veían ya tras una niebla blanca que olía a picadura de tabaco y sudor. El señor Riaño apareció el último y estuve a punto de hundirle el codo a Justo Gil entre las costillas y pedirle con cajas destempladas que nos fuésemos. Nunca me gustó el secretario, no lo quise desde el principio, pero, desde luego, no se parecía en nada al resto de los hombres de ciudad. Entre aquellos señores con trajes oscuros y corbatas bien ajustadas al cuello duro de sus camisas, el señor Riaño estaba tan fuera de lugar como entre los hombres de pana. Con su chaqueta y sus pantalones de lino blanco y ese lazo flojo y torcido, que seguro la tía Aquilina le había pedido para lavar más de diez veces, el secretario era una alubia blanca en un saco de pintas. Me amargó que Justo me hubiese hecho perder así todo un día.

Los primeros discursos no hicieron más que ponerme peor cuerpo aún. Aparecían las palabras conocidas: *obras, pantano, agua, canales, regadíos, presa, hectáreas, parcelación, crecidas*; otras que no se oían tanto en Hontanar: *mejora, cosecha, aumento, progreso*, el dichoso progreso; pero también faltaban algunas: *abandono, expropiaciones, recompensa, inundación, partida*. En realidad, no me molestó que faltasen palabras, sino la forma en que recibían esos cuerpos de pana, cuerpos como el mío, las que sí se decían. Era como el runrún que hay en una plaza mientras el alcalde lee el pregón de las fiestas desde el balcón del Ayuntamiento. El murmullo que anuncia que el hombre de ahí arriba no acabará de hablar, pues alguno que se ha emborrachado antes de tiempo gritará de improviso: «¡Viva el señor alcalde!». En aquel teatro, entre el calor, el humo y el vaho, se derramaba una contagiosa alegría de vino peleón que nunca había notado en Hontanar ante la palabra *pantano*.

Llegó el turno del secretario, que se colocó de pie, en el borde mismo de las tablas, casi como si fuese a saltar a la platea. Pensé: «Ahora vendrán las palabras que faltan, las que están en nuestra lista». Así lo pensé, «nuestra lista», como en un desahogo. Pero no. Al señor Riaño se le olvidó la lista y, abriendo los brazos como un alumno de don Aníbal castigado contra el encerado, dijo: «¡Compañeros!». Compañeros, él, que era una alubia blanca que no casaba con nadie. Habló otra vez del progreso y de tierras fértiles y de puertas que se abrían y a las que se llamaba. Las puertas eran las de las casas de toda aquella gente, las de sus despensas. Dijo la palabra *despensa*, y nada más oírla toda esa gente se convirtió en el borracho de la plaza y, como un solo hombre, aplaudió desde los asientos, los pasillos, los palcos, el gallinero. Cientos de manos como una sola. «¿Lo ves, Marcos?». No pude contestar a Justo porque lo veía tanto que no me quedaba sitio en la garganta. «Vámonos o perderemos el coche», y tiró de mí. Tampoco pude moverme, hasta que lo que dijo el señor Riaño a continuación me empujó todo el atoramiento hacia las tripas: «Compañeros, como representante de los generosos labriegos de Hontanar, vuestros vecinos y hermanos, quiero transmitiros la felicidad con la que afrontan su sacrificio. Están tristes por marcharse, pero contentos por todos vosotros». Contentos, dijo contentos, y trescientos alfileres traspasaron el terciopelo de la butaca. «¡Mentira! —Me sentí de pie—. ¡No estamos contentos, ni por ellos ni por nadie!». Justo tiraba de mí mucho más fuerte. «Vámonos, que perdemos el coche». La voz era distinta, pero dijo eso porque aún no había encontrado otras palabras.

El señor Riaño hizo visera con la mano para localizarme. El resto de los trajes oscuros del tablado también estiró el gaznate para poder verme. Antes de que el secretario me encontrara y me señalara con el dedo como a un lugar lejano, ya lo habían hecho cientos de caras jóvenes y viejas, quemadas por el sol y agrietadas por la intemperie, caras como las de Justo o como la mía. «¿Eres Marcos Cristóbal?». La pregunta me empujó hasta el pasillo del centro. No sé por qué, pues allí desaparecí de la vista del señor Riaño y él de la mía, aunque nos oíamos las voces y eso era suficiente. «Sí, soy yo, y no estamos contentos». «Amigos, un noble vecino de Hontanar nos acompaña». Comenzaron de nuevo los aplausos, pero tan tímidos que los pude arrancar de raíz con una pregunta: «¿Por qué dice que estamos contentos? ¿Por qué miente?». Y empecé a avanzar entre el muro de hombres, aprovechando las grietas de la mampostería, resistiendo la fuerza de Justo, que seguía tirando de mí. «Marcos, que no, que no llegamos». No dije nada más para reunir la fuerza suficiente y llegar hasta el escenario. El que estaba arriba aprovechó mi silencio para repetir las palabras ya dichas: *sequía, vegas anegadas, tierras secas, cosechas perdidas*. «¿No te alegras de que eso acabe? ¿Cómo es posible que no te alegres?». Ya lo tenía enfrente. El tablado estaba mucho más alto de lo que parecía y tuve que echar muy atrás la cabeza para ver sus manos blancas, con los dedos largos y finos, manos del que no las utiliza. «¿Nosotros dónde vamos cuando acabe todo eso? ¿No se acuerda ya de la lista?». Otra mano más dura tiraba de mí. «Confía en el Gobierno de la República». «¿La República sabe adónde iremos?». «Hay pueblos alrededor... Hay otras tierras...». «Los de alrededor no nos quieren. Las otras tierras son aún más secas que las nuestras. ¿La República sabe que no podremos vivir en otro sitio?». Justo me arrastraba. «¡Venga, joder, Marcos, vámonos! ¡Vamos al coche!». Y fue entonces cuando el cuerpo se me puso blando por las voces de los otros, los de abajo, los que estaban conmigo en el mismo costal de judías pintas: «Pues ¿no os pagan lo expropiado?». «Seguro mucho más de lo que vale». «Si aun podrán vivir como reyes...». «¡Y encima quiere nuevas tierras y casa nueva, el muy...!». «Si esa gente no sabe más que pedir... ¡Vive de tu trabajo!». «¡Vuelve a tu sitio y no te abochornes!». «Vete a tu pueblo...». «¡Déjanos en paz!». Como cantos de río arrojados al aire. Las manos blancas del señor Riaño se alzaron pidiendo calma mientras las de Justo Gil me rodeaban los hombros y me llevaban hasta el final de la sala con la única resistencia de los empujones del muro. «Es la una y media ya. Si no nos marchamos, perderemos el coche». «No, Justo. Nos quedamos hasta el final».

Al terminar la asamblea, fuimos de los primeros en salir al vestíbulo. «Cuando lleguemos a la calle, hay que correr, Marcos. El coche seguro que está esperando». Sin embargo, la riada de labradores que al principio fluía lenta pero sin pausa se paró. Empezaron a oírse voces fuertes en la calle. Nos quedamos quietos, encajados entre la prisa de los de atrás y la quietud de los de delante. Hacía tantísimo calor que era difícil respirar. «¿Ves algo, Justo?». «¡Nada! Pero ¿qué pasa? ¡Avanzad de una vez, cojones!». Como si el grito de Justo fuese un ensalmo, empezamos a movernos de nuevo y en un minuto estábamos en la calle. El calor era el mismo que en el interior del teatro, la luz nos achicó los ojos y no nos dejó distinguir de primeras lo que pasaba en la puerta. «¡Anda, si eran estos los que no nos dejaban salir!».

Conté cuatro o cinco hombres muy jóvenes. Vestían de oscuro, como todos aquel día menos el señor Riaño, pero no eran chaquetas negras sino camisas azul marino, arremangadas, los cuellos muy abiertos. «Como estos son los que me encontré en Aranda un día que iba con el Satur. ¿Te acuerdas de que te lo conté? —No, no me acordaba—. Allí también estaban en mitad de un lío». La masa negra no nos dejaba echar a correr porque se quedó parada frente a los hombres de azul. Solo uno de ellos gritaba, encaramado a la reja de una casa. Con una mano se sujetaba a los hierros; con la otra, blanca, los dedos largos y finos, mano del que no trabaja con ella, golpeaba el aire: «¡No os fieis de esas comadrejas! ¡Quieren robaros y acabar con las raíces de la patria que representáis! ¡Los burgueses os sacarán hasta la última peseta! ¡Los marxistas os arrebatarán vuestras tierras como en Rusia! ¡No hagáis caso!». «¿Qué dice?». «¡Yo qué sé! Se llaman falon... falan... ¡falangistas! El Satur me dijo que están en contra del Gobierno». «¿Están en contra del pantano?». «No sé... Me imagino...». Por la izquierda de la calle se empezaron a oír más gritos: «¡Cabrones! ¡Fascistas!». Justo Gil me agarró fuerte del brazo: «¡Ay, Dios! Como esa vez. ¡Vamos, Marcos, que se va a liar parda!». Todo el costal de pintas debió de pensar lo mismo y pudimos correr.

Sin embargo, no llegamos a tiempo. En la plaza del Coso ya no estaba el coche. Fueron llegando otros como Justo y como yo que, al no encontrar lo que necesitaban, se pegaban a las paredes pensando qué hacer. Aún se oían ruidos sueltos de carreras y gritos. Cuando ya éramos bastantes, una mujer salió a su puerta y llenó el aire con su voz de flautín: «Que ha dicho el del coche que no se preocupen, que vuelve en dos horas». Miré el cielo despejado y el sol pequeño y fiero: «Son las dos y media. Aunque viniese a las cinco, llegamos para coger el coche del señor Agapito para el pueblo. ¿Comemos algo? Allí, Justo, a la sombra». Nos sentamos en el suelo de tierra, la espalda contra la piedra aún fría de una casa. La Vitoria me había metido en el zurrón medio panete y unos chorizos de olla envueltos en varios trapos. «¿El Satur se trata con esa gente, los falangistas?». «Sí». «Y también con el señor Riaño». «Sí». «No lo entiendo». Justo se echó a reír. «Parece mentira que no conozcas a los Corrales. Se tratan con todo el mundo para asegurarse siempre una tajada». Durante un rato solo se nos oyó masticar. «¿Son de la Vitoria? —Creo que apenas moví la cabeza—. Tiene buena mano para el adobo... Ya le podías hacer más caso». Justo Gil empezaba siempre esa conversación para que yo sacara otra. «No te vuelvas a Pardales esta noche. Quédate a la víspera de San Juan. La fonda está llena, pero te puedes acomodar en mi cuarto». «A tu madre no le va a gustar». «Que se aguante. A Sara sí». «¿Tú crees?». «Seguro». Justo me cogió la navaja y partió otro trozo de sarta. Sus manos eran pequeñas, muy anchas, ásperas como ortigas. «Eran manos de estudiante». «¿Qué?». «Las del falangista. Eran manos de estudiante, como las del señor Riaño». Aun a la sombra, la canícula del mediodía era casi insoportable. Desde la plaza se veía la pared enorme del castillo. Y entonces fue cuando Justo dijo: «Da miedo». Y yo respondí, seguro que en alto: «Ni un milagro nos salva».

—Perdona, hijo, que esta cabeza ha tenido tiempos mejores. Don Isaac dejó hace años unos zapatos que le regaló el remendón de Pedrerías y no sabía dónde los tenía guardados. Decía que le rozaban. Si te cuadran, puedes quedártelos. El cura no los echará de menos... Y si se acordara de ellos, ya le convencería yo de que me mandó tirarlos. Los calcetines sí tráemelos de vuelta, que ni sé lo que hace este hombre para arruinar tanta ropa. Ya me he dejado la vista de tanto zurcir.

El padre Isaac lleva razón. Estos zapatos aprietan como mortajas y me harán daño como a él. Los pies de un hombre no son como sus manos, el trabajo no los endurece. No obstante, es agradable sentirse al fin seco; aunque la rodilla extrañe el nuevo calzado y cruja al salir por la puerta.

—Creía que te habías muerto.

—Es que al ama le ha costado encontrar algo que me valiese.

—No están mal.

—Me rozan.

—Ahora no empieces a quejarte. ¡Vámonos!

No hago caso de las prisas de don Rufino y miro con calma la rueda dañada. La anilla está casi fuera, la golpeo con mis zapatos mojados y se llena de gotas de agua. Lleva razón Justo: no aguantará hasta el pueblo nuevo.

—Hay que arreglar el bocín.

—Pero si ya es tardísimo.

—Más tarde se hará si se sale la rueda, ¿verdad, Noble?

Al sujetarlo de la brida con una mano, restriega la testuz en mi hombro. Ha olvidado la ofensa de antes.

—No tendré otro mejor que tú, amigo.

—¡Ay, este hombre!

Dejo mis zapatos sobre el asiento, pero don Rufino los arroja atrás con gesto malhumorado. Espero que no hayan caído sobre Sara. Al movernos de nuevo, don Rufino ya no protesta. Seguro que él también nota que el carro salta y traquetea sobre el empedrado mucho más de lo que debería.

—No se habrá olvidado de su estola, ¿verdad?

—Pues claro que no. Aquí la tengo, con el dibujo...

Pone la mano en el bolsillo y después entre el pecho y el estómago, como si sintiese flato.

—¿Vamos donde Basilio?

—¿Adónde, si no?

Es lo que le preocupa a don Rufino: tener que ver al hijo del Cantamañanas. No se lo reprocho. Al Basilio, después de lo de su padre, se le quedaron los ojos raros. O a lo mejor solo mira así a los de Hontanar y, por eso, tuvo que venirse a Pardales al regresar del frente. Además, la señora Prócula había vendido todas las tierras al Corral viejo. ¿Qué iba a hacer el Basilio? ¿Ponerse de jornalero? ¿Ver cómo el Satur se convertía en un labriego rico a costa de su familia? Hizo bien en marcharse. De otra manera, lo que tenía en los ojos se le hubiese pasado a la sangre. Y aunque madre diga que tampoco le ha ido tan mal —que aprendió el oficio, que se casó bien, que la fragua es suya—, nada compensa que te quiten lo propio. Madre debería saber lo difícil que es eso, pero para ella pensar así es mirar atrás. ¿Y dónde quiere que miremos si lo que ya pasó es lo único que de verdad existe?

Pese a que la puerta de la fragua está abierta, la maza del Basilio no se oye. Mi cuerpo estorba la luz y el brillo de las ascuas en la forja no es suficiente para una estancia tan amplia, así que apenas se distinguen los bultos. Al moverme del vano, los contornos se aclaran. El Basilio ha cambiado el fuelle, este es mucho más grande que el anterior, pero el yunque es el antiguo, como las herramientas colgadas en la pared. Por el suelo hay cabezas de azadones, biernos, rejas de arados, ruedas. A la izquierda, lo pendiente, en una mezcla sin orden, como un pueblo a la salida de misa; a la derecha, lo que ya está hecho, dispuesto para ser revisado por un ojo mucho más atento que el mío. El Basilio es ordenado y laborioso como su padre. Lo único que conservaron ambos del abuelo fue el mote de familia; una historia muerta que hablaba de hombres jugadores, amigos del vino y de la bronca. Esa historia no hablaba de ellos, por eso en Pardales el Basilio no dejó que lo llamaran así; primero fue el de Hontanar, luego el yerno del herrero, ahora solo Basilio, el de la fragua. El último de los Cantamañanas murió en las hoces.

Un hierro ardiente sisea rozando el agua de la pila y el vapor que sale de él huele más a madera que a metal. El Basilio lo sujeta con las tenazas. Lo deja un momento al aire, vuelve a meterlo. Repite el gesto varias veces hasta que el hierro ya no está rojo, sino azulado.

—Espera, Marcos. No puedo dejar que se le vaya el temple.

Golpea sin esfuerzo dando a la barra la forma de una espiral, tan prieta que parece una de esas víboras que te encuentras a la vera de los caminos. El Basilio ha ensanchado mucho desde que salió de Hontanar, tanto que el delantal de cuero ya no le abarca toda la tripa; pero no es un hombre flojo, al contrario, sus brazos son la continuación del hierro y de la maza.

—¿Qué haces?

—Me han encargado horcones de forja para ese pueblo nuevo al que os vais a vivir.

—¿Para los pozos de las casas?

—¡Ya ves! No os podréis menear en esos cagaderos, pero los pozos serán bien bonitos.

La risa del Basilio no es alegre. Por fin levanta la cabeza y ahí están los ojos con los que mira Hontanar. Pero cuando voy a explicarle, se da la vuelta y hunde de nuevo el hierro en la forja. Todavía no quiere hacerme caso. Debo tener paciencia, pues si me enfado con el Basilio será mucho peor, como le ocurrió a Gabriel cuando quiso que le arreglase la bicicleta, que si no me lo encuentro a la puerta de la fragua, todavía sigue aquí, esperando a que el Basilio salga a atenderlo.

Debió de ser por las fiestas de septiembre, porque yo le había llevado al carnicero de Pardales muchos más corderos que de costumbre. Vi primero el uniforme y pensé que quien se pusiera así vestido a la puerta del Basilio o no era de aquí o no buscaba nada bueno. Fue Noble el que reconoció que Gabriel se movía dentro de esa ropa y frenó sin que yo se lo pidiera. «Lo siento, Marcos... Es su bicicleta». La BH estaba tirada unos metros más allá, pero incluso de lejos se notaba el estropicio. «No sé cómo se me ha metido ese palo en la rueda. Me he dado cuenta cuando los radios ya estaban rotos». Me bajé del carro para que no sintiese que le reprochaba su manía de ir en bici a todas partes. Teniendo el Mercedes de la Confederación frente a la Casa del Pantano, ya son ganas de ser la comidilla. Y si todavía fuese de normal, pero con aquel uniforme, Gabriel parece sobre la bici uno de esos engendros con cabeza de hombre y cuerpo de oveja de los que hablan los cuentos de pastores. Aquella tarde parecía más un perro perdido. Después de comprobar el destrozo, lo miré al fin, y todo en él estaba trastocado.

No era por la rueda. Tampoco se le veían heridas. Solo al principio me pareció enojo. Pero no, porque cuando Gabriel se enfada, habla con el tiento del hombre que sabe que a los demás no les queda más remedio que obedecerlo. Sin embargo, su voz se oía demasiado alta, a lo mejor para que el Basilio lo oyese dentro. «Llevo esperando cuarenta... cincuenta minutos, pero ese hombre dice que no puede arreglarla ahora. Le he pedido las herramientas. Lo haría yo solo. ¡Tampoco me las deja!». Levanté la bicicleta del suelo y nos quedamos contemplándola. «Aunque le haya ofrecido el doble de lo que valen». Ninguno de los dos sabía qué decir. «No se preocupe, la apañamos en casa». Subimos la BH al carro. «¿Le llevo a algún sitio?». «Gracias, volvía ya a Hontanar». Intentó sonreír. «No quería llegar tarde a la cena, que luego la señora María se molesta». «No se preocupe por mi madre. Suba».

Aún le duró un rato el desconcierto. No habló hasta que salimos de Pardales y llevábamos un tiempo en la carretera. «Y esa mirada». «¿Qué mirada?». «La del hombre de la fragua». Aún era difícil hablar con él de ciertas cosas. Lo hice porque insistió. «No sé qué tenían esos ojos. Daban miedo... Bueno, miedo no. No sé lo que tenían». «Era por el uniforme». «¿Qué le pasa al uniforme?». «La familia del Basilio es de Hontanar. La primera vez que vinieron falangistas... Fue su padre, que desapareció». Debía de ser septiembre porque aún había luz y hacía calor y yo sudaba. «Nadie lo habría dicho del padre del Basilio». El aire era denso y Noble jadeaba pese a que íbamos muy despacio. Gabriel tardó bastante en contestar. Tardó tanto que no pensé que fuese a decir nada. «En la guerra ocurrió lo imposible. Desaparecieron muchos. También mi hermano, ¿sabe?». No recuerdo si dijo esas dos cosas juntas o hubo también un hueco entre ellas. Después me habló en torrente por primera vez.

Habló casi atragantándose para que le diese tiempo a acabar antes de llegar al pueblo y entrar en el corral de la fonda, como si allí ya estuviese prohibido seguir contando cosas de la guerra. No se percató de que yo le hubiese dado todo el tiempo necesario y de que Noble también parecía querer escucharlo porque se adaptaba manso a la rienda que lo frenaba. Ahora me da coraje no recordar todas sus palabras. Si me las dijera hoy me acordaría, pues ya sé lo que es perder a un hermano casi sin querer, sin darse uno cuenta. Si Gabriel me contase en este momento cómo se llevaron a su hermano de esa casa de Madrid en la que nunca debería haber estado, repetiría sus frases en la cabeza como hago otras veces hasta que de tanto darles vueltas se me quedan todas fijas en la memoria. Pero cuando Gabriel me habló de la muerte del chico, Sara estaba viva, y aunque yo ya sabía lo que era el miedo a perder a un hermano, no podía imaginar lo que era querer a uno muerto. Y que, además, se te muera, como a mí, por pura mala suerte, pues lo fue que Gabriel no estuviese en Madrid y que su hermano sí lo estuviese cuando la guerra vino sin que nos percatáramos.

Qué rabia no recordar cada suspiro para saber si él se siente o no culpable de aquello. Entonces me pareció que sí, aunque no entiendo por qué. Es verdad que insistía: «Si le hubiese hecho caso a mi abuelo...». Si, como le pidió, no hubiera vuelto a Segovia a pasar el mes de julio o no hubiese dejado que el chico visitara Madrid con aquel compañerito del bachillerato en lugar de con él. Si, como le rogó su abuelo, hubiese regresado inmediatamente a la capital cuando todo se hizo demasiado complicado para entenderlo. Pero él qué podía saber entonces. No tenía la culpa de no imaginar que unos milicianos se lo llevarían junto a todos los falangistas de aquella casa, pues aquel niño ni era un hombre, ni falangista ni pertenecía a esa casa. Y cuando llamó a la gente del Ministerio para preguntar dónde podría encontrarlo, porque en algún lado tenía que estar, solo un buen compañero, un buen amigo, de los pocos con los que le gustaba compartir sus paseos, también largos, en Madrid, le confirmó lo que no podía ser de ningún modo: «En una cuneta es donde está, y no te acerques por aquí si no quieres acabar en otra». Había ocurrido lo imposible.

Siento los ojos del Basilio en mitad de la frente antes de ver cómo me miran.

—¿Qué es lo que quieres, Marcos?

Debe de llevar tiempo observándome o me premia la paciencia de haber esperado mi momento, pues la pregunta suena a verdadera curiosidad.

—Me salí del camino en un cascajar de las hoces y el bocín de una de las ruedas se golpeó.

—¿Yendo al pueblo nuevo? No te imaginaba yo en esa fiesta.

—Ya ves.

—Dicen que no os dejan sacar el cementerio.

—No hay dinero.

—¡Cabrones! Que se lo habrán llevado, dirás. Me alegro de no tener allí a nadie enterrado.

El Basilio se olvida de los viejos Cantamañanas, pero es cierto que su padre no está en el cementerio y a la señora Prócula le dio tierra en Pardales, junto a la familia de su mujer. Ni siquiera quiso hacer un funeral en el pueblo, a pesar de que, con todo, a la señora Prócula los latines que más le gustaban eran los de don Rufino.

—Vamos a ver esa rueda.

El tono es casi cálido, ya que sus ojos no se han adaptado todavía a la luz y no distingue al cura sentado en el pescante. Don Rufino sigue más tieso que un garrote en su asiento y apenas tuerce el cuello cuando llegamos hasta él.

—Buenos días, Basilio.

Lo raro es que el Basilio contestase. Se inclina sobre la rueda y la voz le sale como de muy hondo:

—Se puede arreglar, pero hay que descargar el carro de tanto peso.

La envergadura del Basilio casi dobla la del cura, sin embargo, algo en sus palabras suena a insulto. Don Rufino entiende, baja con dificultad y se queda a un lado, tirándose de la barba, como intentando devolver el color a la parte del rostro que, sin pelo que lo disimule, se ve sin sangre.

—No es suficiente. Hay que vaciarlo entero.

El Basilio me castiga, yo no puedo ceder y él no querrá entenderlo.

—Tenemos prisa. Mira dónde está el sol ya.

—A la misa ya no llegáis.

—Todavía podemos. Es a la una.

—En cualquier caso, no llegarás con una rueda menos.

—Puedes ajustar la anilla así.

—No, el carro está demasiado cargado.

Es mentira, pero no me ayudará si no le doy lo que quiere. Creo que los zapatos ya empiezan a rozarme y la rodilla no se hace al calzado nuevo, pero subo sin chistar a la caja y dejo caer los primeros sacos de sementera. Cada vez que agarro uno nuevo, el corazón se me acelera mirando hacia el sitio de Sara.

—No te muevas, por favor.

Muy bajo, muy bajo, para que solo crean que protesto. El Basilio se apiada y se acerca a la boca del carro para ayudarme a bajar los sacos. Don Rufino también rodea la caja para vernos de frente. El pecho me empieza a molestar, pero no es por el costado ni por el esfuerzo. Al tirar del último saco de patatas, uno de los vellones rueda hacia el pescante. No se ve ni un fleco de la colcha, pero el costal no llega del todo a la madera del suelo; cualquiera podría notar que hay un bulto tumbado que lo impide. Don Rufino se rasca fuerte la barba, como cada vez que piensa.

—Así ya está bien. Eso es solo lana. No jodas más, Basilio, que tenemos prisa.

Ahora es el Basilio el que sabe que no voy a agachar ni un segundo más la cerviz, y temo que haga lo mismo que le hizo a Gabriel. Es bien capaz, pero a mí nadie vendrá a ayudarme.

—Baja de ahí, que tú también pesas.

Entra de nuevo en la fragua. Así vi por última vez al Cantamañanas, de espaldas, entrando en lo oscuro de su cocina, sin querer hacer caso a lo imposible. Apenas era unos años mayor de lo que es ahora su hijo y también era un hombre grueso, aunque no tanto. Don Rufino se sienta en el poyete de piedra que hay a la entrada de la fragua. Se le ve cansado o a lo mejor está pensando. En el carro seguro que no, no se rasca la barba. Quizás también recuerda y se preocupa, como yo ahora, como el señor Riaño los días siguientes a que empezara la guerra.

Hasta que llegaron los falangistas, la guerra solo estuvo en el ceño del señor Riaño y en las páginas de *La Ciudad y los Campos* que nos enseñaba don Rufino. Es verdad que también se pararon las obras de la presa, pero eso sucedía tantas veces que ni yo le di importancia. El entonces administrador de la Casa del Pantano dejó pagada su habitación hasta finales de julio y le dijo al señor Riaño antes de salir: «Pablo, véngase conmigo, no sea tonto». El secretario negó una vez más con la cabeza: «Esto acabará en tres días, ya lo verá. Es otra fanfarronada. Y además, yo solo soy un funcionario sin importancia». No obstante, no se le desfrunció el ceño en lo que quedaba de mes. Cuando venía alguna familia de las que tomaban las aguas con noticias de Segovia o de Sepúlveda, le decía a madre que no le sirviese el postre, ni siquiera manzana asada, que ese día no tenía mucha hambre. Pero hasta el 19 de agosto no ocurrió en las hoces nada que no hubiese sucedido cualquier otro verano.

Los falangistas vinieron en dos coches y en un camión parecido al del Belloto. Se metieron al Ayuntamiento y no supimos quiénes eran hasta la noche. El señor Riaño ya estaba allí cuando ellos llegaron. No nos extrañó que no saliera para almorzar ni que no mandara recado para que le llevásemos la comida. Sin embargo, cuando no apareció a las ocho para la cena, madre empezó a molestarse: «¿El señor secretario piensa que esto es la casa de tócame Roque? Ve a preguntarle si vendrá o no y si le dejamos la mesa puesta». Fue entonces cuando supe que los que habían venido eran falangistas, porque vi a dos en la plaza junto a sus coches, igual de jóvenes y vestidos lo mismo que los que nos habíamos encontrado Justo y yo en Peñafiel. Estoy seguro de que si me hubiese fijado, habría visto que tenían las mismas manos de estudiante, pero me quedé enganchado a la forma compacta y oscura que los acompañaba, que los trataba confianzudo, el mismo trato que había tenido un día antes con el señor Riaño. El Satur lo nubló todo sin que su presencia llegara a sorprenderme. «¿Qué buscas, Marcos?». «Al secretario». «No está ahí dentro». «¿Y dónde está?». «No deberías andar por el pueblo. Te conviene volver a casa». «Necesito saber si el señor Riaño quiere que se le deje la mesa puesta». Los dos chicos rieron fuerte, como los hombres que no eran; la del Satur fue solo esa mueca de rata que hace con la nariz. «A ese ya no le va a hacer falta que le pongan más mesas».

Al volver a la fonda, encontré a la pequeña de la Justa contándoles a madre y a Sara cómo desde el portalón de su casa había visto subir maniatados por el camino del almacén de cemento al secretario, a uno de los capataces de la mina de yeso y a dos peones de la presa. Ninguno era de Hontanar, gente habladora como el señor Riaño, discutidores de taberna. Nadie que nos importara, pero en el atardecer de agosto aquellos hombres tenían algo de las nubes que anuncian pedrisco justo antes de la cosecha. Por eso no nos acostamos. La desgracia siempre es mejor verla venir despierto.

El tío Joaquín llegó con el viento previo al agua. «Esa gente se ha llevado al tío Cirilo, al Amadeo y al señor Honorato. Con el Toñete he llegado justo para que el Cabezón lo escondiese en su bodega». Madre lo miraba como si no le cupiese la noticia: «¿Cómo sabes lo que están haciendo?». «Lo sé y punto». «Pues hay que ir al cuartelillo, Joaquín». «Ya fui, pero no están o no abren». Ya sabía la respuesta, sin embargo, pregunté. «¿Y para qué los quieren?». «¿No lo ves? Todos tienen algo con los Corrales». Sara habló por primera vez. «¿Qué van a hacer con ellos? —Creo que no le contestamos—. Si es cosa del Satur, irán por los Cantamañanas». «Por eso vengo. A mí ya me han visto, y me han apuntado así con una pistola. Están por todo el pueblo. Me da miedo». «Voy yo». «Pero no se lo digas nunca a la Vitoria, que no me lo perdonaría». «¿Y qué tiene que ver la Vitoria en todo esto?».

Los Cantamañanas seguían en su cocina. También despiertos. La noche estaba serena, el aire llegaba de las eras con olor a mieses trilladas, no había luna, no cabía una estrella más en el cielo y se oía al gran duque ululando en las hoces. Hablamos en la oscuridad de la parra, casi sin sentirnos. «Que se vaya contigo el Basilio. Conmigo ya lo han intentado los Corrales más veces. Será como siempre». «Ahora es distinto». «¿Por qué?». Un motor empezó a oírse en el fondo de la calle. Un ruido más fuerte que el de un automóvil, el de un camión. «Vamos, Cantamañanas, que no nos da tiempo». La señora Prócula gimió sin lágrimas. «Por favor, hazle caso». «Que no, que yo no huyo de esos cabrones». Lo último que vi del Cantamañanas fue su espalda, más ancha que nunca, entrando en la cocina. El motor ya estaba en la puerta. «Hijo, tú vete con el Marcos, y no te preocupes por tu padre, que ya se encargará don Rufino de eso. Saltad la tapia, ¡vamos!». La cabeza tiene algo raro. Lo que más recuerdo de esa noche es ese salto y cómo corrimos el Basilio y yo hasta la tenada vieja sin que me doliese la rodilla. ¿Cómo me iba a doler si aún faltaba un año para que me la atravesara una bala de parte a parte? Pero ahora que siento cómo el retumbar de la maza del Basilio se me mete hasta el mismo hueso, lo único que recuerdo es que esa noche la rodilla no me dolía.

—Creo que ya está.

El aro de hierro ha vuelto a su sitio. La rueda ya no dará problemas, al menos hasta que lleguemos al pueblo nuevo. El Basilio me ayuda a volver a subir los sacos de la sementera al carro. Aprieto los primeros costales contra mi hermana y le hablo muy bajo.

—Ya nos vamos de Pardales, Sara. Solo ha sido un susto.

Don Rufino se encarama al pescante. No ha recuperado el rubor. Sigue cansado, dolorido por algo que le sale a la cara y que llega desde muy profundo.

—¿Cuánto te debo?

—Nada.

—¡Venga, Basilio! Aunque sea te traigo medio cordero.

—De verdad, nada. ¿Cuándo piensas herrar este macho? Se te va a desgraciar y es un buen animal.

—El mejor que he tenido, ¿verdad, Noble? Es que el Paco se marchó a Bilbao justo cuando lo compré.

—Tráemelo antes de marcharos. Tampoco te lo voy a cobrar. No quiero deberle ningún favor a nadie del pueblo.

El carro ya no salta sobre el empedrado. Arreo a Noble para que apure. Si me diera la vuelta, vería que el Basilio sigue mirándonos y sé que lo hará hasta que desaparezcamos. Seguramente continuará parado en la puerta, clavándonos los ojos, incluso cuando nos haya perdido de vista, y nosotros seguiremos sintiendo esos dos berbiquíes en la espalda.

—Padre, ¿de verdad no oyó a la señora Prócula?

—¿Qué?

Sé que el cura piensa lo mismo que yo. No puede ser de otra forma, con los ojos del Basilio aún doliéndonos en la nuca.

—Que si de verdad no oyó a la señora Prócula cuando fue a buscarlo la noche que se llevaron al Basilio.

—De verdad, hijo.

Casi estoy a punto de creérmelo. ¿Y si fuera parte de lo imposible que ocurrió en la guerra? La señora Prócula fue lo más cerca que estuvo don Rufino de tener un ama. Algunos decían que cuidaba de él de puro beata; yo creo que más que gustarle sus latines, le gustaba la cháchara del cura. El Cantamañanas, por desdecirse del apodo, era un hombre callado y seco. La Vitoria también me lo achaca a mí: «Si un día me contestas, me da un aire del susto». Pero hay mujeres que no aguantan igual el silencio, y la señora Prócula no tenía hijas ni hermanas ni cuñadas para desahogarse. Tenía a don Rufino. Por eso lo cuidaba. Y don Rufino no contestó esa noche. Me la imagino llamando a la puerta principal, a la del corral, a la del huerto, echando piedrecitas al balcón, piedras más grandes, llamando a gritos. Si no la oyó, fue parte de lo imposible de la guerra.

—Además, ¿qué hubiese hecho yo?

—Nada, don Rufino.

—Fíjate a ti, que le salvaste la vida, y no te trata mucho mejor. No cabe más acritud en esa alma.

—Pero lo mío no es por esa noche. Es por irme a la guerra.

—Él también tuvo que ir.

—Porque lo obligaron, yo me fui de voluntario.

—No veo la diferencia.

Don Rufino no estuvo en la explanada de la yesera tres días después, al marcharse los falangistas, así que es normal que no vea la diferencia. El Basilio estuvo esos tres días encerrado en la tenada. Yo había atrancado la puerta por fuera, para que si lo buscaban por allí, pasaran de largo. Pero los falangistas no se preocuparon por encontrar a nadie después de aquella noche: ni al Basilio, ni al Toñete, ni siquiera al Amadeo, que se tiró del camión en marcha cuando los subían a la mina y, con un pie partido y todo, consiguió llegar hasta las buitreras. El Basilio estuvo metido en ese chiscón de paredes de piedra sin ventanas hasta el domingo. Sin nada que comer, sin agua, en lo oscuro. No me extraña que se le pusieran esos ojos. Debió de pensar que lo iba a dejar morir. No me atreví a subir con los falangistas todo el día dando vueltas por el pueblo: manos de estudiante, risas de hombres, pistola al cinto. Cuando ya estaba claro que no quedaba rastro de ellos, Sara me dijo: «Como no vayas tú a buscar al Cantamañanas, salgo al campo y me pongo a dar gritos hasta que lo encuentre».

Después de abrir, pensé que se había muerto. Lo llamé y nada se movió. «¡Eh, Cantamañanas! Cantamañanas, soy el Marcos. ¡Basilio!». Su sombra se incorporó en una esquina y salió a la luz de la madrugada. No parecía desfallecido ni débil. Solo lo encontré distinto por la barba, que le había ennegrecido las mejillas y le sumaba años, como a los falangistas sus carcajadas y sus pistolas. Desde las tenadas viejas se ve todo Hontanar, y el Basilio miró el pueblo por primera vez con sus nuevos ojos. Nos sentamos en el suelo un buen rato, hasta que se acabó el pellejo de agua —«Sabe a tinto»— y el magro y la hogaza que le llevé en mi zurrón. Solo entonces hizo la pregunta: «¿Mi padre?». «Los llevaron a la explanada de la yesera». Echó a andar. No parecía un hombre que hubiese estado tanto tiempo enterrado en vida.

A punto estoy de preguntarle a don Rufino si subió a la mina de yeso. Seguro que no, pues de lo contrario no diría que da lo mismo. No sé lo que vio el Basilio, yo solo me acuerdo de lo que no vi. No había casi sangre. Pensé que siete hombres muertos dejarían mucha sangre, pero solo quedaba un rastro de manchas negras, pequeñas, no del todo redondas, como el centro de un charco de agua la mañana siguiente a una tormenta. ¿Dónde habría muerto el Cantamañanas, dónde el señor Riaño, el tío Cirilo, el capataz de la mina?

Esperé encontrar algo que me lo dijera. No sé si también era lo que buscaba el Basilio mientras arrastraba los pies por la tierra. Las gafas del señor Riaño, el chisquero de su padre, la navaja del señor Honorato. Sin embargo, nada distinguía una mancha de otra. Todo estaba casi como si no hubiese pasado nada. El día era caluroso y los buitres ya habían encontrado las corrientes de aire caliente para dibujar sus círculos. A los que murieron allí, ni se les concedió ver por última vez a los buitres. A mí me hubiese gustado al menos caer boca arriba y contemplar la espiral del cielo. Cualquier hijo de Hontanar se merece algo así, contemplar por última vez a esas criaturas más grandes que cualquier hombre y más recias que la propia roca. Sin embargo, solo verían un cielo cuajado de estrellas que no pertenece a nadie y sentirían el ulular del gran duque, pero qué consuelo podría darles un animal escondido cuando ellos no habían podido escaparse. «¿Dónde están los cuerpos?». «Dicen que los enterraron por la finca de Maluque». «¿Nadie ha ido a ver?». No supe qué contestar.

El Basilio, de improviso, enfiló hacia el pueblo. No era un hombre desfallecido, y yo era incapaz de seguirle cuesta abajo. Tanto corría que lo perdí a la altura de la Casa del Pantano y no me lo encontré hasta el pie de presa. Aún ni se intuía la futura pared, pero ahí estaban las tuberías que habían llevado dos meses antes, apiladas como un majano de canutos enormes. El Basilio les clavaba los ojos mientras recuperaba el aliento. «Este pueblo de cobardes merece que lo ahoguen. Ojalá vuelvan pronto los ingenieros». No, que no vuelvan. Una idea como un relámpago que te atraviesa. Ni ellos ni los Pablo Riaño que los habían traído. Una idea como una descarga que agita todo el cuerpo. Que no vuelvan nunca. Cuatro palabras que bien valían una guerra.

—¿Sabes lo peor de todo, Marcos?, que la señora Prócula siguió como si nada. Ese mismo domingo entró en misa, se arrodilló en el primer banco, como siempre. Como si nada. Y al final, entró en la sacristía y no te imaginas lo que me dijo. Me dijo: «¿Tiene ropa para lavar?». ¡Virgen santísima! Y creo que fue ese mismo día cuando se cruzó por primera vez con el Satur, que empezaba con sus devociones. ¿Te das cuenta? Los dos juntos en la sacristía. Y los dos como si nada. ¡Qué tortura!

—Todo el pueblo lo hizo así, don Rufino. Cuando vinieron a reclutar voluntarios, parecía que nadie hubiese visto nunca a un falangista. Ni siquiera el Satur.

—El Satur menos que ninguno.

El pueblo quiso que la guerra empezase al irnos los primeros hombres al frente. Mentira. Tampoco sería cierto si pensase que comenzó en la yesera. Para el Basilio, sí. Pero para mí lo hizo tres días más tarde, junto a las tuberías del pantano. Como para Gabriel estalló mucho antes, después de una llamada de teléfono a Madrid. Las guerras se declaran en uno cuando hay un motivo para hacerlas. De otra forma, alguien puede ponerte en las manos un fusil, pero no estás haciendo una guerra. Eso lo supe antes de alistarme con Justo. Sin embargo, lo que descubrí mucho después, de lo que no me di cuenta hasta el día en que encontré a Gabriel a la puerta de la fragua, es que las guerras tampoco acaban hasta que desaparece el motivo.

Gabriel, pese a las quejas de madre con lo de «la casa de tócame, Roque», no quiso cenar la noche en la que el Basilio no le arregló la bicicleta. Sara ya conocía a Gabriel entonces. Mejor que yo, quizás mejor que él mismo. «Llama a su cuarto. Si no se ha acostado, haz que baje». «Pero, Sara...». «Que baje». Gabriel solo se había cambiado de ropa y había extendido sus dibujos y cuadernos sobre la cama. «Dígale a su hermana que ahora voy». Al entrar de nuevo en la cocina, Sara hervía una infusión de té de roca en el hogar. A pesar de que llevaba meses sin que le atrapase la desgana, durante el verano me había obligado a coger plantas nuevas en los taludes. Algunas de las flores aún estaban tiernas. Gabriel se sentó a mi lado en el banco de la cocina. Sin uniforme parecía menos desangelado que durante la tarde, pero no había conseguido que los hombros se le enderezasen del todo. «¿Qué le han hecho en Pardales para que haya llegado usted tan mustio?». «A veces me gana la melancolía. Solo es eso». «Melancolía. He leído más de una vez esa palabra en los libros que dejan los huéspedes. Es como desgana, ¿no? Pues con esto se le pasará, créame, y se le abrirá el apetito. —Le puso en las manos la taza con la infusión recién colada—. Le he dejado un plato con sobras al lado de las ascuas. Por si le entra el hambre en mitad de la noche». Me estaba acostumbrando a ver a Sara con ese dominio, tan suyo que era sorprendente que la hubiese abandonado tantos años. «¿Y qué le ha traído esa melancolía?». «Hablar de mi hermano y de la guerra». «Hubo cosas muy feas en la guerra, ¿verdad, Marcos? Pero al final los dos volvieron convertidos en héroes». «No sé si eres un héroe si lo único que deseas es reparar un daño». Sara dejó que bebiese otro sorbo. «¿Y reparó ese daño?». Gabriel miró a Sara como si fuese ella quien le tuviese que dar la respuesta. «Creo que no. De lo contrario, no volvería la melancolía, ¿no cree?». Después de terminarse la infusión, nos quedamos un rato callados. Estábamos bien, pese a que no sabíamos cómo salir de aquella cocina. Sara encontró la puerta para escapar de lo imposible: «¿Cómo se llamaba su hermano?». «Alfonso». «Suena bien. Un nombre perfecto para un primer hijo, ¿no le parece?».

—Se comportaba como si la guerra para ella nunca hubiese existido.

—¿Quién, padre?

—La señora Prócula. Llegué a pensar que era su manera de...

—¿De qué?

—De nada, hijo, de nada. Arrea ese caballo, Marcos, que no llegamos.

—¡Venga, Noble! ¿No oyes al señor cura?

El Satur me ayudará. Solo él sabrá hacerlo. Siempre gana, pase lo que pase. No porque sea el más listo, sino porque a los Corrales se les ha dejado hacer, como si cada tajada que cortasen no saliese de nuestras costillas. Gabriel, el único que ha conseguido ponerle al Satur las orejas coloradas, se lo dijo con palabras de hombre con estudios: «Saturnino, eres un oportunista». Así, mientras el otro se encendía como un farol y arrugaba su hocico de rata. Sin embargo, una palabra tan fina no acaba de cuadrarle al Satur. A un zorro que se mete a vivir entre gallinas, que sale y coge lo que quiere para volver a cobijarse con ellas, nadie le diría: «¡Eh, tú, eres un oportunista!». La Vitoria atina mucho más cuando lo llama «desgraciao». «Desgraciao», dice, con rabia pero también con lástima. Y no le falta razón. ¿Para qué le sirve al Satur su montaña de oro, como no sea para sentarse encima y vernos desde lo alto? Ni el consuelo de unos sobrinos le queda, con la Resti sin hablarle desde que el muy canalla le distrajo la mitad de la herencia del padre. Bien le pesará a Justo Gil. Pero ese se lo tiene merecido, que se aguante. Tal vez don Rufino sepa para qué amasa semejante fortunón el Satur, pues desde hace años se les ve a los dos hablando a todas horas. Seguro que lo ha visitado más de una vez en Pardales. Aunque da lo mismo lo que tenga con el cura o para qué quiera todo su dinero: lo único que importa es que nos lo debe, a Sara más que a nadie, y que él sabrá lo que hay que hacer para salir de esta.

—Tengo que hablar con el Satur nada más llegar.

El pensamiento se me ha hecho voz sin quererlo.

—¿Para qué?

Don Rufino no va a soltar la pregunta. Ya se ha rascado la barba dos veces desde que salimos del pueblo. Como si bajo la pelambrera le hubiese salido una picazón de sarna. Vuelve a ponerse la mano en la mejilla, así que no me bastará con el silencio.

—¡Fíjese lo retrasadas que van las viñas! Con tanta lluvia y tanto frío no han salido ni los primeros brotes. Pero parece que ya quiere templarse el tiempo, ¿verdad, padre? Hoy va a calentar.

Un viñedo es un paisaje extraño, quizás porque es el más humano de todos. En pleno verano, cuando todo en la comarca está seco, revienta de vida; pero en primavera, con el páramo florecido, es un terral de matas con los troncos pelados. Las escasas yemas verdes apenas se adivinan sobre los palos secos.

—Total, para lo que vale el tinto de Pardales. Más ácido que morder un limón, ¿no le parece, don Rufino? En la zona del pueblo nuevo se da mejor la uva, a cada cual lo suyo.

—¿Le llevas algo?

—¿A quién?

—A Saturnino.

—¿Y qué tengo que ver yo con el Satur?

—Lo acabas de decir. Que tenías que ir a hablar con él.

—Bueno, padre, porque hemos estado hablando con su cuñado. Seguro que ni sabe que tiene otro sobrino.

—¿Desde cuándo te importan los asuntos de su familia? ¿No estarás metido en un lío?

—¿A qué ton me dice eso? ¿Cuándo me he dejado yo enredar?

Es el talento del Satur. Conmigo ni siquiera lo ha intentado, pero consigue que otros hagan lo que necesita, aunque no quieran, no sepan o no les convenga. Por eso estoy seguro de que es el único que puede ayudarme.

—No sé, hijo, es que hoy te veo raro... Más raro.

—Será que hace tiempo que no nos frecuentamos y ha perdido la costumbre.

—Perdona, Marcos. Dejémoslo.

Pero su mano sigue en la barba. Solo es una tregua.

—Y Sara, ¿es verdad que está contenta?

No, no hay tregua.

—Mucho.

—¡No venir a decírmelo ella misma! No pienses que se lo voy a dejar pasar cuando la vea. Al contármelo el... Cuando me lo contaron, no me sorprendió, pero te reconozco que nunca pensé que llegara a ocurrir. Sara ha tenido siempre tan mala suerte... Aunque ahora sé por qué. El Señor le tenía reservado algo mejor.

—Sí.

—Va a ser un noviazgo bien corto. Con la edad que tienen los dos, para qué esperar. Porque el ingeniero, ¿es de tu quinta?

—No, algo más joven. Tres años, creo.

—Debe de ser cosa de familia. Lo tuyo tampoco fue un noviazgo: fue un suspiro. El mes justo para las amonestaciones.

Me pregunto si todo el mundo sentirá esta extrañeza cuando oye a otro contar la historia propia. Don Rufino me conoce casi del todo, y sin embargo, parece que habla de un hombre distinto. No es su culpa que no sepa quién soy realmente si ni siquiera pudo casarme con mi verdadero apellido. Pero ahora no merece la pena aclarar que la Vitoria y yo estuvimos de novios tres años, pese a que no se lo dijésemos a casi nadie, ni nos viéramos, ni nos escribiésemos una sola carta. No hace falta nada de eso para mantener un compromiso y saber que hay que cumplir cuando llegue el momento. Ni hablar se necesita para anudar por primera vez ese lazo, basta con apretar una mano y que te la aprieten. Las mil palabras de Justo a Sara, los cientos de cartas que fueron y vinieron desde el frente no valieron tanto como la mano helada de la Vitoria dentro de la mía. Al final, Justo Gil y yo no estábamos hechos de la misma madera.

Debería de haberlo sabido desde que subió a Hontanar, casi al mismo tiempo que el segundo grupo de falangistas, para decirme que se había alistado en Pardales: «El Satur dice que nos conviene estar a buenas con los que ahora mandan». Ese no era un motivo para ir a una guerra, al menos no uno como el de intentar salvar al pueblo del agua, pero me quedé atrapado en lo que dijo después: «He venido a hablar con tu hermana. Por formalizar, ¿entiendes? El Satur dice que esto durará poco, pero me da miedo que se cruce algún idiota si tardamos en volver. Me dejas que le diga dos palabras, ¿verdad?». Todavía me pesa no haberme negado. Un hombre que merezca llamárselo no ata a una mujer con promesas, que le pondrán a los ojos de todos una cruz en mitad de la frente, si no está seguro de que volverá a cumplírselas. Sin embargo, en ese instante habría caminado sobre ascuas ardiendo antes de pensar que Justo no le cumpliría a Sara, aunque fuese con un balazo atravesándole el pecho.

Mi hermana y Justo pasaron la tarde en el zaguán. Él hablaba mientras los dos tenían la vista puesta en la labor de ella. No recuerdo si era su colcha o una sábana o la puntilla del cuello de un vestido. A veces Sara asentía, y en mis entradas a la casa creo que la vi sonreír, pero más con conformidad que con dicha. A lo mejor estaba preocupada por la fiereza de madre contra los hombres de la tierra, pese a que madre, después de lo del golpe del niño médico, ya no se resistía con tanto ahínco. «Se acabaron los buenos tiempos», dijo mientras tendía ropa blanca y me escuchaba contar lo que había venido a tratar Justo Gil con Sara. Me sentí como si ganase la primera batalla de la guerra, pero sin gloria.

La conversación de Sara y Justo fue tan lenta como aquella tarde de bochorno, así que me aburrí de esperar y me puse a matar el tiempo cepillando al viejo Granerito en la cuadra. Con la puerta abierta, veía a la Vitoria enjabonar ropa y ponerla al sol. De vez en cuando suspiraba, haciéndole el coro a los bufidos del caballo. «¿Qué te pasa, mujer?». Salí al corral al ver que sus hombros se agitaban. El ruido del llanto era mucho más leve que el de los suspiros y, al notarme a su espalda, se tapó el rostro con ambas manos, sin llegar a tocárselo para que la sosa no le irritase los ojos. Me coloqué a su altura. Era la primera vez que veía a la Vitoria llorar y no sabía qué decir. Me miró. Fue extraño, porque las lágrimas le goteaban en hilitos por la mandíbula y no parecía que le salieran de los ojos, sino que le supurasen desde el interior de la piel. «Júrame por el santo patrón que volverás». «¿Qué dices,

Vitoria? ¿Por qué no he de volver?». «Que me lo jures por san Juan y por la Virgen. ¡Júramelo! Que volverás vivo». «Volveré. ¿A qué viene tanto drama?». «Hazlo, Marcos». «Te lo juro, por el santo patrón y por la Virgen del Enebral. Vivo. Regresaré vivo. ¿Así lo quieres?». «De acuerdo». Fue entonces cuando le cogí la mano antes de que agarrara uno de los manteles de cuadros del comedor. Estaba fría y se escurría como un pez, pero logré que no se me escapara, y la mano respondió a mi presión con una mucho más fuerte, como un calambre que hizo que me temblase todo el cuerpo. La Vitoria no me dejó que le hablara. «Ya ha bajado el calor. Dile a tu madre que me voy a aclarar la ropa al río». No hubo más. Me evitó hasta el mismo momento de marcharnos. Sin embargo, la promesa estaba hecha, no marcada en la frente como la que le dejó a Sara el zote de Justo Gil, sino escondida entre los pliegues, donde solo pudiera verla la Vitoria.

—En realidad, es lógico que le resultases irresistible. Llegaste convertido en un héroe... Aunque se hubiese casado contigo hasta degradado. No vi nunca novia más contenta.

Don Rufino ríe con fuerza. Es la primera vez que ríe de ese modo desde que me lo encontré en los páramos. Es la risa que invadía la fonda cada vez que la desgana de Sara se empeñaba en ocuparlo todo. Por eso aprecio a don Rufino, a pesar de que no me conozca de veras.

—¿Sabes lo que me gusta de ti?, que cualquiera en tu lugar sería un fanfarrón, pero tú nunca has presumido. Cuando los demás hablan de la guerra, eres el más callado. Bueno, hijo, tú casi siempre eres el más callado.

De la guerra es fácil hablar. De lo que ocurrió lejos del pueblo. Fue algo tan distinto que parecía que no nos estuviera pasando a nosotros. A veces hasta me costaba acordarme de cuál era mi motivo para estar allí.

—De verdad, padre, que tampoco hay tanto que contar. A la mayoría nos bajaron a Toledo o a Talavera, y cuando llegamos, lo importante ya estaba hecho. Gabriel habla de batallas que duraron semanas, meses, pero eso fue en Madrid o por el Ebro..., a los que nos destinaron al sur del Tajo no nos duraba la pelea ni tres días. Avanzábamos unos kilómetros, los recuperaban ellos, los volvíamos a tomar. Luego, semanas enteras sin hacer nada. Así toda la guerra, y cuando pensábamos que serviríamos de algo, lo único que hicimos fue cruzar pueblos manchegos en los que no quedaba un rojo para un remedio, y los pocos que no habían huido estaban ya tan desfondados que daban más pena que coraje. Créame, padre, los que cuentan otra cosa o no estuvieron allí, o se lo inventan.

—¿Y las condecoraciones?

—La primera, en una de estas que le digo, tomando una loma. Cuando estábamos casi arriba, nos recibieron las ráfagas de las ametralladoras, y una bala me crujió la rodilla. Me quedé ahí tirado, vi cómo retrocedían los nuestros, cómo bajaban los otros, cómo ellos volvían a perder la posición, y cuando se hizo de noche, me arrastré hasta el puesto más cercano. La medalla me la dieron por sobrevivir, no porque hiciese nada en particular.

La medalla es por este dolor en la rodilla, tan cotidiano que a veces ni se siente. Sin embargo, ese día hubiese preferido estar muerto a padecer aquella tortura, que parecía que la pierna entera me la arrancaban de cuajo. No sé cuánto más fuerte que ahora era el dolor, si mil o mil millones de veces, pues solo se pueden medir los dolores viejos. Pero lo único que deseaba entonces era que desapareciese y esa idea se hizo tan grande que no me comporté como un héroe. Un héroe se hubiese sujetado a los motivos para hacer esa guerra, a la imagen de las tuberías abandonadas, a la sensación escurridiza de la mano de la Vitoria, a los nudos de los bordados de mi hermana, prietos como los mechones de su trenza. Pero la bala en la rodilla no me dejaba espacio para aquello. Allí tumbado no era más que un carnero con la pata rota que necesitaba que alguien lo aliviara cuanto antes. Por eso no me quedé quieto ante los dos milicianos. ¿Subían o bajaban la loma? ¿Atacaban o retrocedían? ¡Qué importa! Me incorporé porque pensaba que acabarían con el sufrimiento. «¡Mira! Ese sigue vivo». Eran del color de la tierra, labradores como yo, seguramente acostumbrados a las hileras de viñas en pequeñas lomas. Mis brazos alzándose sobre el suelo les debieron de recordar a estos troncos secos y también torturados. «Déjale que se retuerza, el *hijoputa* fascista». Y alguno de los dos o los dos me patearon donde vieron sangre. Los odié, aún los odio, por haberme salvado la vida y por el dolor sin fin.

—¡Con Dios, buen hombre!

—¡Eh, Noble, so!

Don Rufino tiene que agarrarse para no caer y me mira como preguntándome: «¿Qué pasa ahora?». Me ha asustado el saludo del cura, pero solo es un vecino de Pardales que pasa la mañana en la viña sacando malas hierbas. El hombre baja el brazo que respondía al «con Dios» e interpreta nuestra parada como una necesidad de hablarle. Mientras se acerca, nos reconoce y en el entrecejo se le ve la pregunta de qué diantre queremos. Don Rufino se rasca la barba y espera mi excusa, y en el último momento la veo apoyada sobre una de las viñas.

—¿Qué se les ofrece?

—¿Qué hace?

—Nada... Arrancando cenizos, que parece que es lo único que va a brotar esta primavera.

—¿Para qué la escopeta? ¿Qué ocurre?

—Por los corzos, señor. Están por todas partes este año. Nunca se han visto tantos. ¿No hay en Hontanar? Si esto es ahora, hágase una idea de lo que ocurrirá durante el verano. La ruina. Se lo comerán todo. Así que me la llevo por si aparece alguno.

—¿Y ha habido suerte?

—¡Qué va, hombre! Son más listos que yo.

—¡Hale, que le cunda! ¡Vamos, Noble!

—¡Adiós! ¿Adónde van?, ¿al pueblo nuevo?

Le contesto ya en marcha.

—¡Sí!

—Pues que lo pasen bien en la fiesta.

El cura mira al cielo. Busca algo, pero no sé lo que es, pues no hay una sola nube en el horizonte. El día es tan nítido como me lo imaginé cuando estaba amaneciendo.

—Me extraña que no te hayas percatado.

—¿De qué?

—Los buitres, ya no están. No los hemos vuelto a ver desde que entramos en Pardales.

Me avergüenza un poco que sea don Rufino quien se acuerde de los buitres. Me alegro de que hayan conseguido su sustento: la oveja muerta. ¿Por qué iba a importarme una oveja que no es mía?

—Es cierto. ¿Sabe cuál fue la razón de que me diesen la segunda medalla?

No quiero pensar más en la oveja.

—¿Cuál, hijo?

—Me la dieron por quedarme. Solo por decir que no quería la licencia.

—No sabía que te hubieran condecorado por eso. Creo que tu madre estaba tan enfadada que se le olvidó decírmelo.

La respuesta de madre tardó casi un mes. Pensé que se habría perdido la carta, e incluso habría creído que se había extraviado la mía si Justo Gil no me hubiera traído noticias de parte de mi hermana: «En tu casa no se han tomado muy bien tanto patriotismo». Cuando Justo decía «tu casa» quería decir «madre», y cuando hablaba de mi patriotismo era una manera de llamarme idiota, pues él ya estaba tan harto de la guerra que se hubiese agujereado él mismo la rodilla para volver a Pardales. Al llegar la carta, entendí que madre se demorara en escribirla, pues no se le quedó ni un solo reproche en el tintero. Para madre, yo era el culpable de todo lo que ocurría en Hontanar. Con el pantano parado, las obras abandonadas y la yesera a su suerte, la fonda estaba vacía. Además, mi guerra había curado a todos los enfermos de riñón de la provincia y casi nadie visitaba el pueblo para tomar las aguas. Para el mantenimiento de la casa solo quedaban mis ovejas, lo que también suponía un tremendo agravio, pues el tío Joaquín se había enfermado de pura pena tras la muerte de la tía Aquilina, y madre, Sara y la Vitoria tenían que ocuparse de los rebaños. De todo lo que madre intentaba echarme en cara, solo me dolía lo del tío Joaquín. Pero que en la fonda no quedase nadie de fuera... ¡Que los llevaran con mil demonios! O que Sara se fortaleciese con el sol y el trabajo, Virgen santísima, nunca estuvo mejor que al volver del frente, que me pareció el doble de alta y hermosa. Lo del tío Joaquín sí que me arrugó el alma, y más aún al leer la posdata, seguro que escrita a escondidas, de Sara: «Hermano, espero que, cuando leas esto, Dios te conserve con buena salud. Por favor, escríbele unas letras al tío Joaquín, que no anda nada bueno y la Vitoria cree que podrías animarlo». ¿También aquello era un reproche? Aunque hice bien en mandarle unas líneas, pues en ellas le dije cosas que me habría dado apuro reconocerle a la cara. Sin embargo, no sirvieron de mucho, y ni siquiera sé si la Vitoria tuvo tiempo de leérselas. A lo mejor es cierto que si hubiese estado allí... Pero era imposible. No podía hacerlo, y tampoco quería. En el hospital de Talavera, Merche soltó los arreos que me ataban al pueblo, y yo escuchaba aquellas voces como la bestia que, al fin suelta, oye de lejos los gritos del amo.

—Estuve a punto de marcharme... al otro mundo, ¿sabe? En el hospital de campaña, cada vez que se acercaba alguien con uno de esos mandiles blancos decía: «No merece la pena. Mejor dejarlo entero».

No le digo a don Rufino que me daba igual, ya que había desaparecido el dolor y eso era más importante que la vida.

—Pero como a los tres días seguía respirando, me mandaron en un camión a Talavera con otros heridos.

Juro que hubiese preferido morir a soportar esos ochenta kilómetros de baches, que eran cientos de nuevas balas en mitad del hueso.

—Allí me salvaron la pierna. Los dos hermanos médicos que dirigían el pabellón. Era un lío, porque nadie sabía nunca de cuál de los dos doctor Sanz se estaba hablando. Pero gracias a ellos tengo mi pierna. Bueno, solo a uno, que el otro quería amputármela a todo trance.

El hermano mayor era el que se empeñaba en cortarla. El menor me preguntó: «Soldado, ¿a qué te dedicas en tu pueblo?». Se volvió hacia su hermano como si el otro no hubiese oído mi respuesta: «¿Ves, Domingo?, es pastor. ¿Adónde va a ir el chaval con una sola pierna?». Me llamó chaval, aunque sería de mi quinta, tal vez más joven.

—El doctor Mariano Sanz. Sí, señor. Al menos me operó tres veces en las diez semanas largas que estuve allí. A él tampoco le hizo mucha gracia que no me volviese al pueblo. «Esa rodilla es mi obra maestra, soldado Cristóbal. ¡Y la vas a arruinar! ¡Qué desperdicio!». Pero yo me sentía en deuda con la causa, ¿entiende, don Rufino?

De ninguna manera. Me quedé por Merche y por ver el mar.

Sin los doctores hermanos, que obligaban a las enfermeras a sacarnos al aire libre, no habría conocido a Merche, pues, a no ser que tuviese mucha fiebre o lloviera, a las once de la mañana ocupaba puntualmente mi sitio en el jardín. Al principio renegué por que me hubiese tocado junto a la lavandería. Mientras los demás contemplaban los árboles, el río, la Colegiata, ante mí solo se extendía una tapia de sábanas blancas, parecidas a las del corral de la fonda, pero con un olor más intenso a lejía y azulete. Merche salía a cada rato para destender los lienzos secos y sustituirlos por los recién lavados. No tenía nada en particular. Era recia pero pequeña, tanto que debía tensarse como las propias cuerdas del lavadero para colgar y descolgar las sábanas, y, al hacerlo, se le marcaban bajo las medias de lana unas pantorrillas de hombre. No podría decir cómo eran su cara, ni su pelo, ni su cuerpo, pues no había en ella cosa especial, sino que cantaba. Las canciones de la radio del pabellón, muy alto, ni bien ni mal y a todas horas. Los momentos en los que los tullidos estábamos sosegados y se hacía el silencio, también se la oía a través de las paredes de la sala. Todas las mujeres cantan, pero en Merche era distinto. Yo no diría de otra mujer, es así o así y canta. A Merche no podría describirla de otro modo. Si el día era luminoso y no se había muerto nadie, alguno siempre le pedía «Mi Jaca» o «El día que me quieras» o «La hija de Juan Simón». Se sabía todas las canciones, y si no se las sabía, se inventaba la letra y casi era mejor. Si alguno había estado agonizando toda la noche y no habíamos dormido, nadie le decía que cantase, pero tampoco le mandaban callar, como si su boca fuese la única que no pudiera llenarse de ceniza. Cada mañana pasaba por mi lado con su balde: «Y tú, rubio, ¿no me pides nada?». «Es que yo no sé de coplas como estos». «¡Qué hombre más soso!». Después de una de las operaciones, la herida se llenó de pus y no me sacaron en días. Al pabellón solo entraba gente de fuera los domingos, así que no encontré explicación a que una tarde abriese los ojos y viese a Merche al pie de mi cama. «He dicho que somos del mismo pueblo y, como trabajo aquí, el doctor Sanz me ha dado permiso para acompañarte. Si tú quieres». Lo único que me preocupaba era con cuál de los dos doctores Sanz había hablado, pero en vez de eso dije: «¿De qué pueblo somos?». «De uno en el que hay mar. Y tú ¿cómo te llamas?». «Marcos Valle». Fue esa respuesta la que puso a Merche en mi vida y a mí fuera de Hontanar.

—De todos modos, la rodilla te quedó bien, ¿no? Tardé tiempo en percatarme de la cojera. Aunque reconoce que te esfuerzas por disimularla, pues se te nota más cuando piensas que nadie te mira.

—A lo mejor, padre.

—Sara dice que es porque en el fondo eres presumido.

—Pero qué tontería, Sara.

—Hombre, no te enfades con ella sin que esté presente.

—Pues ¿sabe lo que le diría si la tuviese delante? «Sara, que sepas que me gusta mi cojera».

La cojera es Merche, y con Merche la vida podía parecer fácil, aunque no lo fuese. ¡Cómo no me va a gustar recordar eso! Otro asunto es que quiera hacerlo. Merche vivía como si lo único que importase fueran sus coplas o regalarme cuatro gajos de naranja en una servilleta. Yo le hablaba de las hoces, ella a mí del mar. Nos contábamos lo que cada uno haría en el pueblo cuando acabase la guerra, hasta que poco a poco solo quise que ella me hablase de sus planes: de cómo pescaría sardinas en una llanura sin fin como las de la Mancha pero azul y llena de destellos, o de qué manera llenaría hasta que rebosaran decenas de cestos de fruta en los naranjales, o de la forma en la que volvería a comer crudos unos bichos que son como las chirlas que pone madre en el arroz pero que viven pegados a las rocas. Me explicaba cosas que yo nunca había visto y que no serán más bonitas que los taludes, los buitres y los álamos del río, pero que con Merche parecían tan sencillas que uno respiraba mejor de solo escucharlas. Así que un atardecer, cuando ya estaba a punto de volver al frente, y uno de los dos doctores Sanz me dejó salir de paseo para «probar la rodilla», le pregunté a Merche mientras veíamos que el agua del Tajo se iba poniendo roja: «¿El mar es mejor que esto?». «Mucho mejor». «¿Y me dejarías ir contigo para verlo?». Es raro que no recuerde la primera vez que la abracé, pero sí me acuerde de aquel día en el que me abrazó ella. Será porque su oreja se quedó mucho rato pegada justo en mi hombro y me di cuenta de que Merche estaba hecha a mi medida.

—Pues si me he quedado un poco cojo, la culpa no fue del doctor, que me obligó a seguir yendo a su consulta cada vez que me daban un permiso. Aunque los mandos solo me concediesen unas horas y tuviera que ir de pie en el remolque del peor camión, ni una sola vez dejé de ir Talavera.

—Por eso no te gustan los médicos.

—No, el doctor Sanz era un gran hombre. Con su genio, pero eso no es malo. Les cogí manía después, con lo de Sara.

—Entonces sí que visitasteis médicos.

—Muchísimos. ¡Hasta fuimos a Madrid con usted! Al sanatorio que nos buscó don Alejandro, ¿recuerda ese viaje?

—¡Que si me acuerdo! Y del espolio que montamos para sacarla de allí.

—Me habría liado a tiros, si no nos la devuelven. La trataban como a una loca cuando solo era desgana. La puta desgana.

—Gracias a Dios, eso ya pasó.

—Sí, ya pasó del todo. ¡Vamos, Noble, que te duermes entre las viñas y esta es la última loma!

La gente cree que mi mundo se divide en lo que ocurrió antes y después del pantano. No es cierto, todo depende del agujero negro que aquella época de Sara cavó en mi vida: Noble o Gabriel llegaron después; el tío Joaquín, el señor Riaño

o la tía Aquilina abandonaron este mundo antes; la reanuda-
ción de las obras vino durante la lenta y a veces casi invisible
mejoría; don Rufino estuvo siempre, en el antes, en el después y, sobre todo, en el medio de aquel tiempo. Cuando ni
los potingues del médico, ni los regaños de la Vitoria, ni la
desesperación de madre ni mis ruegos servían de gran cosa,
era el cura el único que aliviaba las migrañas de Sara y conseguía que saliera de debajo de la colcha: «Vamos, hija, demos
un paseo, que se te están poniendo ojos de topo de tanto estar aquí a oscuras».

Gabriel no conoció aquellos años. Al llegar él, Sara hacía
tiempo que era la de antes... O eso decíamos todos. Pero ¿de
qué antes hablábamos y de qué Sara? No era ni la mujer faja-
da para la vida del campo que me encontré al volver del frente, ni la joven dócil de antes de la guerra ni la niña que quiso
ir a la Escuela Normal. Ninguna de aquellas habría aparecido
nunca, como sí ocurrió en esos años hasta la llegada de Gabriel a la fonda, con un pañuelo apretándole tanto la frente que
le hacía surcos en la piel. Ya no lo llamábamos migrañas, y,
menos aún, desgana; entonces eran pálpitos, que empezaban
en las sienes y bajaban hasta la nuca, como si tuviese un nido
de lagartijas corriendo en círculos bajo las raíces del pelo. Los
días que se levantaba con esos pálpitos había que hablarle
como a un enfermo de calentura, y a pesar de que nadie lo dijese, recordaban demasiado a los peores momentos de la desgana. Pero ¿quién saldría sin marcas después de vivir tantos
años en lo más profundo de una bodega que, además, Dios
sabe cuánto tiempo llevaría excavándose en la piedra? Justo
Gil solo dinamitó la entrada. Después decidimos que quien
apareció entre los cascotes se parecía a una Sara verdadera

que nadie sabía realmente cuándo dejó de vivir con nosotros y que solo regresó para estar con Gabriel.

Volvió porque quiso, así que Gabriel no sabe que ha estado queriendo a una mujer que estaba de retorno. Si lo hubiese sabido, tal vez esto se podría haber evitado. Pero Sara no se lo dijo. Ni yo tampoco. Me pudo el coraje de no haber sido suficiente para ella, cuando ella sí lo había sido para mí. Nosotros no bastábamos, pero ellos sí se bastaban. Lo sé porque los vi, tan claros como distingo ahora las vides casi secas de Pardales, como dos frutos de una primavera adelantada. Entonces sí que hubiese merecido una medalla por no abalanzarme, por callar y dejar que todo siguiese su curso.

No era la primera vez que a un enero de frío y nieve le seguían dos semanas en febrero de tiempo suave y sol clemente. Buen tiempo para los que se quieren y para llenar de nuevo la vida de caprichos. La tarde anterior al mediodía en el que me los encontré, a madre se le antojaron cangrejos: «Después de recoger el rebaño, no te olvides de poner los reteles, que los quiero hacer para la cena de mañana». Aquellos a quienes les gusta esforzarse poco ponen las trampas cerca de la presa, en las fugas que quedaron del antiguo desvío del cauce, donde muchos cangrejos, desorientados por los cambios de la corriente, acaban atrapados en unas charcas sin lecho verdadero. Yo prefiero bajar adonde el río lleva su curso de siempre, más allá de la Casa del Pantano, en el estrechamiento de las hoces. Ahí es donde las jaulas se llenan de cangrejos gordos, rojos y brillantes, que se pelean por su espacio en las redes antes de sacarlos del agua helada y transparente. Ese día, incluso, algunos tuvieron suerte y los devolví al río cuando ni una pinza más cabía en el cubo.

Mientras vaciaba los reteles noté que había más buitres en sus nidos. El repentino buen tiempo también había animado a salir del huevo a algunos pollos y, para no trastornar su paz, preferí volver al pueblo siguiendo la orilla, en lugar de acortar por los taludes.

Enseguida distinguí a Sara y a Gabriel, que debieron de bajar al río por el camino del almacén de cemento y estaban en la orilla opuesta. Nos separaban apenas unos metros y los sauces no tenían hojas aún, así que casi me pareció un milagro que no llegasen a verme antes de que me diese tiempo de refugiarme tras unos matorrales de escaramujos. «¡Madre mía, Sara!, ni te imaginas lo fría que está». «Pues ¿cómo quieres que esté? ¡Sal de ahí, hombre, que de verdad no importa!». ¿Desde cuándo se tuteaban? Y no solo era el tuteo, había algo en sus voces de confianza casi antigua. «Pero tiene que estar cerca». «A ver, señor ingeniero, que si ha volado hasta aquí, se la ha llevado la corriente. Yo me voy, que me van a echar en falta». Gabriel sacó los pies del agua y llegó hasta la zona sin piedras en la que había abandonado los zapatos. Daba saltos ridículos, más para hacer reír a Sara que para entrar en calor. «¿No te preguntarán en casa por el lazo?». «¿Qué me van a preguntar? Ni que fuese el primero que pierdo». «Ah, ¿sí?». «¡Idiota!». Era la manera de hablar de los que se conocen y todo les gusta. «Pero no te vayas, que al final no has probado los nísperos». «Al final, lo que va a pasar es que van a salir a buscarme con la Guardia Civil». Gabriel, tras atarse los zapatos, le acercó un paquete envuelto en papel de estraza. Se sentaron en las piedras, pero no parecían incómodos. «A ver, ¿cómo se come esto?». «¡Pélalo, mujer!». «Si con la piel está rico. Son muy dulces». Sara escupió dos pipas gordas y oscuras. «Mi compañero trajo tantos que estará comiendo nísperos hasta el bedel del Ministerio». Gabriel le puso en la mano las dos mitades de una esfera naranja y pequeña recién pelada a la que le había quitado también los pipos. Sara habló con la boca llena. «¿Dónde dices que se cultivan?». «En Valencia». «Pues también iremos a Valencia». «¿Antes o después de ir a Madrid, a Berlín, a Londres o a Roma?». «Me da lo mismo el orden. Y a Rusia también iremos, aunque no quieras». «Si en Rusia solo hace frío y está llena de enemigos. Además, ya sabes por lo que acabé allí. Para dejar de oír a mi abuelo y por lo de Alfonso. Y ninguno de esos alemanes se parecía a mi madre. Rusia me trae malos recuerdos». «Bueno, pues a Rusia no iremos». Ahora fue ella quien le metió en la boca una de aquellas frutas peladas. Se quedaron callados, o no llegué a oír lo que dijeron hasta que Gabriel preguntó: «¿Crees que ahí fuera hay algo mejor que esto?». «No lo sé, pero quiero verlo». «Yo habría dado media vida por nacer en un sitio como Hontanar». «No hay para tanto». «No valoras lo que tienes». «¿Y tú lo valoras?». Cualquiera se da cuenta de que va a empezar una discusión que ya se ha tenido y cualquiera sabe que bajando solo la cabeza es imposible evitarla. «¿A ella también le llevaste de estos antes de salir de Madrid?». «No fui a casa de nadie. Estuve todo el tiempo ocupado con las reuniones del Ministerio. Además, sabes que no la veo desde hace meses». «Pues a las novias hay que visitarlas, aunque sea de cumplido». «Ya no es mi novia». «¿Y ella lo sabe?». La voz de Sara era distinta, pero no nueva. Al menos yo sabía que la había escuchado antes. Se metió un último níspero en la boca, entero y con piel. «Ahora sí que me voy». Gabriel acercó la cara, esperando. Sara lo miró con fijeza antes de que de sus labios fruncidos se disparara uno de los pipos oscuros de la fruta. Gabriel se llevó la mano al ojo como si le hubiesen dado un puñetazo: «¿Quieres dejarme tuerto y que el Gobierno me ponga un estanco?». Se rieron juntos, aunque Gabriel no consiguió que lo besara.

¿Por qué no grité? Tendría que haber salido de detrás de los arbustos. Debería haber cruzado los pocos pasos de una orilla a otra, aunque me hubiese hundido en el lodo del lecho y empapado hasta los muslos, para hacerle a Gabriel la estúpida pregunta de qué tenía con mi hermana y haberle puesto un ojo morado de verdad. Sin embargo, me quedé agazapado como un conejo cuando Sara se marchó. Gabriel aún estuvo un rato observando los buitres con la cabeza levantada, pensando. Yo también pensaba, pero fijos los ojos en el cauce del río. Sabía cómo se sentía él, y a pesar de que me daba rabia entenderlo, no fue por eso por lo que me quedé quieto. Lo hice porque necesitaba acordarme de cuándo había oído esa voz en Sara. No me costó tanto: durante los días del ansia. Esa Sara, la verdadera, la del auténtico antes, había vuelto después de permanecer diecisiete años soterrada. En los arbustos habían salido los primeros brotes. «Se helarán», pensé. Las primaveras tempranas siempre acaban así.

Del cubo se habían escapado tres cangrejos; los volví a meter en su sitio y no paré hasta llegar a la fonda.

—¿Cuándo se marchó del pueblo, don Rufino?

—Después de Navidad.

—¿Usted sabe si por entonces Gabriel y Sara ya se hablaban?

—¿A qué te refieres?

—Lo sabe.

—Supongo que el ingeniero no iba a dejar a esa señorita de Madrid sin haber tenido alguna conversación con tu hermana.

—¿Y usted conocía esas conversaciones, padre?

Don Rufino vuelve a hurgarse la barba, esta vez por la falta de costumbre de que sea otro el que haga las preguntas.

—Sara tenía... tiene mucha confianza con usted.

—No hasta ese punto... Pero sí me mencionó que notaba en el ingeniero cierta querencia.

—¿Y usted qué le dijo?

—Pues que también yo lo veía, pero que evitara hacerse ilusiones.

—¿Ella le decía si lo quería a él?

—¿A qué viene este interrogatorio, Marcos? ¡Mira que estás pesado!

Don Rufino ha levantado la voz y Noble entiende que tiene que apretar el paso. Lo freno porque empezamos a bajar la loma. Ya está cerca el límite de los viñedos y se distinguen las primeras manchas de encinar. Hasta que entremos en el monte, se verá lo que ha evitado que le insista a don Rufino. El monasterio es tan grande que, la primera vez que aparece en el horizonte, el pueblo se intuye cercano, aunque no sea cierto. Impresiona su estructura maciza. Uno piensa: «Ahí está», como lleva estando desde hace siglos. En el extremo de la espadaña, dos campanas que desde aquí son solo dos puntitos negros, como dos pupilas en la piedra. Miran de frente al pueblo nuevo que empieza medio kilómetro más allá y que, aún tan lejos, es imposible adivinar. ¿Qué pensarán las viejas piedras de esas líneas de casas encaladas? Donde siempre hubo berzales o cereal, ahora se extiende un cultivo horizontal de hombres que, por no tener, no tiene ni una palabra con la que nombrarlo. Pero la congoja que me aprieta el pecho no nace de esa falta de nombre.

—¿Usted cree que siempre tenemos que cumplir con nuestra obligación?

—¿Ahora nos ponemos filosóficos?

—Por favor, padre.

—Claro, Marcos. De otra manera, viviríamos en el caos.

—¿No hay ninguna ocasión en la que se pueda dejar a un lado lo que se debe hacer para hacer lo que uno de verdad desea?

—Eso es egoísmo, y el egoísmo surge de la dureza del corazón. Recuerda las enseñanzas de Nuestro Señor Jesucristo.

—Pero, padre, yo creo que a veces cumplimos con nuestro deber y no hacemos bien alguno a los demás.

—¿Cuándo?

¿Cómo se lo voy a contar al cura? Le tendría que hablar de Merche, de lo feliz que era porque estábamos a punto de ganar la guerra y marcharnos así, de una vez para siempre, a su pueblo con mar. En mi último permiso le pedí que no me esperase en Talavera, ya que tardarían a desmovilizarnos. «En cuanto puedas, dejas todo esto. Escribe a tu familia para que te ayude a instalarte. Diles que yo trabajaré en lo que sea. Iré en cuanto nos licencien». «Y nos casamos». «¿No me vas a enseñar el mar antes?». Estaba tan contento que Justo Gil me decía: «Pareces otro hombre», y, de hecho, casi lo era: Marcos Valle a unos pocos meses de dejar atrás a Marcos Cristóbal. ¡Malditos meses y maldita felicidad! Y, sobre todo, ¡mil veces maldito Justo Gil! Si no le hubiera contado nunca lo de la Vitoria y, sobre todo, si no le hubiese dicho ni una sola palabra de mi intención de no volver... La única vez que hablé demasiado, para que luego digan... Pero la alegría te suelta la lengua más que el vino, y cuando ya teníamos la fecha para la desmovilización, se lo dije: «No regreso a Hontanar».

Justo fue como la rueda de un molino dando vueltas y vueltas a lo mismo: el pueblo, madre, Sara, la Vitoria; la Vitoria, Sara, madre, el pueblo; Sara, el pueblo, la Vitoria, madre. Una y otra vez, una y otra vez, y no hay cáscara que aguante las mil vueltas de un molino. Además, Merche estaba lejos y, sin oírla cantar, todo lo de ella se disolvía en mi cabeza como un azucarillo. Me mantuve firme hasta el día en que subí al camión que se llevaba a los soldados del mar. No había muchos. Me senté entre ellos. Reían, y yo me dije: «Ya está». Pero no estaba, porque Justo apareció de repente y me gritó: «¡Marcos Cristóbal, no tienes palabra!». ¿Por qué me bajaría de aquel camión? Me rebocé por el suelo con Justo, le partí un labio, le hice comer la tierra, pero dejé que el camión se fuese sin mí.

La llegada a Hontanar tuvo sus alegrías. Madre consideró que mi cojera, con todo, nos daba postín, y no se soltó de mi brazo hasta que el pueblo entero, uno a uno, felicitó al héroe. Las obras seguían más que paradas y pasé el dedo por las tuberías para sentir el placer grumoso del hollín que se había formado en tres años. Sara me enseñó, desde su morenez más alta y más intensa que nunca, los rebaños crecidos, pese a que todo habían sido estrecheces para la mayor parte de las familias del pueblo. Había apuntado cada detalle en un libro de cuentas: «Mira, hermano», me decía con orgullo, como si hicieran falta los números para llevar ovejas y como si yo fuese capaz de entenderlos como ella.

Pero la Vitoria no aparecía.

Después de una semana machacando los cantos de la calle para hacerme el encontradizo, no había sacado ni la punta del delantal a la puerta de la casa de sus padres para que pudiese verla. Madre no entendía por qué no era yo el que se acercaba: «Con razón estará molesta, aún no has ido a darle el pésame en persona». Pero cada día que pasaba sin verla, volvía a hacerse más concreta la imagen de una Merche nueva, una seria y silenciosa. La última vez que saqué el tema de la Vitoria, madre se hartó: «Pero ya contigo en casa, ¿para qué la necesitamos? ¿Por qué la quieres aquí?». El vino tembló en los vasos con el puñetazo en la mesa: «Porque me voy a casar con ella». No me dio tiempo a ver la cara de madre, que se volvió hacia mi hermana como para pedir explicaciones.

En la casa del tío Joaquín, el portalón del corral estaba abierto. Entré. La cortina que protegía el interior de la vivienda estaba echada y se oía a alguien trajinar dentro. «¡Vitoria!». Creo que esperé mucho tiempo a que se levantara la tela y a que la Vitoria apareciera en el umbral. Se había dejado crecer el pelo y lo llevaba recogido en un moño sin adornos ni ondas. Vestía de negro de pies a cabeza, aunque eso no le hacía parecer más triste, solo más flaca. «¿Qué pasa, mujer?, ¿no quieres verme?». Fue otra eternidad. «Entra». Y dejó caer la cortina.

—A lo mejor es cierto lo que dice, padre.

—¿Lo que digo?

—Lo del corazón duro... Que hacer lo que uno quiere es como tener el corazón de piedra. ¿Cómo es eso que dice usted?

—«Y quitaré de su carne el corazón de piedra y les daré un corazón de carne».

—Eso.

—Pero no lo digo yo, lo dice la Biblia.

—Pues mejor. Quiere decir que cuando haces lo que debes, eres realmente bueno y las cosas deberían salir bien, ¿no?

—Algo parecido.

—¿Cómo que algo parecido?

—De acuerdo, Marcos, así mismo.

Se llegó a hablar de celebrar las dos bodas juntas, pero Justo y Sara decidieron dejar la suya para septiembre, y que así coincidiese con el patrón de Pardales y se compensaran las estrecheces de después de la guerra con la alegría de la fiesta. A mí no me importaba en absoluto que la boda fuese sencilla, a la Vitoria menos aún, y madre todavía se estaba reponiendo de que sus dos hijos acabasen casados con gente de la tierra. Todo iba bien. Hasta el mismo día de la ceremonia. Justo Gil no se presentó a la hora convenida en la puerta de la iglesia. Tuve que pedirle al Valentín que firmase como testigo, y Sara ya salió llorando del templo. «Algo le ha pasado, Marcos. Un accidente con la bicicleta. ¡Lo estoy viendo!». Se mandó recado a Pardales con el chico del Toñete, que llegó en mitad del convite diciendo que a Justo Gil no le ocurría nada y que lo había visto tranquilamente en la calle. Sara se encerró en su dormitorio, y terminamos como pudimos aquel día en el que solo la Vitoria parecía feliz.

Nuestra primera conversación a solas como marido y mujer se centró en Sara: «Mañana bajo a Pardales. A ver qué tripa se le ha roto al idiota del Justo». No había terminado de decirlo y madre tocó a la puerta del que la Vitoria creía que iba a ser nuestro dormitorio provisional. «Don Rufino ha traído una carta de Justo Gil». Alguien la había colado por debajo de la puerta principal y el cura la encontró cuando fue a atrancarla antes de acostarse. No podía estar escrita por otra mano que no fuera la de Justo. No solo por su letra, sino porque estaba dictada por una idea fija: «Lo sé todo. Me lo ha contado gente que me quiere bien». Madre gritaba: «Por el amor de Dios, ¡si no se habrán abierto las habitaciones ni cinco veces en toda la guerra! ¿Qué hombres ni qué hombres? ¿De qué habla este majadero?». Don Rufino se rascaba la barba: «La cuestión es quién le ha contado semejantes infundios».

La Vitoria se sentó en el banco bajo de la cocina. Llevaba aún el traje de chaqueta de la boda, pero la impresión le había dejado sin sangre las mejillas y desmoronado los hombros, por lo que hasta la ropa parecía que había perdido el lustre: «El Satur... Ha sido el Satur». Siempre ha conocido bien a la gente. Madre es quien tiene la fama de no pasársele una, pero es ella quien descubre las intenciones de cualquiera nada más verlo. Le costó un momento encontrar las razones del Satur: «Es por su hermana... Sí, eso es. A la Resti siempre le ha gustado una barbaridad Justo Gil... ¡Ese *desgraciao* siempre tiene que coger todo lo que quiere!». «Lo voy a matar. Pero primero me llevaré por delante al imbécil de Justo». «Yo mañana te acompaño a hablar con él». «No sé usted, padre. Yo voy ahora mismo». Don Rufino y yo pasamos mi noche de bodas en Pardales.

Justo no es un hombre de palabra. Ni siquiera merece que se le llame hombre. Nos juró que al día siguiente iría a pedirle perdón a Sara. Si lo hubiese hecho... Porque Sara lo esperó. Ese día, y al siguiente, y al siguiente. Cuando a Justo Gil la idea fija se le fue de la cabeza, ya había pasado una semana y era tarde. Mi hermana no quiso verlo, ni hablar con él, ni mucho menos perdonarlo. No se lo reprocho. Justo vino muchas veces, durante muchos días. Hasta que le dije que ya no pisara más el dintel de la fonda, que no era bien recibido en esa casa. «No eres bienvenido», eso fue lo último que le dije hasta hoy. Pero mientras despedía a Justo Gil sin dejarle pasar de la puerta, se debió de colar lo que aún faltaba para completar la desgana. Esa tarde, Sara se acostó y pasó más de quince días sin levantarse, casi sin dormir, sin comer, sin echarse un poco de agua en la cara para que se le borraran los restos de un llanto continuo que a veces no necesitaba ni lágrimas. Fue el primero de tantos encierros que vendrían luego.

—¡Por ahí debe de estar la oveja muerta!

El cura no señala un lugar en la tierra, sino en el cielo. Al buitre se le ve cada vez más cerca, no solo porque no habrá ni un kilómetro de aquí al lugar que señala don Rufino, sino, sobre todo, porque está descendiendo. Para tocar tierra sigue las mismas espirales que utilizaría para elevarse. Cuando más grande está, desaparece de nuestra vista.

—A lo mejor descubrimos qué ha pasado.

De todas las posibilidades, me gusta pensar que Merche creyó que me mataron en la última ofensiva de la guerra. Es mejor dar a alguien por muerto que sufrir su abandono. No me cabe duda de que me buscó, pero no pudo encontrarme, pues era la única que conocía mi nombre.

No puedo oler la sangre de la oveja, aunque diga la Vitoria que soy capaz de notar el tufo de unas vísceras desde cualquier rincón. Es porque tengo un estómago delicado. El día en el que se matan varios corderos, el olor a sangre se me acaba agarrando en las tripas de tal modo que no me siento a almorzar hasta que el viento no lo deshace. Sin embargo, en mitad del monte es diferente porque lo tapa todo el incienso verde de la encina y el tomillo.

Don Rufino mira al cielo y tampoco descubre nada. Solo hemos visto una bandada de petirrojos volando con prisa hacia el pueblo nuevo y un gavilán que, en la frontera entre los viñedos y el monte, espera a que algún ratón despreocupado asome entre la maleza. Pero de los buitres, ni rastro. El encinar es demasiado tupido en esta parte y, pese a que los árboles sean bajos, las copas son tan oscuras y retorcidas que ni se adivina el claro en el que murió la oveja. Además, con Noble avanzando a un trote ligero sobre el camino pedregoso, el carro hace un ruido del infierno, y aunque lográsemos oír el festín, sin viento que los traiga y se los lleve, no sabríamos de dónde vienen los graznidos y el frotar de alas.

—¿Eso de allí es un niño?

Don Rufino es capaz de pensar en varias cosas a la vez, por eso lo ha visto primero, aunque es solo un punto oscuro en la pared trasera. Diga lo que diga la Vitoria, esta tenada es la mejor de los alrededores y no queda tan lejos del pueblo nuevo. «No tendrás el valor de comprarla», me dijo. Vaya si lo tenía, pero no quise insistir cuando supe que el propietario no era de Pardales. No me gusta tratar con la gente de los alrededores del pueblo nuevo. Nos miran con desconfianza, como si quisiésemos quitarles algo. Además, el dueño no puede ser un hombre de fiar. Pese a que los muros de mampostería son los más sólidos que he visto, hace demasiado que nadie se preocupa por arreglar los daños de la intemperie; muchas tejas están rotas y habrá goteras; y, por el aspecto del niño, ese hombre tampoco cuida personalmente a los animales, pues, si la criatura es su hijo, más le hubiese valido al pobre acabar en una inclusa. Tendrá como diez años, aunque seguro que es mayor de lo que parece su cuerpo encanijado y más joven de lo que dicen su cara de viejo y sus orejas enormes. Yo preferiría ir descalzo o con los pies mojados el resto de mis días antes que llevar esos hilachos de tela y esparto que hace años fueron alpargatas. No puede cerrarse la chaqueta, que está rota por los codos de puro usada, y se ve el cordel con el que se sujeta un pantalón cuyo antiguo dueño tenía más sustancia bajo la piel. Llora, y no me extraña.

—Para, Marcos. Vamos a ver lo que le ocurre a este Cristo del Desamparo.

—¡So, Noble, amigo!

El niño se limpia los mocos con la bocamanga.

—¿Qué te sucede?

—Nada, señor cura.

—No tienes tú pinta de llorar por nada.

—Es que se me murió una oveja... Una preñada.

Tenía decidido no hablar, pero no puedo evitarlo.

—¿De quién era el animal?

—De quién va a ser, del señor Severiano.

¿Para qué pregunto nombres si oírlos solo me produce extrañeza?

—Mi tío me molerá con la correa cuando el señor Severiano le cobre la pérdida.

Tengo que callarme; si no, nos retrasaremos. Sin embargo, otra vez oigo mi voz.

—La extraviaste. Hay que tener más cuidado. Vimos a los buitres desde lejos.

—No fue mi culpa, señor, fue del Carmelo.

Otra vez un nombre que me desborda.

—Sí me fijé que había una huidiza. Pero el Carmelo dijo que las había contado y que estaban todas dentro. ¡No las contó, el muy cochino! ¡Tenía prisa por ir al barbero! ¡Ojalá le escupan las mozas de esa fiesta!

Empieza a llorar de otra manera. De rabia. A don Rufino ya le ha picado la historia.

—¿Y cuándo te percataste de la falta?

—Las conté de nuevo por la mañana. Fui a buscarla. ¡Intenté que no se la comieran! Pero ya tenía un buitre posado cuando llegué. Lo espanté. Y a otros también, a muchos. Al final había tantos en el cielo... Ni el perro quiso quedarse.

Ahora el llanto es de vergüenza. Veo al niño braceando alrededor de la oveja, oigo los ladridos del perro y siento a los buitres arriba, con un miedo parejo al del niño, también impotentes.

—No te castigues, hijo, ya no hay remedio.

Don Rufino habla sentado en el pescante como desde su púlpito.

—Tú diles a ese señor Severiano y a tu tío lo que ha ocurrido y seguro que lo entienden. No es sensato venirte aquí a llorar por lo que ya sucedió y dejar el rebaño sin guarda. Anda, vete y no te preocupes más.

—Es que...

No voy a preguntar.

—Es que ¿qué?

—Es que ahora hay otra que no puede parir sola... De eso se ocupa el Carmelo y no quiere enseñarme. ¡Ojalá le escupan todas las mozas!

Hincharía al tal Carmelo a zurriagazos con la misma correa que va a usar el tío del niño. Si había ovejas a punto de parir, ¿cómo tuvo la cachaza de abandonar el aprisco en noche de luna nueva? ¡Imbécil! Si pudiera, también lloraría de rabia, pero la indignación me baja del carro.

—¡Marcos, hombre! Ahora sí que no llegamos.

—Solo echar un vistazo, don Rufino.

—Lo malo es que no lo haces por el niño, sino por la oveja.

Lo oigo ya a mi espalda. También ha bajado y nos sigue mientras rodeamos el edificio. Es cierto, pienso en la oveja, pero no me importa salvarla. Eso me preocuparía solo si fuese de mi rebaño. Lo que no quiero es que muera metida en el corral. A la otra, al menos, se la están comiendo los buitres y ascenderá con ellos a las alturas. A esta no le quedará ni esa gloria. Gabriel me contó que antes que nosotros, mucho antes de todos los que estuvieron antes que nosotros, vivió una gente que utilizaba los buitres para llevar a sus muertos al otro mundo. Se me ha olvidado cómo se llamaban, pero dejaban a sus difuntos en mitad del monte y esperaban que los buitres hiciesen el resto. La tierra es mejor que el agua para los muertos. El agua simplemente no es un lugar. Sin embargo, el aire es mucho mejor que la tierra. ¿Cómo me dijo Gabriel? Va... va... va algo. Aquellos hombres sí que conocían a los buitres y sabrían que eso es lo mejor para Sara: vivir en el aire, ser libre, verla cada vez que fuese a las hoces. Pero ¿cómo dejarla en un claro del encinar con don Rufino pegado a mi cogote?

Alrededor de la tenada hay unas docenas de ovejas pastando con sosiego o ramoneando entre las bardas de las encinas. Los árboles que rodean el cobertizo no dejan ver muchas más, pero se las oye.

—¿Son todo churras?

—Sí, señor.

—¿Cuántas cabezas?

—Doscientas cinco... Doscientas cuatro.

El tal señor Severiano no merece semejante rebaño. Es absurdo dejar algo tan bueno a cargo de un pastor tonto y un niño. Lo detesto por eso.

—¿Dónde está la oveja?

—Ahí dentro.

La construcción tiene un corral delantero. El niño necesita empujar con brío para abrir la verja, que ha hecho poco a poco un surco profundo en el suelo; es otro de los arreglos que necesita el aprisco. La oveja está en un rincón, tumbada sobre su lado izquierdo. Por toda la paja que se enmaraña entre la lana parduzca, parece que también lo ha intentado sobre el costado derecho. Me preocupa tanta baba amarilla alrededor sin que la cría ni tan siquiera asome. Me preocupa aún más lo abultado de su vientre, que el morro negro toque la tierra y que no se queje. Se ha cansado de pujar y empieza a dejarse morir. El cuero bajo la lana arde.

—¿Cómo te llamas, chaval?

—Demetrio, señor.

—Ven, Demetrio, y toca aquí. ¿Lo notas? ¿Y aquí? Son dos corderos. A lo mejor ya están muertos, pero al menos te servirán para aprender. Tienes que meter la mano.

—No, señor.

—Marcos, hijo, hazlo tú, que será más rápido.

—¡Cállese, padre! Te digo que metas la mano. No te preocupes, tiene tanto dolor que ya no sentirá nada. Así, muy bien. ¿Qué tocas?

—No sé, señor Marcos.

—¿Cuánto llevas con las ovejas?

—Casi un año, señor.

—Pues sí lo sabes. ¿Es una pezuña?

—No. Son las rodillas.

—¿Seguro?

—Lo de arriba no es la pierna. Son las patas delanteras.

—Entonces el primero viene derecho. No puede salir porque las patas están dobladas, así que tienes que estirárselas. Con mucho cuidado para no quebrarlas.

Demetrio cierra los ojos y se toma su tiempo. Hay un niño listo detrás de esa cara malcomida.

—Ya está, señor.

—Muy bien, saca la mano. Vamos a ver si lo consigue ella sola.

La churra levanta la cabeza cuando siente mi golpe en la nuca y entiende lo que tiene que hacer. Saca un poco la lengua con un gemido que me partiría el alma si la oveja fuese mía y puja de nuevo. Da resultado: las patas de la cría salen llenas de baba amarilla y, de inmediato, se le ve el hocico. La oveja empuja otra vez sin necesidad de que la vuelva a golpear. En el interior de la madre solo quedan ya las patas traseras.

—Ayúdala, Demetrio. Tira un poco para que salga del todo.

Aun cubierto de esa tripa amarillenta, es un ejemplar hermoso. Al menos tres kilos.

—No se mueve, señor.

Parece que quien lo escucha es la madre, que se levanta como si le hubiesen regresado las fuerzas de repente y empieza a lamer al cordero desde la cabeza.

—Coge unas pajas y ayúdala a romper la tela de la nariz y la boca.

—¡Está vivo, señor!

—Claro.

—¿Le sacamos ya el otro?

—No, hay que dejar que la madre reconozca a este.

No le digo que, en la espera, el otro puede ahogarse en el vientre. Se lo diré después, si es que nace muerto. Ahora no podemos hacer otra cosa. A la naturaleza no se le mete prisa. Me callo porque recuerdo la reacción de la Vitoria cuando se lo dije: «Vitoria, mujer, es que no se puede meter prisa a la naturaleza». No entendió que solo quería consolarla. Gritaba tanto que madre y la partera volvieron corriendo a nuestro dormitorio. La partera todavía llevaba en las manos la sábana manchada de rojo con lo que hubiese sido mi segundo hijo, que llegó, como el anterior, cuatro meses antes de tiempo. «¡No soy una oveja, bruto, no soy una oveja!». Ya no se lo dije, claro, pero si lo hubiese sido, se habría ahorrado mucho sufrimiento y las visitas a Segovia. Las recomendó don Alejandro después de que se malograra el segundo y no me atreví a oponerme, pese a que con Sara ya habíamos renegado de todos los médicos.

Seis meses antes de que naciese Juan, la Vitoria me dijo al levantarme de la mesa: «Esta tarde iré a los Aguachines a lavar. Pásate a buscarme cuando acabes y así me traes de vuelta los cubos». «De acuerdo». «No te olvides». «No, mujer». «Mira que voy a necesitar ayuda». «Que sí, que me pasaré sin falta». Sara cosía en el zaguán. Era un día de junio suave, largo, sin calor. «¿Qué haces?». «Una tórtola». Recuerdo las puntadas prietas que formaban la cabeza del pájaro. Ahora sé que era su colcha, aunque entonces no me fijaba en lo que hacía. «¿Cómo estás?». «Bien». «No fuerces la vista, que a veces la migraña te empieza por los ojos». «Hoy estoy bien». «¿Voy a ver si ha salido ya el té nuevo?». «No hace falta, hermano, te digo que estoy bien». Pero eso lo decía siempre, incluso horas antes de encamarse durante semanas.

En la faena de la tarde, la petición de la Vitoria se me voló de la cabeza como el tamo en las eras. No fue del todo así, pues no se escapó completamente, sino que se quedó en el pensamiento sin recordarlo. Lo que me decía la Vitoria en aquella época era como el vaho de la fuente de los Aguachines, que con el verano desaparece de nuestra vista, pero sigue en el agua. Al atardecer busqué té de roca en las repisas de los cortados. La mayoría de las plantas no estaban hechas, así que cuando pensé que ya había suficiente, me había alejado tanto del pueblo que casi estaba anocheciendo al llegar a la altura de la presa. Después de cinco años, pasar los dedos sobre el hollín que dejaba el tiempo en las tuberías era algo más que una costumbre. Otra de mis manías, diría don Rufino. Por eso lo tuve claro: había menos tubos que la última vez, y en la ocasión anterior ya había pensado que faltaban algunos. Me alegré. Si se estaban llevando las tuberías, quería decir que el pantano se olvidaba para siempre. Pero ¿quién se las estaba llevando? Desde el final de la guerra no había pasado por Hontanar más funcionario del Gobierno que el secretario, y el tal don Serafín, quien andaba como pollo sin cabeza desde que le concedieron el traslado a otro Ayuntamiento «con más futuro», no había mencionado nada. Seguí cuesta abajo. El ruido de un carro que subía a deshoras me ayudaba a intuir el camino. El Satur no me vio porque no esperaba encontrar a nadie en la cuneta, pero yo sí a él. Evité llamar su atención para no espantar al caballo y porque el Satur y yo prácticamente no nos cruzábamos ni el saludo desde mi boda. El ruego de la Vitoria en la cocina me volvió al pensamiento como una alcuza de aceite volcada.

La Vitoria recogía los cacharros de la cena. «Perdona». «Tranquilo, no te hemos esperado. Tienes un plato en el hogar». «No, por lo de los baldes. —No contestó nada—. Lo olvidé. —El silencio me ayudaba a medir su disgusto—. Fui por té de roca». «Aún no es la época». «Algo hay. Mira». No miró. Frotaba los platos con más fuerza de la necesaria y los echaba al cubo de agua limpia con una falta de tiento que madre le hubiese reprochado. «Es para Sara». «Siempre es para Sara». «Parece que va a tener otra migraña». «Sí, en tu cabeza». «Solo quiero que estemos bien». «Déjala respirar y estaremos todos mejor. Sobre todo ella». No quise discutir. «¿Y los baldes?». «En los Aguachines siguen, esperándote o no. Me da lo mismo. A este no le voy a meter ninguna prisa». Y se tocó el vientre, que estaba ya algo redondo.

Me costó encontrar los baldes en plena noche. El primer recuerdo de mi único hijo vivo no tiene nada que ver con la alegría o con el miedo de perderlo, solo con el esfuerzo de no tropezarme en la oscuridad.

—Señor, ¿por qué patea a su hijo?

La oveja hunde la pezuña en el lomo del cordero con golpes secos, precisos.

—No lo patea, quiere que se levante a mamar, ¿ves? Bien, Demetrio, no le rompiste las patas.

—Niño, ¿tienes agua por aquí?

—¿De dónde le sale tanta sed, don Rufino?

El cordero ya está sujeto a la ubre. Entre las patas traseras de la oveja se balancea como un péndulo la bola amarilla y viscosa que no puede desprenderse del todo y que nos recuerda que dentro queda aún algo importante y no tenemos más tiempo.

—Ya le traigo el botijo, padre.

Me cuesta acuclillarme de nuevo porque estos zapatos son dos bloques de cemento. El esfuerzo produce otra punzada en el costado que acaba con mi buena intención de no decirle nada al niño.

—No tardes, Demetrio, el otro puede estar ahogándose.

Echa a correr y se le ve la planta del pie derecho, negra y agrietada. Le saldría más a cuenta ir descalzo. Vuelve con un botijo de un tono gris por el agua que rezuma. Don Rufino se sienta en un pilón vacío, resignado a esperar, y bebe por el agujero más grande, con ansia pero sin atragantarse.

—Acuéstala ya.

Le tira de la oreja y el animal obedece.

—Ya no tiene casi fuerza. Demetrio, tienes que hacer lo mismo que antes.

No tengo que decirle más. Aprende rápido.

—Esta vez toco las pezuñas, pero más arriba... noto un menudillo. Este llega al revés, ¿no?

—La pobre no tendrá energías para tanto. ¿Abarcas las dos pezuñas?

—Sí.

—Pues tira suave y rápido.

La oveja no llega a balar. Esta cría es más pequeña y parece aún más inmóvil que la anterior. Demetrio le retira la baba del morro y la nariz, y ahora parece que es la madre la que ayuda al niño. Sin embargo, el cordero no se mueve y Demetrio me pregunta con los ojos. Levanto al animal sin miramientos, lo agito y le golpeo el costado. No lo siento muerto.

—¿Está muerto?

Bala muy bajo y agudo. Después algo más alto.

—Deja que ella lo reviva. Es fuerte. Muy bien, Demetrio. Le diré al señor Severiano que has salvado una gran oveja y dos corderos sanos, así te perdonará la otra.

—¿Conoce al señor Severiano?

—Sí.

Don Rufino me afea la mentira con un gesto, pero no dice nada y se levanta sujetándose las rodillas y después las caderas.

—¿Qué hora es?

El sol está alto, ya no le queda nada para colocarse sobre nuestras cabezas.

—Las once y media. Tal vez algo más tarde.

—Vámonos, hijo, que se nos ha echado el tiempo encima.

El ruego de don Rufino es pálido, como si le importase más llegar de una vez que llegar a tiempo. Demetrio hace amago de acompañarnos al camino.

—Quédate aquí. Recoge bien toda esta baba amarilla.

—El Carmelo no lo hace.

—Ese Carmelo es un idiota y tú no vas a serlo. La oveja tiene que soltar mucho más moco, ¿me entiendes? Si a mediodía no lo ha hecho, guarda el rebaño y corre a avisar. Pero seguro que le saldrá todo, no te preocupes.

—Sí, señor.

—Y cuida de que el grande deje mamar también al pequeño.

Cuando estamos rodeando el edificio, nos llama. Se ha encaramado al muro del cercado.

—Muchas gracias, señor Marcos. ¡No olvide hablarle al señor Severiano!

El caballo cabecea al vernos aparecer.

—Noble, hemos hecho una buena obra. Que te lo diga el señor cura.

—Eso, Noble, tu amo acaba de hacer un amigo para siempre. ¿Le hablaré yo también al caballo? Si me volverás modorro. Aprieta o no llegamos ni al credo.

¿Los vacíos? No, no era así como se llamaba la gente que utilizaba los buitres para despedir a sus muertos, para no tener que enterrarlos y darles un buen final. Pero ¿qué hago con don Rufino?

—¿Qué vas a hacer?

—¿Cómo, padre?

—Cuando tengas delante a ese Severiano a quien tan bien conoces.

—No voy a buscarlo.

—Pues vaya si le vas a cumplir la palabra al mozo.

—Preguntaré por el tío. Le ofreceré el dinero por la oveja muerta a cambio de que deje que el niño cuide mi rebaño.

—No es mala idea. El chico es listo, aunque le faltan un par de cocidos.

—Eso tiene remedio.

—Y a tu mujer le gustará. Va a interpretar que no quieres sacar a Juan de la escuela.

—Juan es todavía pequeño para salir de la escuela.

—¿Tú crees que a este le vio el maestro mucho más mayor? No me digas que Vitoria te ha convencido para que su Juan estudie.

—No se ha hablado.

—No lo habrás hablado tú, pero ella lo da por seguro. Además, tu hijo es inteligente. Aprendió a leer antes que nadie.

—Porque le enseñó su tía.

—Sara habría sido una buena maestra.

—Seguramente.

—¿Cuánto le falta para terminar la escuela?

—Mucho.

—No tanto. En Aranda hay buenos colegios para después, y también lo puedes meter con los frailes.

—¡Vuelta la mula al trigo!

—¿No quieres que vaya para cura? ¿Qué tienes contra nosotros?

—¡Don Rufino, no voy a decidir hoy lo que va a hacer mi hijo!

—Calma, que Vitoria lo ha decidido por ti.

—¡Virgen santísima! Tengamos la fiesta en paz, padre, que no me encuentro bien.

Después de decirlo reparo en que no es una excusa para que don Rufino lo deje. Algo me da vueltas entre el pecho y el estómago, y me vuelve a la boca el sabor del pimentón de la Cipriana. El movimiento del carro no ayuda, pero si, a pesar del dolor en el costado, me incorporo bien y respiro fuerte, las patatas no saldrán del lugar donde deben quedarse. Tal vez haya sido la agitación de la tenada o que, como dice la Vitoria, tengo el estómago delicado o la certeza del cura de que todo lo que se refiere a Juan está ya decidido. Lo último no tendría que molestarme. Es así, ¿no? Los hijos son de las madres hasta que el padre dice lo que se va a hacer de verdad. Eso es lo que hace un padre. ¿Y yo qué voy a saber de lo que hacen los padres? A lo mejor perdí el derecho a decidir sobre Juan desde el mismo día de su nacimiento. Al fin y al cabo, solo el apellido de la Vitoria es el verdadero.

Juan no tuvo prisa ni llegó tarde. Solo dio señales de querer salir cuando la Vitoria lo dijo: «Va a ser hoy». Ni se me ocurrió comentar que las ovejas primerizas no son fiables, y menos con el frío que hacía aquella madrugada. Como casi siempre en lo humano, me equivoqué. Antes del almuerzo, madre mandó llamar a la señora Justa, y el portón del corral se abrió al poco rato. Sin embargo, no entró la partera en la cocina, sino Sara con un sobre. «Un motorista de Valladolid ha traído una carta para el alcalde». «¿Por qué no la ha dejado en el Ayuntamiento?». «Dice que está cerrado». «¿Y en casa del señor Patricio?». «Le mandaron que se la diese al secretario». «¿Le has dicho que ese se marchó hace unos días?». «Sí, pero, por lo visto, él también tenía ganas de irse a guarecerse de la cencellada». Don Serafín ya se había ido a un pueblo más al norte, poco más grande que Hontanar, con más nieve en invierno, a saber si con más futuro. «Dame la carta». «No te va a gustar el remitente». Dicen que el primer hijo varón es lo más importante que le sucede a un hombre, pero la huella de ese momento nada tiene que ver con Juan ni con la Vitoria, solo con el remite de ese sobre: «Confederación Hidrográfica del Duero». Si hubiese estado dentro del dormitorio, la Vitoria y el niño serían más reales. Pero en ese instante lo único que tuvo cuerpo, tacto, peso y nombre fue el pedazo de papel doblado en mi bolsillo. Un trozo de papel escondido en un sobre que no se podía rasgar así me muriese de ganas, y del que solo Sara y yo conocíamos su existencia. O solo yo, pues Sara se olvidó de él en el mismo instante en el que llegó de verdad la partera y se metieron junto a madre en el dormitorio.

Si me quedaba en la cocina junto a la puerta de la habitación, oía a la Vitoria alto, como una radio que no acaba de sintonizarse; si daba vueltas en el zaguán, la sentía lejos, y si me sentaba con algún huésped en el comedor, no era ni un barrunto. «¿Está nervioso?», me preguntaba alguien que podía ser un tratante de Sepúlveda o una mujer con cólicos. Yo decía que sí, y era verdad, aunque tal vez la Confederación solo buscaba que le explicasen por qué las tuberías desaparecieron poco a poco hasta no quedar ninguna. El Valentín y la Leo también me preguntaron si estaba nervioso. La Leo entró en el cuarto y salió enseguida para anunciarnos que todo iba bien, así que el Valentín me dijo: «No sé por qué tienes esa cara de susto»; y pensé que podría llevar razón, pues la carta tal vez solo pidiese que se sacara nuevo provecho a la

Casa del Pantano o al almacén de cemento, pues a nadie le servían unos edificios cerrados y vacíos para siempre. La Vitoria gritaba con más fuerza, pero nadie se alteró, así que yo les dije a mis cuñados que tampoco debían preocuparse, que mandaría a avisarlos si pasaba algo y que hiciesen el favor de hacer llegar el recado a Patricio del Amo de que le habían traído una carta a la fonda. «¿Te vas a molestar ahora por eso? Dámela, yo se la doy». No sé la excusa que puse, pero el Valentín no me dijo aquello de «qué raro eres» porque tenía a su hermana pariendo a diez metros de la puerta y no era la ocasión. Entonces salió madre al zaguán para que alimentara el brasero, «a no ser que quieras que muramos ahí dentro de una pulmonía», y pensé que era mucho peor si la carta decía que íbamos a morir bajo las aguas. Cuando entré con las brasas ardiendo y la Vitoria me llamó, a pesar de las protestas de la señora Justa, y dijo: «Ya pronto, Marcos», le respondí sin palabras que no, que no podía ser, por mucho que me quemara ese sobre en el bolsillo, pues las catástrofes no pueden venir tan a destiempo.

Me quedé solo en la cocina, escuchando los alaridos de la Vitoria entre las voces mezcladas de las otras tres mujeres, hasta que me encontró Patricio del Amo sentado junto al hogar en la silla baja. «Tu cuñado me dice que tengo una carta». Le expliqué, la saqué del bolsillo y la cogió como si no quemara. «¿No la abres?». «No sé. Sin el secretario aquí...». «A saber cuándo llegará el próximo. Ábrela, no vaya a ser urgente». La rasgó y la miró durante un rato eterno moviendo los ojos de un lado a otro sin que pareciera que fuesen en el mismo sentido. «¿Qué?». «¡Qué inoportuno don Serafín! Ya la verá el que venga». ¡Cómo no nos iban a pasar esas cosas con un alcalde como ese durante treinta años! «¡Dámela!». Se la arranqué de las manos y fui yo el que movió los ojos intentando no ver lo que leía. «¿Qué dice?». Juan se mostró por primera vez en este mundo con un llanto tan brusco como lo que decía la carta. «¡Felicidades, hombre, ya era hora!». Me pregunté cuál era el motivo de aquel gañán para estar feliz.

No sé si don Rufino ha conseguido sujetarse. Sentí que su peso se me venía encima en el esfuerzo de no caer hacia delante y acabar en el suelo pateado por Noble, pero salté del carro antes de comprobar si había podido mantener el equilibrio. No me dio tiempo a avisar porque todo el estómago se me subió a la boca en un segundo. Si hubiese tenido ocasión de pensar un momento, habría parado despacio y simplemente me hubiese echado a un lado del pescante. El frenazo de burro no me ha dado mayor dignidad, pues no he podido ni llegar hasta una encina. El cuerpo se agita y se aprieta del ombligo a la garganta y después se relaja al manar a borbotones una pasta espesa, amarilla y roja. Todas las arcadas parecen la última, así que he dejado de contarlas. No puede haber nada más, me digo cada vez, no hay tanto espacio en las tripas. Pero no acaba, y después de respirar dos veces vuelve a empezar. Siento asco, por este olor agrio a bilis, y vergüenza. Más vergüenza que asco. Así que, cuando va pasando todo, sigo doblado con la mano de don Rufino apoyada en mi espalda. Gracias a Dios, no se ha caído.

—¿Ya estás mejor?

—Sí.

Se han salpicado los zapatos del padre Isaac y las perneras del pantalón; me rozo la barbilla con los dedos y se quedan pegados en las yemas restos pringosos. Me da apuro mirar a don Rufino, que me extiende un pañuelo bien planchado, con unas finas rayas azules y una erre muy adornada en azul celeste. Las puntadas muy prietas.

—Uno de los pañuelos de tu hermana. No te preocupes, ya me lo devolverás.

La pasta amarillenta pasa a la tela desde la cara, las manos, el pantalón, los zapatos.

—¡No le digas nunca a Cipriana que has echado a perder su almuerzo! Te lo reprocharía hasta en las puertas del cielo.

Sigo sin ser capaz de mirarlo.

—No te apures, Marcos, que es por la impresión de esta mañana.

—¿Qué impresión?

—La de la marca del agua, hijo.

—¡Ah, ya! Será eso.

No me ha quedado un dolor concreto: ni el roce en los pies, ni el chasquido de la rodilla, ni la presión en el costado. Solo debilidad. Parece que las entrañas se hubiesen convertido en manteca y se estuviesen deshaciendo. Don Rufino sigue tan pendiente de mí que no nota que la carga también se ha descompuesto. La sementera caída, los sacos de vellones rodados. No tengo fuerza para devolverlo todo a su sitio y, milagrosamente, Sara no se ha destapado. Mi hermana se empeña en ayudarme.

—Gracias.

—De nada, hijo. No hay que abochornarse por ponerse uno malo. Además, ya te está volviendo el color.

—Sujétese, don Rufino. No pararemos más. ¡Venga, Noble, con brío!

Los vacceos. Así se llamaba la gente que dejaba sus difuntos a los buitres. Si Sara hubiese muerto entonces, ahora estaría trazando círculos, deslizándose en las corrientes, ascendiendo. Pero no puede ser porque nadie lo entiende, nadie repara en qué es lo mejor, y no puede ser.

No todas las cartas traen malas noticias; algunas solucionan problemas apenas por sí solas e incluso parecen anunciar el fin de una mala racha que dura demasiados años, casi la vida entera. Aunque uno debería plantearse si algo así es posible, pues una mala racha que se ha alargado tanto es un destino. Además, la carta que llegó a la fonda ¿para quién era una buena noticia? Sin duda para Gabriel que, viendo lo que hizo, quería de verdad a Sara, mal que les pese a todas las envidiosas del pueblo; también para madre, que, licenciadas todas las tropas, ganó su guerra; para la Vitoria, quien conseguía al fin, y no solo por la fuerza de los hechos, ser el ama joven de la casa; pero ¿para mí? ¿Cómo podía estar contento si Sara se marchaba con el hombre que cerró las compuertas del pantano y empezó a inundar el pueblo? Sin embargo, resistirse tenía el mismo sentido que no hacerlo: ninguno. El coraje ya estaba puesto en el pueblo nuevo: en sus casas pequeñas, sus tierras mucho menos fértiles de lo que prometieron, sus vecinos hostiles, el retraso en la construcción de su cementerio. No se puede vivir en un lugar en el que no están tus muertos, en el que ni siquiera se puede quedar uno después de morirse. Esas eran mis agonías hace seis semanas, y me consoló que Sara sí tuviese buenas noticias. Ahora ya sé que tampoco Gabriel bastó, aunque ese pedazo de papel fuera importante para ella entonces.

Que se lo digan a Juan. Me lo encontré esperándome en la cochera, aterido por la lluvia y el viento helado de marzo. «¿Puedo llevar a Noble a la cuadra, padre? ¿Me deja ponerle la cebada en la gamella?». Me extrañó, pues es el animal al que le gusta el niño, no al revés. «¿No lees hoy ese libro que te regaló don Gabriel?». «La tía dice que no puede explicarme las palabras, pero lo único que ha hecho en toda la tarde es mirar una carta». Nada se le escapa al rencor de un niño.

Se lo pregunté mientras preparaban la cena. «¿Te escribió doña Encarna? —Me miró sin verme—. Me ha dicho Juan que has recibido correo». La Vitoria echaba el arroz en el caldo. ¿Ha pasado el Porfirio? ¿Le has preguntado cómo sigue su suegra? Mañana iba a visitarla, pero si tú ya has preguntado». «No... Se me olvidó. Doña Encarna está bien, la quieren mucho sus sobrinas».

Al día siguiente era la Vitoria quien me esperaba en el portón. «¿La has visto? Se fue al mediodía y no ha vuelto. Tu madre está a punto de dar aviso al cuartelillo». Sara llegó sin dar explicaciones, con la humedad metida hasta el tuétano y la expresión de ansia fijada al rostro. En un día tan raro como ese, no me pareció extraño que Gabriel se asomara a la puerta del corral después de la cena: «Me marcho a Madrid. Una urgencia familiar». «¿Se le puso malo un pariente?», a pesar de que sabía que Gabriel no tenía parientes, y menos en Madrid; solo una novia esperándole hacía año y medio. Éramos dos bultos en la noche cerrada. «Estaría bien que nos tuteásemos». «Don Gabriel, ya le he dicho que lo haga, que no tengo reparo».

«No, si no me tutea también usted». A oscuras, la conversación se hacía menos incómoda. «Pues alguien tendrá que empezar». Creo que en el fondo le asombró que acabase franqueándole esa puerta, por eso no terminaba de cruzarla. «Pues entonces... Que pases buena noche, Marcos». «¿Te llevas el Mercedes?». Hice la pregunta por probar cómo sonaba el tú. «Claro. Buenas noches... Oye, Marcos...». «¿Qué?». «Sabes que siempre he respetado tu casa, ¿verdad?». «¿Por qué no ibas a respetarla?». «Que la he sentido como la mía. No me había pasado en ningún otro sitio. Nunca». «Me alegro». «Y yo de decírtelo».

Se ausentó tres días. Sara tuvo algo de calentura y tos del pecho, pero no hizo reposo. Al terminar la faena, cosía en el zaguán, o desde la despensa se la oía dar vueltas por su cuarto. A veces sacaba la carta sin disimulo del bolsillo del delantal. Una letra pequeña, redonda, prieta como sus puntadas. Me atreví a hacerle la pregunta: «¿Te duele la cabeza?». «¿Por qué me iba a doler?». Como si se lo hubiese dicho a la persona equivocada.

Cuando Gabriel estuvo de vuelta, no pasó por la fonda hasta la noche. Dio orden de que se le mandase el almuerzo. La Vitoria dijo al peón que iría su cuñada, pero al final quien llevó la tartera fue la Herminia, y Sara no salió ni a tomar el aire al corral. Eso sí, estuvo torpe toda la tarde y tuvo que cambiarse de ropa para atender el comedor de huéspedes en la cena. Gabriel también llevaba el traje que tanto le gusta a la Vitoria: «Un día mandaré al sastre que te haga uno igual de fino». Cuando el administrador y los otros dos huéspedes subieron a sus habitaciones, Sara nos pidió que pasáramos al comedor, que «don Gabriel» quería decirnos algo. Gabriel usó el ustedes que ya desde entonces solo utiliza cuando incluye a madre en el vosotros: «Si no les importa, me gustaría tratar un asunto sobre Sara». Me vino a la mente el niño médico; quizás porque también era marzo.

—¿No vamos demasiado deprisa?

—Es por el traqueteo, don Rufino. Sujétese bien.

El camino es irregular en el monte del común. Los carros bajan muy cargados con las suertes de leña, y con un invierno y una primavera tan lluviosos se han marcado todas las rodadas en el piso. Pero eso quiere decir que ya estamos muy cerca del pueblo nuevo.

—En menos de tres kilómetros empezaremos a ver las casas.

El monasterio ya ha aparecido en varias subidas, cada vez más grande, ofreciendo un sentido a la marcha. Sin embargo, los chaparros retorcidos consiguen esconderlo en cada bajada.

—Llevaba razón el hombre de las viñas, también aquí hay corzos.

Tantos como para que se asomen a la vereda sin asustarse con el ruido. No tiro de la rienda, pues Noble los ha tenido que ver igual que nosotros. Cuando nota la presencia de la corza y sus dos crías, deja de trotar y relincha tan fuerte que los animales se asustan y cruzan a saltos casi al mismo tiempo que pasamos. No hay choque, pero Noble se para en seco y, en muestra de su enojo contra los corzos o contra mí, se encabrita.

—¡Quieto, Noble! *¡Mecagüen!*

Esta vez no me pesa castigarlo.

—¡Por Dios, Marcos, me gustaría llegar entero!

—¿Está bien?

—Sí, aunque no gane para sustos.

—¡Arre, Noble!

El caballo intenta avanzar. Se para a los dos pasos.

—¡Arre!

Lo intenta, pero es evidente que cojea. Bufa, como justificándose. Ahora otro dolor le asusta más que el del látigo. Se para.

—¡*Mecagüen* todo! ¿Qué pasa, amigo?

Me lo ha dicho la Vitoria mil veces, que al final pasaría algo así y se quedaría cojo. El mejor animal que he tenido. Un hombre puede renquear, aunque sea un inútil; un caballo no. Para que Noble sepa que lo entiendo, le palmeo el lomo y el costado. No me hace falta levantar cada pata para saber lo que sucede porque no apoya del todo la delantera derecha. Clavo en tierra mi rodilla enferma para sostener sobre la otra el casco herido.

—Es el trozo de una rama. Pero es enorme, seguramente lo podré sacar entero.

Don Rufino está de pie en el pescante. Se ha quedado ladeado, con la mano sujeta al respaldo del asiento, mirando lo que hay atrás. No se toca la barba, no es necesario. Sara estará tumbada en el suelo, con las manos sobre el pecho, como si tuviese un velatorio de verdad. La colcha también ha desaparecido, igual que los vellones y las patatas para la sementera. Solo está ella sobre los tablones, con los ojos cerrados y las manos cruzadas, y don Rufino ahí de pie, contemplándola. Subo a la caja de un salto y llego a trompicones hasta donde el cura tiene la vista fija. Respiro. A Sara se la ve entera y fuera de su sitio, pero continúa en su colcha, envuelta como salió de Hontanar, bien protegida. La coloco de nuevo contra la tabla del carro y la cubro con los vellones.

Los huéspedes que venían de la ciudad hablaban siempre del silencio del campo. Es otra tontería de los de fuera. En el campo nunca hay silencio y menos aún en primavera y por la mañana. Solo los pájaros son un escándalo: los herrerillos, los carboneros, los petirrojos, incluso golondrinas, pues ya está cerca el pueblo, y una tórtola algo lejana. Me concentro en esta algarabía sin orden mientras pongo derechos los costales, pero no dejo de notar la mirada de don Rufino, que ocupa todo el aire de alrededor.

—¿Qué hay en la colcha, Marcos?

—¿Qué colcha, padre?

—La de Sara.

—¿Cuál de ellas?

—¡La colcha que tu hermana lleva bordando quince años!

—¡Ah, sí! Es que había unas pieles curtidas que me pidió uno de allí y no sabía dónde envolverlas.

—¿Y utilizas la mejor pieza del ajuar de Sara?

—Estaba a mano en el zaguán. Con los nervios... No creo que se manche mucho, ¿verdad, padre? A lo mejor me equivoqué, como siempre. Ya sabe cómo soy. Usted me lo dice. Sara no me lo tendrá en cuenta.

Tengo dos medallas. Para un héroe no debe ser tan difícil mirar a los ojos a un cura y mentir con calma. Sin embargo, el rostro de don Rufino me da miedo, nunca lo he visto tan rojo como ahora.

—¿Qué es lo que llevas en el carro? ¡Dímelo ya!

—¿Algún problema?

El tono rasposo llega desde abajo. Es el de una garganta que fuma picadura desde antes de pertenecer a un hombre. La capa debe de molestar bajo el sol de mediodía, pero es lógico que a alguien le cueste sacarse el frío de debajo de la piel después de seis meses sufriendo la intemperie. El que viene detrás ya lo ha hecho y lleva solo el uniforme de dril verde. Pega la rueda de su bicicleta a la trasera de su compañero.

—Buenos días.

Se quedan quietos como en un espejo: el de la capa, con el pie izquierdo en el suelo y el mosquetón colgado en el hombro derecho; el del uniforme, el mosquetón a la izquierda y sujetándose con el pie derecho. El primero no saluda porque es quien manda, pero el otro, cuando ve a don Rufino de pie en el pescante, se lleva la punta de los dedos al borde del tricornio. La boina sigue en el bolsillo de la chaqueta, pero si ahora me la pongo, pueden sospechar más aún.

—Buenos días.

La voz de don Rufino ha temblado como en las homilías de Viernes Santo, aunque los guardias civiles no lo saben, ya que no le han oído nunca predicar. Son de algún pueblo cercano al pueblo nuevo y no nos conocen.

—¿Adónde van?

Es el de la capa con voz áspera.

—Concelebro en la misa del monasterio. Soy Rufino Fonseca, el párroco de Hontanar.

El guardia sí tiene reloj.

—Pero son las doce. Esa ceremonia ya ha empezado.

—No, empieza a la una... Para que lleguen las autoridades... del Gobierno.

Vuelve a mirar el reloj y tira de la manga.

—¿Vienen de las hoces?

Se dirige directamente a mí. ¿Qué le preguntarían los dos guardias de Hontanar a don Alberto cuando abrió la habitación de su cuarto? Me imagino que nada. Sabían quién era, dónde había estado, qué había hecho en los últimos cuatro años. Madre y yo nos quedamos abajo y no lo oímos. Solo le vimos bajar la escalera a medio vestir, pálido como una pared recién encalada. Era la estampa del miedo, no de la sorpresa, pues llevaba días esperándolos, tal vez años.

—Marcos, hijo, contesta.

—Sí. Somos de Hontanar.

A don Alberto también lo cazaron por pura mala suerte. Bueno, no. Todo el mundo adivinaba sus manejos con el Satur, aunque nadie supiese cómo lo hacían y pese a que no se les viese nunca juntos, pero todo en el pantano se agotaba más rápido de lo previsto. «No puede ser», decía don Ignacio achinando los ojos tras las lentes. «Pues hay que pedir más. En toda obra hay sobrecostes. Imprevistos», decía don Alberto. Pero el Valentín no tenía duda: «El cemento que he descargado hoy es el mismo que el de hace dos semanas». «¿Cómo lo sabes?». «El mismo, cuñado, el mismito, en el mismo camión de ese que tiene familia en Motarejo».

—¿Por qué no han cogido la carretera?

Por casualidad. Porque se quedaron sin mano de obra al repartirse los lotes del pueblo nuevo. Había que trabajar las tierras en los dos pueblos y la gente ya no quería las peonadas del pantano en los meses en los que había más faena. Entonces decidieron traer a presos de la cárcel de Segovia para sustituir a los obreros, y don Ignacio tuvo que buscar un lugar donde alojarlos. La estación de ferrocarril estaba abandonada casi desde que se construyó y allí se encontraron los últimos sobrecostes de don Alberto y el Satur.

—¿Me escucha, señor? ¿Por qué no han ido por la carretera?

—Se tarda menos por aquí.

No fue mala suerte, fue don Ignacio. Si el administrador no lo hubiese descubierto, de qué se habría enterado la Guardia Civil. Ahora don Rufino sabe lo de Sara.

El de la capa ha bajado de la bici. El otro, como su espejo, también se apea.

—No es cierto. Nosotros hemos ido por la carretera casi hasta Hontanar y estamos volviendo por aquí. Se tarda más y es peor camino. Usted tiene que saberlo porque llevan haciendo el trayecto casi tres años. ¿Por qué no vinieron por la carretera?

—¿Qué lleva en el carro?

Es el otro, y hace esa pregunta porque es solo un reflejo de su compañero.

—Patatas para la sementera y vellones.

—No le importará que miremos, ¿verdad? Una rutina. Es que están desapareciendo cosas en la obra. ¿No lo sabía?

—No. En Hontanar también hubo robos en el pantano antes de que llegase Gabriel.

—¿Quién es Gabriel? Baje, por favor.

Siento que se me parte la rodilla. Ahora el del uniforme está arriba, yo abajo, y me llega muy fuerte el olor a picadura del de la capa. Sara, ya está.

—Ya está.

—¿Qué está?

Don Rufino se rasca la barba con una mano mientras la otra sigue sujeta al pescante.

—Perdónenle, pero es que se ha puesto un poco malo y se ha quedado como ido. ¿No ven la mala cara que tiene? No pierdan el tiempo. Solo hay patatas y lana. Marcos Cristóbal no da para más, se lo aseguro.

—Entonces será un momento. Echa un vistazo rápido.

El del uniforme alza a pulso los primeros costales, los palmotea, los abre y mete la mano.

—Con todos mis respetos..., ¿sargento?

—Cabo.

—Perdón, es que con la capa... Pues, señor cabo, es que tenemos mucha prisa. Fíjese las horas que son. Debería haber llegado ya al monasterio. Este pobre hombre solo me hizo el favor de ir a recogerme a Pardales. Por eso vinimos por el monte.

Les toca el turno a la segunda fila de sacos. Los abre, mete la mano, los palmotea, los coge al peso.

—En todo caso, ¿cómo me dijo que se llamaba?

—Rufino Fonseca, párroco de Hontanar, para servirle.

—En todo caso, don Rufino, tenemos que hacer la inspección. Como ve, será un momento.

El de dril verde se acerca a Sara. Solo quedan dos líneas de patatas hasta llegar a los vellones.

Don Rufino baja del carro y se encara con el de la capa. El otro para y los mira; yo no le quito el ojo a él y solo escucho la voz agitada de don Rufino.

—¿Sabe, cabo?, cada vez entiendo menos este mundo moderno. ¿Ya no le sirve a un hombre de orden la palabra de un hombre de Dios? ¡Y de un héroe de guerra! Puede confundirse con esa cara de pasmado, pero ahí donde lo ve luchó con compañeros suyos en el Alcázar. ¡Nada menos! ¿Y para esto sirven los servicios a la patria?

—Señor cura, no...

Don Rufino no es don Ignacio, pero el de la capa ha debido de hacer algún gesto al otro guardia, que continúa revisando la penúltima fila de patatas. Sara, ilumíname.

—Déjelo, padre. Si llega usted tarde, la culpa es solo mía. Paré a hacer una visita al señor Severiano en su tenada y nos demoramos de más.

—¿Conoce al señor Severiano?

—Claro. Ya me ha comprado más de una churra. ¿No sabe que las mejores de la zona se han criado siempre en las hoces? Es por la clase de pasto.

Al del uniforme parece que le interesa la información sobre el señor Severiano y abandona su tarea a punto de llegar a los sacos de vellones.

—¿Ese señor no es el que tiene la casa al lado del cuartel, cabo? El de las dos hijas casaderas.

—Muy simpáticas las dos mozas, ¿no les parece? Yo le hago al señor Severiano buen precio por las ovejas porque la gente de Los Condes siempre trata bien a los del pueblo nuevo.

—¿De qué discutían cuando hemos llegado?

Don Rufino se coloca en jarras. Se parece un poco a los cómicos que vienen a poner la comedia en fiestas.

—¿Discutiendo, nosotros? Se confunde.

—Es que el caballo ha dejado de andar y don Rufino me decía que era por la carga. Y yo le decía que no podía ser, que solo son patatas para sementera y vellones.

El del uniforme está tan cerca de Sara que me parece imposible que no la sienta. Sin embargo, se aleja de ella como si algo le quemase y salta del carro.

—Se le habrá quebrado el macho. ¿Me deja verlo? Soy de Yanguas y mi padre cría una yeguada que da gloria verla.

Sabe tratar un caballo. Noble recibe bien su mano, que lo acaricia desde la cola hasta la crin.

—¿No ve cómo levanta esa pata? Es el casco... Se le ha clavado una rama. ¿Cómo tiene sin herrar una bestia así? El macho se le quedará inútil cualquier día.

—Es que acabo de comprarlo. ¿No es una suerte que hayan aparecido?

El de la capa sujeta con las dos manos la tira del mosquetón, como intentando recuperar algo que se le ha escapado.

—Sí que ha tenido suerte. Saldrá entera.

El guardia del uniforme parece más joven de cerca y junto al caballo. Tira y la punta de la rama sale con un poco de sangre.

—Le ha hecho un buen agujero. ¿Tiene una navaja?

Este es el traje de los domingos.

—La olvidé en Hontanar.

El cabo saca una de debajo del capote.

—¿Te vale esta?

—Sí... Ya lo decía yo. Ha habido suerte, está limpio.

Le deja la pezuña en el suelo y tira de la rienda. Noble camina sin dificultad. Al principio con miedo, después relincha alegre.

—Señor cabo, ¿no tendrá una cantimplora también ahí debajo?

—No, padre.

—¡Qué pena! Con este sol, ya sabe. ¿Nos veremos en la fiesta?

El cabo guarda la navaja, pero ya no vuelve a poner las dos manos en la cinta del mosquetón.

—Ya nos gustaría a nosotros ir a la fiesta, pero estamos de servicio todo el día.

—Pues si no se les ofrece otra cosa...

—Un cura nunca llega tarde. Nada empieza sin ustedes.

—No, si el cura es el menos ilustre de todos.

Nos subimos al pescante, pero aún tengo el pálpito de que el cabo puede regresar a su idea en cualquier momento. El espejo se ha roto: el guardia joven se ha subido ya a su bicicleta, mientras que el cabo saca la petaca y el librillo. Hay quien piensa mejor si fuma.

—Señor, no se le olvide herrar cuanto antes ese macho.

—No lo dude. Muchas gracias.

—¡Que pasen buen día!

Los dejamos atrás. Al principio con calma y luego arreando a Noble con energía. Me duele el pecho, pero son los nervios y se me aliviará en cuanto pueda respirar mejor. Los guardias nos pasan por el lado de don Rufino. A lo mejor han cambiado de opinión, pero siguen sin pararse, y el del uniforme vuelve a poner la punta de los dedos en el tricornio. Don Rufino y yo respondemos con la mano. Los veo alejarse al tiempo que surge por primera vez en el horizonte la línea blanca del pueblo nuevo. Las casas con el monasterio al lado parecen aún más pequeñas. Entre el monasterio y la línea blanca del pueblo, la Casa de los Aparejadores, como un paso intermedio, tan extraña a los antiguos como a los nuevos vecinos. Azul. No es un color para una casa, aunque sea de ingenieros. Estamos llegando.

Que diga algo, por Dios, lo que sea. Pensé que cuando dejásemos de ver a los guardias civiles, hablaría. Nada, más rígido que un garrote, negándome el rostro. Miraba las primeras parcelas de secano tan fijo que habría podido medir el alto de las espigas. Lo mismo en las tierras de regadío, como si no hubiese visto nunca un canal, o el verde de las judías y la remolacha tuviesen algún misterio. Solo ha vuelto la cabeza en los sembrados de patatas. Mueve los labios desde allí. No repite nada aprendido, así que no está rezando. A veces va muy lento, se interrumpe, luego más rápido, se para, como si conversara con alguien que viviera en sus adentros, pero a mí no me dirige ni un gruñido.

Prefiero el silencio. Hablar demasiado es peor que callar. Los que hablan mucho no atienden a las cosas importantes; sin embargo, los que callan son capaces de cazar las palabras de valor nada más saltan de la boca como conejos de la madriguera. Yo las atrapo y las dejo encerradas en el pensamiento para que no se me escapen. Allí esperan a otras, pues una cabeza es una conejera inmensa en la que nunca falta espacio, a no ser que la conviertas en un desván llenándola de palabras inútiles.

Cuántas veces le he rogado a Dios para que cerrara la boca a don Rufino. Pero ahora quiero que me hable, que me diga cualquier cosa, que me apedree con su cháchara, que me arroje a la cabeza un avispero de preguntas, que me chille, que me insulte, que me llene de saliva la cara como don Aníbal cuando explicaba la lección. Lo que sea antes que el martirio de su silencio. A los que no tienen la lengua suelta se les puede adivinar, uno se acostumbra a comprender lo que queda por decir; pero a don Rufino, ni Sara sabría descifrarlo sin su palique incesante.

Sé que ha descubierto todo. ¿Todo? No, solo lo fundamental: que Sara viene con nosotros en el carro. Sé que no ha querido delatarme. Pero ¿de qué cree que me ha salvado? A lo mejor piensa... ¡Dios santísimo! Debería hablarle yo. Explicarle: «Sara se colgó de un machón y no podía dejarla allí para que la inundase el agua». Pero me da apuro. Por Sara. ¿Y si el cura decidiera no darse por enterado, dejarlo estar? A lo mejor me libró de la Guardia Civil para no reconocerse lo que ocurre. El don Rufino de siempre no haría nada semejante, pero algo en él está trastocado. Por la edad, me imagino. Ya era viejo al abandonar Hontanar, pero en los tres meses fuera del pueblo, todos esos años se le han echado encima de repente.

—Al final del camino rodea el monasterio. Entraré por el claustro.

Don Rufino suena sereno. Me aprietan más y más los zapatos; los pies deben de estar hinchándose. Puede que todo sea un engaño. Pero ¿por qué? ¿Y cómo? Si quisiera descubrirme, sería más fácil ir hasta la entrada principal, donde seguro que ya hay gente, y gritar: «¡Marcos Cristóbal lleva aquí mismo a su hermana muerta!». También me duele el costado. Las punzadas no dan respiro.

—Tendría que haber sido yo quien bendijese esas casas.

La primera línea de viviendas blancas se distingue con claridad: casa baja, casa alta, casa baja, casa alta. Los mismos vanos de ventana y portones verdes, los mismos tejados rojos y nuevos. Hay dos líneas paralelas más, y las líneas perpendiculares que las unen. Y hay plazas cada cincuenta metros exactos y otra con soportales, tan grande como todas las plazas de Hontanar juntas. Pero nada de eso se ve, pues el pueblo nuevo es tan llano que un rastrojo del camino escondería el horizonte.

—No pude venir porque estaba malo.

Ese día deberíamos haber descubierto que el cura había cambiado. Hablamos mucho de él, pero a nadie se le ocurrió decir: «Hace mucho que no vemos a don Rufino. Me acercaré a Pardales mañana». Él lo hizo muchas veces por nosotros, pero en estas semanas cada cual ha estado más a lo suyo que a lo necesario; a lo mejor en eso ya empezamos a parecernos a los de fuera. Sin embargo, si fui a la dichosa bendición, fue por él. «No, hijo, no. No le ahorres ni un feo a esta familia», dijo madre. «¿No te apetece verle la cara cuando le diga que me caso?». Estuve a punto de decirle a mi hermana que al cura ya se lo habrían contado, que ya se había encargado madre de divulgarlo por todas las hoces. Si por ella hubiese sido, habría mandado leer un bando en cada pueblo. Pero Sara desprendía tanta luz que no quise colocarle ni una nubecilla de calor delante de la vista. Así que al ver llegar el Mercedes de la Confederación con Gabriel y el alcalde, pero sin don Rufino, no pude evitar gruñir: «Y ahora ¿quién hace el feo a quién?».

Gabriel tuvo que aleccionar a Patricio del Amo por el camino para que pareciese un alcalde de verdad: se enroscó bien la boina, hizo que se acercaran todos y nos dijo que aunque el cura no pudiese acudir por estar postrado en cama debido a un dolor de riñones, con un monasterio lleno de frailes alguien sabría bendecir un pueblo. Alguno se atrevió a decir lo que todos llevábamos en la cabeza: «Ese fraile..., el padre Agustín, ¿no dice que ahora es él nuestro párroco?». Oír aquello en alto me produjo una molesta desazón; se podía vivir sin párroco e incluso sin iglesia, pero ¿cómo hacerlo con otro párroco y otra iglesia? Sin embargo, Patricio del Amo dijo que era el único recurso para no perder una jornada de trabajo, y en las palabras *jornada* y *recurso* se oyó bien fuerte el eco de Gabriel.

El padre Agustín es tan diferente a don Rufino que cuando llegó a todo correr a la plaza con el alcalde, daban ganas de llorar. Será porque, al ser tan joven, no nos creamos que Dios haya tenido tiempo de hacer con él las presentaciones debidas, o por el hábito con capucha en lugar de sotana, o por esa cara de gente con estudios que parece que se la ha prestado un ingeniero, pero no hay en él nada que se ajuste a la idea de lo que debe ser un párroco para los vecinos de Hontanar. La mañana de las bendiciones tal vez los latines fueron los mismos; sin embargo, seguimos la estola y el hisopo del padre Agustín como si en esa ceremonia solo fuera real el hijo mediano del Macario, que también hacía de monaguillo con don Rufino. Si se piensa despacio, el padre Agustín es el cura adecuado para un pueblo que no tiene aspecto de pueblo de tan blanco, con esos árboles raquíticos que mi cuñado dice, porque se lo habrá largado alguno de los aparejadores, que van a crecer como los del Espolón de Burgos. ¡Como si él hubiese estado alguna vez en tal sitio!

Después de la ceremonia, el fraile nos dedicó unas palabras que muchos creímos que seguían en latín, pero que a madre le tuvieron que gustar, pues cogió a Sara y a Gabriel del brazo y fue derecha al fraile: «Queremos que la boda sea en verano, ¿sabe? Si nos hiciese el honor de pasarse por casa para hablarlo... Aún no está del todo arreglada, pero ya tenemos lo suficiente para recibir al señor cura». «Magnífico, señora, pero prefiero que los novios vayan a verme al monasterio. Allí están todos mis papeles. ¿Ahora les viene bien? Esta tarde la he reservado a otras ocupaciones». Desde luego, él no es un párroco para Hontanar, y madre, después de tantas décadas renegando de los hombres de la tierra, no sé si tendrá vida para poder perdonárselo. Hasta el propio padre Agustín fue capaz de palpar su ofensa: «Pero si la familia quiere acompañarlos...».

Desde que madre también es vieja, Juan es el único que sabe atemperar su mal humor. Creo que por eso dejamos al niño con su abuela y la Vitoria y yo seguimos al cura, Gabriel y Sara al monasterio. Mientras ellos se metían en la sacristía, recorrimos el claustro. «¿Vamos a sentarnos a la iglesia?». «¿Sin el velo? Entra tú. Yo los espero aquí». Me recibió una soledad luminosa y helada. No es cierto que lo mejor del templo sean sus piedras de sillería perfectas o su bóveda y arcos altísimos, o sus pinturas, hornacinas y santos de palo. A mí lo que me deja sin aire es tanta luz. En las hoces, todas las iglesias son oscuras, por eso ninguna es «bonita» en el sentido que lo dijo Gabriel en el enebral. Tampoco la Virgen está aquí sobre un árbol, sino en un trono, y hasta ella parece ir toda la luz. Quería intentar una vez más ver los reflejos, eso es lo que me había empujado al interior. Subí al altar y probé en todas las posiciones, pero en ninguno de los espejos que cubren la hornacina los encontré. Ni a derecha ni a izquierda, ni arriba tampoco, aunque supiera que no era posible. «En el espejo de la derecha la Virgen sonríe y en el de la izquierda se la ve triste». Todos lo dicen. Todos lo han visto. Menos yo. Y por eso la estatua me da tanto miedo, pese a que todos hablen de lo hermosa que es, pese a que lo sea.

«Marcos, ya hemos terminado con el padre Agustín. Nos vamos».

Sara, Gabriel y la Vitoria se reían de camino al pueblo. «Me tienes que explicar qué nos ha dicho». «Mujer, ¿por qué piensas que yo lo he entendido?». «Sois tremendos. ¿Qué mal nos va a hacer un hombre leído?». «Mal, ninguno; solo que nadie comprenderá una palabra». «Es que a mi cuñada le gustaría que nuestro Juan acabara hablando así». «¿Y eso es también malo?». A la altura de la Casa de los Aparejadores, Gabriel dijo que tenía que saludar a un conocido de Madrid, que le acompañásemos porque sería solo un momento. La Vitoria decidió por los dos: «Ve tú, Sara; lo único que le faltaba hoy a tu madre es hacer la comida sola».

Al volverme a agarrar del brazo, reparó en que se le habían soltado las cintas de uno de los puños del vestido. «No sé cómo decirle a tu hermana que estas cosas tan delicadas no son prácticas». El lazo se había aflojado de la muñeca, pero no se podía ajustar porque estaba trabado en un doble nudo. «¿Tú viste a la primera los reflejos de la Virgen?». «Cla-

ro. ¿Tú no?». «Como todo el mundo». «Es preciosa la iglesia del monasterio. En eso salimos ganando. Inténtalo tú».
Mis dedos son tan anchos que ni siquiera era capaz de suje-
tar algo tan pequeño. «No es más bonita. Es distinta». «Pero
lo diferente tampoco tiene que ser peor. Hay cosas nuevas
que están bien». «El monasterio no es nuevo». «Tú me entiendes. ¡Ay, déjalo, que lo vas a romper!». Intentó clavar
las uñas en los nudos, pero caminábamos demasiado rápido
para poder fijar la presión. «¡Para un poco!». «Y aunque la
iglesia sea más bonita, ¡qué más da! Nosotros viviremos en
esa mierda de casa». «No es una mierda». «Ni la cuarta parte que la fonda». «Ahora que se va Sara, aún nos sobrará
una alcoba. Además, ¿no llevas toda la vida protestando por
vivir con extraños? Ahora estaremos solos». «Nos prometieron luz y agua corriente». «Ya llegarán». «Y encima termina-
remos de pagarla cuando el gallo de la veleta cante». «¿Por
qué tu hermana me lo pone tan difícil?». Dejó las cintas
colgando y los nudos tan apretados como antes, pero no
me volvió a tomar del brazo. Seguimos sin hablar. «¿Sabes
que lo que más me gusta de la casa es que tengamos que
pagarla? Será nuestra casa. Ni de mi padre, ni de tu madre, ni del Gobierno. La nuestra: de mi marido y mía». «No
tiene sentido lo que dices. ¿Cómo vas a ver como tuyo nada
de esto?». Apretó el paso. Ya estábamos en la plaza más amplia que todas las plazas de Hontanar juntas. «Siempre va a
ser así, ¿verdad?». «Así cómo». «No me extraña que tu hermana quiera...». «¿Mi hermana qué quiere...?». «Nada». El
Satur nos observaba desde la parte de los soportales en los
que está la taberna. Se la habían ofrecido a madre, pero
dijo que ya estaba vieja para negocios nuevos, aunque lo

cierto es que no quería atender a los borrachos de ninguna tierra. «Nada», repitió la Vitoria, y me volvió a agarrar el brazo.

Dichosa bendición de las casas. Si no hubiese ido, no me habría enterado del asunto del cementerio. «No se lo cuentes», dijo Sara al regresar de la Casa de los Aparejadores. A Gabriel su amigo le había dicho que el Instituto de Colonización no quería terminar el cementerio. «Se han quedado sin dinero, alegan que por los robos, pero para mí que se quieren librar del engrudo de levantar los cuerpos en Hontanar». Los muertos se quedaban bajo el agua y los vivos no podrían ni morirse en este pueblo. «Aún se puede hacer un recurso de alzada al Ministerio». «¿Eso cómo es?». «Después iremos a decirle a Patricio que le dé aviso al secretario. Tampoco vendría mal una carta a los dos gobernadores civiles. No te disgustes, hombre; yo también lo intentaré en el Ministerio, a lo mejor se arregla». Pero casi no pude probar bocado.

Los muros del monasterio ya no ocultan el único repecho de este mundo llano: ese es el lugar donde debería estar el cementerio. Se ven aún los restos de las paredes a medio hacer y materiales abandonados. Ahí debe quedarse Sara. Lo sé. Pero ¿cómo?

—Para.

Noble ya toca el sendero del jardín que los frailes tienen en la parte trasera del monasterio. La fuente del centro es similar a la de la colcha de mi hermana.

—¿Has tenido algo que ver?

—No.

—¿Has tenido algo que ver en esto?

—Le digo que no, padre.

Don Rufino es el mismo, aunque haya algo en él que siga trastocado.

—Entonces no continúes por aquí. Ve hasta la orilla del río cruzando la chopera de los frailes.

En esta tierra sin taludes son los árboles los que se alzan. Ese es el sentido de los chopos. Después de desviarme varias veces para evitar los lugares en los que el suelo se ha reblandecido por la lluvia, no soy capaz de adivinar dónde está el sol. No obstante, cuando solo hace un momento seguíamos el camino, ya no estaba del todo en su punto más alto. Don Rufino murmura desde que me desvió hacia la chopera.

—¿Con quién habla?

—Con Sara.

—¿Y lo escucha?

—Por supuesto.

—Pero usted dice que los muertos no nos oyen.

—Si dijese siempre la verdad, no estaríamos aquí los dos. Hasta me ha hablado.

¿Por qué no me hablas a mí, Sara?, ¿por qué a mí no?

—¿Ahora mismo le habla?

—No, solo esta madrugada. La vi en sueños cosiendo en el zaguán, pero no al lado de la ventana, como siempre, sino debajo de la lámpara. Me dijo: «Salgamos de paseo, que se me están poniendo ojos de topo». Salí hacia Hontanar por mitad del campo. No sabía lo que hacía; ahora sí.

—Yo también he hablado con Sara, aunque no me responde.

—Sus motivos tendrá. No vayas más lejos, estamos demasiado cerca del cieno del río.

Entre las encinas y los enebros no se oye el viento a no ser que brame en mitad de una tormenta. Sin embargo, los chopos sí que dan lengua al aire por ligera que sea la brisa. El sonido de las hojas sustituye al del río. El agua marrón, casi rojiza, parece tan opaca como la sombra, y el cauce es tan ancho y está tan quieto que no parece que fluya, como si fuese un antepasado muerto del río de Hontanar.

—Quiero ver a tu hermana.

No voy a hablar con ella mientras descargo el carro. Cada saco que arrojo al suelo hace subir el vaho de la humedad y la hierba. Los grajos chillan en parejas que parecen bandadas. Si se colara algo de sol, se vería su sombra negra de pájaros negros. Cerca de aquí la dejaré, pese a que no haya querido hablarme, y contemplará este río para siempre. Cuando en el carro ya no hay nada, muevo su cuerpo para que don Rufino la vea como a un enfermo desde el pie de la cama. Al cambiarla de lugar, aparecen mis zapatos junto al tablero. Los del padre Isaac hace rato que me hicieron sangre, pero siento ya a estos fuera de lugar y los lanzo con el resto de los costales inútiles.

La colcha no tiene ni una arruga y desenvuelvo a Sara como si retrocediera en mis pasos: libero los pliegues de debajo de la cabeza y los pies; la vuelco hacia mí para extender una de las dos mitades y los zapatos del padre Isaac se quedan sobre la tela granate; la levanto solo un poco del otro lado para soltar la otra mitad. Aliso la pieza como cuando la

Vitoria y ella hacían las camas en la fonda, pero ahora hay alguien encima y me llega el volumen sin calor de su cuerpo. Las manos permanecen intactas sobre el pecho, el vestido se le ha fruncido un poco y los pies se han quedado como zambos, el derecho trabado en el izquierdo. La dejo impecable para don Rufino y me pongo en pie: Sara sobre el bordado magnífico de su colcha, rodeado de flecos, como en un gran lecho. Sin embargo, el cura no valora mi esfuerzo. De pie en el pescante solo tiene ojos para el rostro de Sara. No está hinchado ni cárdeno, solo un poco azul entre la diadema de su pelo negro y la línea oscura del cuello. Esa arruga no la puedo estirar.

—¿Dónde ocurrió?

—En la cuadra. Con Noble. Le daría miedo hacerlo sola.

—Ayúdame a acercarme.

Rodeo este otro cuerpo: redondo, febril, torpe. Casi tengo que alzarlo, y un puñal se me clava en el costado. Don Rufino me coge de los hombros para asentarse y luego me aparta, me da la espalda.

—Voy a enterrarla en el cementerio, padre.

—¿En qué cementerio?

—En el de aquí.

—Pero no se puede.

—Ella no podía morirse y lo ha hecho. Yo podré enterrarla.

—Marcos, hay que avisar. Decírselo a alguien.

—¿A quién, don Rufino? La he traído desde Hontanar. Usted ha venido conmigo. Hemos pasado por Pardales. Le hemos mentido a la Guardia Civil. ¿A quién se lo decimos?

—A tu madre, a tu mujer, a tu hijo. Tienen derecho a despedirse.

—¿Qué ganarán? Figúrese qué despedida. Aquí no hay ningún médico que nos ayude a esconder algo tan grande. Eso en Hontanar, quizás. Pero no la voy a dejar bajo el agua.

—Sara tiene derecho a que la despidan.

—¡Sara no tenía derecho a morirse!

Don Rufino se arrodilla sobre la colcha, y las tablas del carro tiemblan.

—Tiene que ayudarme, padre. Gabriel debe de estar en la Casa de los Aparejadores. Ayer, después de dejar aquí a mi familia, se fue a Madrid para traer a uno de sus jefes del Ministerio y se alojaban con el resto de los ingenieros. Dígale que suba al cementerio con el Mercedes y dos palas.

—¡Virgen santísima del Enebral!

El cura toma las manos de Sara y las aprieta sin que la piel muerta note su fuerza. Le acaricia el rostro y coloca la trenza debajo de la barbilla para sustituir la impresión de la marca. Se dobla hasta tal punto que parece que se desplomará sobre el cuerpo, pero los brazos aguantan su peso a los dos lados de la cabeza de Sara y consigue besarla en la frente. Un beso largo, como el que daría un padre auténtico. Al incorporarse, el rostro de Sara ha cobrado vida, brilla. Son las lágrimas de don Rufino cayendo desde la frente hacia los ojos, como si la difunta también pudiese llorar. Yo no podría besarla, menos aún llorar.

—¿Qué has hecho, niña?, ¿qué te has hecho?

Es fácil hablarle si ella te ha respondido. Pero a mí no me quiso decir nada, y no le hablaré más.

—Don Rufino, ¿ha entendido lo que tiene que hacer?

—Ir a la Casa de los Aparejadores. Hablar con don Gabriel y decirle que le esperas en el cementerio. Que vaya en el Mercedes y lleve dos palas.

Mientras repetía mis órdenes se ha ido rehaciendo, y en las últimas palabras ya no llora.

—No te quedarás en una tierra sin bendecir. Te lo juro.

—No se preocupe, padre, yo le diré dónde está y podrá subir a verla.

—No me refiero a eso. Ese lugar será un cementerio de verdad.

—Algún día.

—No, pronto. Lo tengo que bendecir yo y no tardaré mucho en morirme.

—Don Rufino, no diga tonterías.

A lo mejor por eso desbarra, porque se está muriendo.

—Ya me miran como a un desahuciado. He visto morir a demasiada gente para no saberlo. Tienes que decirme dónde pondréis a Sara para indicarle a Saturnino el lugar en el que ha de enterrarme... Al menos allí sí que estaremos juntos ella y yo.

Aunque también pensé en el Satur cuando no sabía qué hacer, ahora ya no lo necesito.

—¿Y qué pinta ese gañán?

—Que va a pagar la obra del cementerio.

—¿Después de robarle el dinero a todo el mundo, le va a convencer usted para que lo suelte?

—Claro que lo soltará. Saturnino habría perdido el juicio si no hubiese sido por mí. Cree que se le aparecen los fusilados de la guerra, sobre todo el Cantamañanas. ¿De dónde piensas que viene tanto fervor? Está convencido de que soy el único que mantiene lejos a sus fantasmas. Le diré que si no hace lo que quiero, lo dejaré a su suerte; y que si yo muero y no me entierran donde estén los antiguos vecinos de Hontanar, seré yo mismo el aparecido.

—¿No solo habla a los muertos, padre?, ¿también los ve?

—No, los muertos ya aguantaron lo suficiente para seguir vagando por el mundo. A Saturnino lo único que se le aparece es su propia culpa, pero no lo sabe.

—Pues que pague el cementerio. Los Corrales nos lo deben.

—A Sara sí, y a tu madre, y a Basilio y al pueblo entero. A ti no, tú ya te lo cobraste.

—¿Qué es lo que dice?

Me habla sin siquiera mirarme.

—Ay, Marcos, vives tan ensimismado... ¿Seguro que nunca se te ha pasado por la cabeza? ¿Crees que lo que más deseaba Saturnino en el 36 eran las tierras de los Cantamañanas? ¿Por quién bebía los vientos ese cabezón? ¿A quién mira todavía con esos ojos de cordero degollado? Aquella noche fue a casa de sus padres y le dijo que o se casaba con él o a ti también te llevarían los falangistas a la yesera. Sin embargo, ella fue más lista y le obligó a esperar hasta que a ti te vino la gana de volver. Bien pagó el engaño la pobre Sara.

—¿Se lo contó la Vitoria?

—Me lo contó Saturnino. Tu mujer ha sido la única persona en el pueblo que ha sido capaz de plantar cara a los Corrales.

Aunque no me he movido, la rodilla me arde a puro fuego.

—Nunca te has merecido a las mujeres de tu casa.

No espera mi respuesta y saca su estola del bolsillo. Los dos extremos de la tela blanca caen sobre las tablas azul marino del traje de Sara. Don Rufino se lleva a los labios la prenda y se la ajusta sobre el cuello. Parte de la tela ha quedado encima de Sara. No es la tela, es el trozo de papel con el dibujo de la Virgen. Lo reconocemos al mismo tiempo y los dos intentamos alcanzarlo, pero don Rufino está más cerca y sigue arrodillado, así que lo agarra antes y se lo queda entre las palmas unidas por los dedos entrelazados.

—*Ne recorderis peccata mea, Domine.*

—*Dum veneris iudicare sæculum per ignem.*

Para los responsos don Rufino saca la voz del fondo de una cueva. Mi voz suena también a oración de difuntos. Sin embargo, el blanco de la estola sobre la espalda negra de la sotana está fuera de lugar.

—*Requiem æternam dona ei, Domine, et lux perpetua luceat ei.*

—*Dum veneris iudicare sæculum per ignem.*

—*Kyrie, eleison. Christe, eleison. Kyrie, eleison. Pater noster...*

Sigo al cura en el padrenuestro con una voz tan fuerte como la suya. Eso tampoco es normal. Las oraciones se aprenden y se repiten cientos de veces sin significado, por eso los hombres nos limitamos a susurrarlas en las iglesias. Pero las palabras siguen teniendo sentido. Un responso no habla de agua, sino de fuego, de perdón, de infierno.

Sin dejar de rezar, el cura se dobla de nuevo sobre Sara, levanta las manos muertas y coloca debajo el retrato de Gabriel. Al menos esto sí que está en su sitio.

—*Requiescat in pace.*

—*Amen.*

—*Domine, exaudi orationem meam.*

—*Et clamor meus ad te veniat.*

Cada uno dice lo que le toca, pero yo sigo inmóvil, apoyado en el tablón del pescante mientras don Rufino agarra con dificultad la parte de la colcha que está a la derecha del cuerpo y mi hermana desaparece una vez más bajo la tela granate y el bordado blanco, dorado, negro. Pierde un poco el equilibrio y lo sujeto del brazo, pero cuando ya está de pie, se suelta de un leve tirón.

—*Requiem æternam dona ei, Domine.*

—*Et lux perpetua luceat ei.*

—*Requiescat in pace.*

—*Amen.*

Antes de terminar la oración, don Rufino sale de la tela, toma el extremo aún desplegado, lo suelta sobre Sara y, sin remeter lo que queda flojo, hace dos pliegues con lo que sobra a la cabeza y a los pies y los deja caer también sobre lo que es ya un envoltorio feo pero que no me atrevo a corregir, pues, de alguna manera, creo que ahora irá más cómoda.

—Ayúdame a bajar del carro. Es mejor que yo vaya andando desde aquí para que te dé tiempo a llegar al cementerio.

—Subiré desde el puente romano.

La tierra está tan blanda que los zapatos del cura se hunden al dar los primeros pasos.

—Padre, ¿adónde cree que irá Sara?

—No sé, Marcos, espero que Dios recuerde que ella solo quería salir de aquí y nos perdone también a nosotros.

Ya de camino, el cura se quita la estola del cuello. Se convierte así en una figura negra que la sombra de los chopos se traga lentamente.

—¡Preguntarme si había tenido que ver con esto! ¿Lo oíste, Noble? Eso me dijo, que si había tenido algo que ver. Debería haberle dejado un par de cosas claras, pero, como siempre, me callé.

Tres de los ojos del puente están casi cegados de broza: ramas de árboles, troncos enterizos, restos del temporal y del deshielo.

—Mira la preocupación que tienen todos esos ingenieros del Gobierno por que no se inunden las vegas. Mucho pantano, mucho canal, mucha obra y no son ni para quitar toda esta porquería.

Sin embargo, como el agua busca cualquier forma de salir del puente, el atasco hace que el río cobre vida. Salta, se acelera, atropella, y, sin ser la corriente clara de Hontanar, al menos late en el remolino.

—Y encima a él sí que le habla. A alguien que me ofende de ese modo. ¡Aunque fuese en sueños! ¿Qué iba a hacer por ella ese viejo en Pardales? Yo sí habría podido y lo eligió a él. Entiendes que no quiera hablarle, ¿verdad?

Noble cabecea, o porque me entiende o porque empieza el ascenso al cementerio. Esta cuesta ni merece el nombre de colina: es un secarral pedregoso coronado por una mancha de monte.

Don Rufino juzga sin haber tratado con Sara desde enero. Me gustaría que la hubiese visto hace solo diez días, con el mismo vestido que lleva hoy, subiendo al Mercedes junto a madre, la Vitoria y Juan para asistir en Motarejo a la misa del Domingo de Resurrección. Parecía pura luz, sin peso. Yo ni los acompañé porque me da vergüenza ir metido en ese coche, pero las mujeres estaban como locas, y para madre no había mejor manera de rubricar el compromiso. «¡Qué mal disimulan las de Motarejo!». Me lo dijo la Vitoria mientras se cambiaba la ropa de fiesta por la de faena. «Mucho peor que las de aquí. La Julia, esa que es de su quinta y va siempre rodeada de críos feos como el hambre, todavía estará en su casa respirando ungüento. Y tu hermana hecha una reina, de las que decía don Ezequiel que paseaban por los jardines de la Granja. Siempre ha sido guapa, bien lo sabe Dios, pero estos días tiene algo que ni a los quince». También me habría gustado que don Rufino hubiese escuchado a la Vitoria.

Aquel día todo fue perfecto. Amaneció casi mejor que el de hoy, sin rastro del invierno infatigable y de la lluvia terca de marzo. Madre me mandó que matase un conejo y un pollo e hizo el arroz que tanto le gusta a don Ignacio. El administrador al principio se resistió a quedarse a comer. «De verdad, señora María, que solo vengo a recoger lo que quedaba en la habitación». Pero después sonrió más veces en ese almuerzo que en los seis años que vivió en la fonda. «Voy a sentirme muy solo en la Casa del Pantano». «No se preocupe, Ignacio, que dentro de nada ya voy yo». «¿Y cuando a usted le den el traslado a Madrid después de la boda? ¡Con lo bien que hemos trabajado juntos!». Hasta se le empañaron un poco los cristalitos redondos de las lentes, y Sara le pasó uno de sus pañuelos bordados en un gesto que también me hizo pensar en las reinas de don Ezequiel.

El paseo lo sugirió Gabriel: «Hace una tarde gloriosa para salir», pero la idea fue de la Vitoria: «¿Por qué no nos subes a las buitreras? A Juan no le has llevado nunca». Entre las paredes de las hoces todo era al tiempo tan nuevo y tan conocido que hubiese sido una locura pensar que aquello iba a ser la última vez de cada cosa. A la Vitoria solo le hicieron falta tres resbalones para desistir. «Tu hermana y yo estamos viejas para hacer de cabras mochas. Pero terminad de subir vosotros». Gabriel, arremangado y con la frente llena de sudor, parecía dudar de que aquello respondiese a la idea de una tarde gloriosa. «Es lo que tiene la tierra caliza: resulta inestable. No te preocupes por las señoras, yo me encargo de que lleguen abajo enteras. Pero Juan sí tiene que verlo». Temí que el niño quisiera abandonar también la escalada, pero continuó sin dudas, y me alegré de que hubiese heredado de mí algo más que la pelambrera rubia y una piel que se abrasa demasiado rápido con el sol. Me esbaré más veces que él; no es lo mismo subir con dos rodillas que con una y media, y en el último tropezón tuve los reflejos justos para sujetarme al niño y no caer pared abajo.

Cuando alcanzamos la oquedad más cercana a la primera buitrera, el aire no había empezado a enfriarse y los buitres planeaban altísimo. Juan me miró, pero no se atrevió a preguntar nada, pues el olor a lavanda y carroña que venía del nido ya anunciaba algo diferente. «Mira justo ahí». Juan encontró sin dificultad la cabeza pelona de la cría. Dijo: «Ahhh», pese a que yo sabía que aquel bicharraco impresionaba bien poco: parecía más un gallo desplumado que un buitre. Esperamos, y cuando el cuerpo de niño ya empezaba a revolverse, uno de los buitres abandonó las espirales más altas, y comenzó a descender haciendo círculos cada vez más estrechos. «¡Ahí viene! ¡Ni respires!». El buitre se posó en el borde de la repisa y se acercó lento a la maraña de ramas y barro. El gran pico curvado se abrió sobre el gaznate del pichón ansioso. Una, dos, tres, diez veces. Todo en silencio. Solo el silbido del aire colándose entre las paredes de las hoces y el barrunto de la corriente del río cincuenta metros más abajo, donde estarían ya las mujeres y el ingeniero. Susurré: «Ahora verás lo mejor». El buitre volvió a acercarse sin prisa al borde de la pared y extendió sus alas canela y negras, dejando surgir una criatura más grande que cualquier hombre y más recia que la propia roca; el ser más hermoso creado por la mente de Dios. El buitre se precipitó al vacío y se deslizó sobre él ligero como una hoja en el agua. Su sombra cubrió nuestros cuerpos, y quise sentir el roce de las plumas en la mejilla. Tenía tan sujeto al niño que notaba la agitación de su pecho al respirar, y él también tenía que sentir el golpeteo de mi corazón en su espalda. Al girarse, vi sus mejillas rojas y las ojeras brillantes de sudor. «Juan, prométeme que te acordarás de esto, que aquí no abandonarás nunca Hontanar». Y le toqué entre las cejas. El niño no respondió, solo asintió con la cabeza mientras mis dedos le hacían dos círculos blancos en la frente.

A la Vitoria se lo contó todo, una y cien veces, mientras volvíamos al pueblo. «Pues cuando éramos niñas, tu padre nos subía muchas veces a la tía y a mí. A mí solo me dejaba acom-

pañarlos porque la abuela, si no, no le daba permiso a la tía».
Era agradable oírlos hablar y, a la vez, daba mucha pena. Al
niño le pujaba tal energía que se desató en galopadas. Gabriel y Sara intentaron seguir su ritmo hasta que Juan los
agotó por completo y se quedaron como a cuarenta pasos de
la Vitoria y de mí. Lo suficiente para oír el eco de la risa
de Sara entre las paredes de las hoces y para ver que Gabriel
intentaba enlazarla por la cintura. La Vitoria los miraba con
una sonrisa triste. «Él también quiere mucho a Juan. Si un
día el niño quiere ir a Madrid... a lo que sea, estará como en
casa». Se oyó «¡No seas descarado!» y se vio a Sara coger fuerte del brazo a Gabriel. Desde ahí empezaron a caminar más
despacio. Juan regresó en una de sus carreras, les pasó a ellos,
llegó hasta nosotros y, sin contestar a una pregunta de su
madre, volvió a correr en sentido contrario. La Vitoria, como
si supiese que yo estaba recordando un mar que no conocí y
del que ella no tiene ni noticia, dijo: «Me habría gustado tener un noviazgo en condiciones». No es eso lo que añora,
pero nadie puede saber lo que echa en falta si no lo ha vivido
nunca. Yo sí que lo sé, y no tiene nada que ver con un noviazgo en condiciones.

Intentamos amoldar nuestro paso al de Sara y Gabriel, pero
llegaron a caminar tan despacio que, al final, los alcanzamos.
En las manos de Gabriel había entusiasmo, pero hablaba sin
casi levantar la voz. Cuando los rebasamos y la Vitoria dijo
aquello de «¡Hasta ahora, pareja!», Sara la miró con sobresal-
to, como si hubiese desaparecido el Domingo de Pascua, la
envidia de las de Motarejo, las lentes de don Ignacio, la tarde
gloriosa, las hoces, su sobrino, nosotros y hasta Gabriel y
solo tuviese los ojos para contemplarse por dentro.

Llegamos mucho antes que ellos del paseo. Juan estaba sentado fuera del portalón. «¿Puedo merendar el chocolate que me trajo el tío?». Era la primera vez que usaba esa palabra con Gabriel. «Ha dicho la abuela que se lo pregunte a usted». «Pero todo no. Solo cuatro onzas, que esa tableta es oro puro». «Jo, madre». «Ni jo ni ja».

Cuando Gabriel entró en la cuadra, yo llevaba un buen rato cepillando a Noble. «Vas a enviciar a Juan trayéndole tanto chocolate». «Me encanta ver el gusto con el que se lo come. Me recuerda a mi hermano. Yo, la verdad, no le veo el secreto al chocolate. Mi abuelo se ponía enfermo cada vez que reconocía que no me gustaba porque lo tomaba como una afrenta». Aquel día parecía destinado a las sonrisas tristes. «Tengo que contarte algo», dijo. Me repitió una vez más que la fonda había sido realmente su primera casa. «Aquí es el único lugar en el que he querido echar raíces». Creo que entonces fui yo el de la sonrisa triste; sin embargo, no quise decirle que en Hontanar ya no había raíces para nadie. «No sabes lo que supone sentirse siempre un extraño. No quiero marcharme ni alejar a Sara de vosotros. Ella no es consciente de lo que significa no pertenecer a un sitio, estar fuera de lugar, y no dejaré que pase por eso». No iban a marcharse después de la boda y él seguiría trabajando en el pantano. «El proyecto se alarga. Están casi convencidos de construir una central eléctrica». Después, ya se vería; había planes de industrialización cerca del pueblo nuevo y creía que no le costaría encontrar trabajo. «Incluso he pensado en crear alguna empresa relacionada con lo mío. Aquí está todo por hacer». Continuarían cerca, en algún pueblo vecino al pueblo nuevo, aunque dejaba la elección del lugar y la casa al gusto de Sara.

«Las mujeres de nuestra familia hacen bien esas cosas». Y paladeó el «nuestra» como mi hijo el chocolate. «Ya le he dicho ahora que compraré la que ella quiera, pero me ha parecido un poco abrumada». Noble relinchó al ver a Juan en el dintel de la puerta: «Ha venido el señor Patricio con una carta, que dice que si puede hablar con ustedes».

Desde el zaguán ya oímos la voz de madre: «¡Qué poco dura la alegría en la casa del pobre! —Debía de ser cierto, pues Sara había perdido el color de las mejillas—. ¡Con lo bueno que había sido el domingo, venís a estropearlo con vuestras cartas!». El alcalde explicó que la contestación del Ministerio había llegado antes de Semana Santa, pero, como desde que se inundó el Ayuntamiento la correspondencia llegaba a Pardales y el secretario se había marchado a pasar los días santos con su familia, hasta ese día no habían recogido el correo. Gabriel leyó en alto la decisión definitiva: no habría traslado del cementerio de Hontanar ni se acabarían las obras del cementerio nuevo por el momento. «¡Cabrones!». Cómo se puede torcer tanto un Domingo de Pascua hasta acabar siendo una catástrofe. Sara dejó caer la taza de loza llena de café ardiendo que traía para Patricio del Amo. «Pero, hija, ¿qué te pasa? ¿Estás dormida?».

—Noble, si don Rufino hubiese visto a Sara hace dos domingos, habría pensado que era la mujer más feliz de la tierra, aunque esos cabrones nos estropearan el final del día.

Arreo al caballo para que entre rápido en la mancha de encinar. Desde aquí arriba se ve todo el monasterio y también desde abajo nos pueden ver.

No quiero hablar contigo. No te lo mereces después de lo que me has hecho, después de no haberme elegido ni siquiera en el momento de la muerte. Pero estoy harto de callarme, harto de ser Marcos el mudo, el metido *pa'dentro*, el raro. Ahora que sé que también lo escuchas, te hablo solo en mi cabeza. No me gustaría que Noble se enterara de lo que tengo que decirte; te aprecia demasiado y le dolería escucharme. Por eso me he metido entre los costales; no para estar más cerca de ti, no te confundas, sino para que Noble no me sienta si se me escapa alguna palabra que me queme en el gaznate. Además, los sacos te deben de parecer un buen sitio para mí. Eso es lo que soy en tu presencia, un pellejo que se abulta con cada dolor: la rodilla, los pies, el costado, las tripas. Qué más... No sé. Las sienes también me arden. Pero ese dolor no lo deseo porque es un dolor propio de ti: las migrañas, la fiebre. Quédatelas y devuélveme todo lo que te he dado sin que me lo pidieras. Tantas cosas que eran mías y se las entregaste a otros.

Como cuando cualquier amiga te encontraba en la plaza o a la salida de misa o venía a buscarte a la fonda: «Oye, Sara, ¿no tendrás unos alfileres de cabeza negra para sujetarme el velo a los hombros; o una bobina de hilo de hilvanar, que se me ha quedado un dobladillo a medias; o un huevo de madera, que se me cayó al suelo mientras zurcía y ha rodado bajo el arca?». Y tú: «Toma, Fulana o Mengana, y no te preocupes en devolvérmelo porque tengo otro, porque tengo muchos». Y vaya si los tenías. Te llegaban paquetes enteros de Sepúlveda, de Segovia, de Madrid con esas y otras muchas cosas: dedales de madera, de cerámica, de plata; madejas de hilo de todos los colores y tamaños; puntillas, lazos, piezas de seda, de organza, de lana. Siempre a nombre de alguno de los huéspedes de la fonda. Y tú: «Madre, ¿no tendrá la dirección de tal señor o tal señora para escribirle un agradecimiento?». A veces madre la tenía, y si no podía hacerme con la carta antes de que la cogiera el Porfirio, más de una señora o un señor de Segovia, de Madrid o de Sepúlveda se preguntaría qué es lo que decía esa loca de hilos y telas.

No te lo dije nunca porque no quería que me dieses las gracias. Solo deseé que me eligieras alguna vez. Pero ni en tu muerte me has preferido. Y aún me dice el cura que si he tenido algo que ver en esto. ¿Yo? Será Gabriel, que al final no quiso sacarte del pueblo. Porque ese es todo el problema, ¿verdad, hermana? Lo que dijo don Rufino: «Solo quería salir de aquí». Aunque te hubiese mandado traer telas de la China, tú igual hubieras deseado dejarnos atrás. ¿Y quién tiene la culpa de eso? Tal vez haya sido madre, que te metió en la cabeza aquello de nuestro sitio, aunque no supieras a qué se refería. O quizás es la única herencia que te dejó el padre que no conociste. A lo mejor es culpa de don Cristóbal, pues madre no había tenido tiempo de marcarte con el hierro de

sus esperanzas, cuando tú ya entrabas a escondidas en las habitaciones de las señoras de ciudad que venían con su olor a
rancio, sus cólicos de riñón y sus maridos esmirriados. Quizás eran los pies de don Cristóbal y no los tuyos los que te
hacían entrar en cada cuarto; su nariz y no la tuya la que olía
los perfumes que esas mujeres usaban para tapar su tufo; sus
manos y no las tuyas las que acariciaban los zapatos, las cintas de los sombreros y el envés de los vestidos; sus ojos y no
los tuyos los que lo miraban todo con hambre de dientes que
no se sacian por mucho que devoren. Será culpa de nuestro
padre, pues no se puede luchar contra lo que se tiene atrapado en las entrañas. ¿O sí? Se puede usar la voluntad para
vencerlo, la que yo intentaba enseñarte cada vez que te buscaba entre las rendijas de las puertas y te bajaba en volandas
hasta la cocina. Madre nos encontraba pálidos: «¿Qué pasa?».
«Nada», contestaba yo, sintiendo aún que nuestros cuerpos
seguían arriba, pues no quería que madre te regañase, solo
hacerte ver que lo único que me llenaba de piedras el aliento
era que te gustasen más ellos que yo, cuando yo me hubiese
enfrentado al mundo para que te quedases a mi lado. Y, de
hecho, me había enfrentado más que al mundo, Sara: por ti
había roto las bridas que me unían a madre.

   ¿Lo entiendes? No, ya sé que no lo entiendes, pero ya no
tengo tiempo de explicártelo. Solo quiero que sepas que voy
a cumplir tu voluntad de sacarte para siempre de nuestras
vidas y que espero que Dios no te perdone. Que no te perdone por lo que has hecho, que no te perdone por madre, por
Merche, por la Vitoria, por Juan..., por todos a los que dejé
de querer para quererte solo a ti. Le ruego a Dios que no te
perdone, aunque yo sí te perdono. No me queda otro reme-

dio. Si no lo hago, de qué habrán valido los últimos treinta años y once meses, un día detrás de otro.

A veces le digo a la Vitoria que quiere demasiado a Juan. Ella me contesta que no, que nunca se quiere demasiado a nadie. Pero es mentira.

Gabriel me ha ofrecido un reloj más de una vez, y hasta llegó a ponerme en la muñeca el de la esfera verde con las agujas doradas, pero no lo quise: «Para qué lo necesito teniendo el sol en mitad del cielo». Ahora me parece una idea ridícula. Después de todo, no es algo tan inútil. El sol sirve en el campo y con las ovejas, donde nadie te va a reclamar que llegues puntual a ningún sitio; sin embargo, para otros asuntos es importante conocer la hora exacta, y justo en este momento sería bueno saber si es la una menos veinte o menos cuarto. Por eso he salido de las encinas, además de porque ya no soportaba hablar contigo. Pero mi sombra no es precisa y tampoco me puedo quedar aquí clavado como un pasmarote, pues cualquiera de los que van camino del monasterio me distinguiría con solo alzar la cabeza. En realidad, el cementerio se ve desde cualquier parte del pueblo. Estando tú aquí, voy a verte siempre; lo mismo en el huerto o en las tierras de secano; camino a la plaza o al monasterio; esperando el coche de línea a Aranda o volviendo de recoger el rebaño en el aprisco.

Si me pego a una de las dos paredes que están en pie un poco más abajo, me libro de todas las miradas. Realmente, los dos trozos pertenecen a la misma pared. La empezaron a construir desde los extremos, pero dejaron de montar las piedras cuando apenas llevaban cuatro metros de cada lado. El aire que se quedó en medio lo ocupan varios montículos de rocas desiguales, como majanos a medio hacer.

Tocan por segunda vez a misa y el viento del sur hace que las campanas se oigan muy cerca, casi como si las tuviese encima. Ya estará saliendo todo el mundo de las casas y a la una el pueblo entero se encontrará en la iglesia, con el obispo de Osma y los gobernadores de las dos provincias y todas las autoridades de la capital. A madre le disgustará que Gabriel no aparezca entre tanto señor de postín; seguro que esta noche ha soñado que su futuro yerno le presentaba a toda esa gente y podía desempolvar los modales de los buenos tiempos. No tendrá ocasión, a no ser que don Rufino no lo haya encontrado o no haya podido convencerlo. No es posible. Al cura le trae muy a cuenta hacer lo que le pedí y Gabriel subirá, aunque sea solo por mí. O más bien subirá por ti, pues él te quiere, te quería, y lo sabes. Seguro que vendrá.

Cuando llegue, no voy a poder ni enderezarme. Estar agazapado como una comadreja no es lo mejor para los dolores. La punzada del costado ya no viene y va: es una presión constante, la rodilla me está matando a latigazos y, además, este calor. Debe de ser también el viento del sur, ya que no sentí tanto sofoco en todo el trayecto y ahora la muda y hasta la camisa están pegadas a la piel. No me gusta dejar en el suelo la chaqueta y que se llene de tierra, pero, al fin y al cabo, voy a tener que quitármela cuando empecemos a cavar. ¡Si no aparece ahora, no nos dará tiempo! Quizás ya esté cerca. Vendrá por el camino de las tierras. Es la única opción. Si se le ocurre subir por el puente, será como hacer una hoguera en una noche cerrada. Pero solo con viento solano se oiría el motor del Mercedes a ese lado del cerro y es buena señal que, por más que aguce el oído, solo sienta el jolgorio de las golondrinas y el bufido de Noble acompañándote detrás de los primeros árboles.

He cerrado los ojos un momento. Tengo tanto calor y estoy tan cansado... Y al abrirlos creía que todo había vuelto a empezar, que nada de esto sucedió y que habíamos regresado a la mañana de septiembre en que la Herminia confundió a Gabriel con el señor de una foto. Se acerca a mí a trancos largos metido en su uniforme. Creí que llegaría triste, con los hombros para dentro, pero está furioso y nunca lo he visto más estirado. Me doy cuenta de que ya había vivido este momento en mi cabeza y no se parece en nada a lo que está pasando. No espera a que me levante, me mira muy fijo a los ojos y parece que quiere sacármelos de su sitio.

—¿Qué cojones pasa, Marcos?

En año y medio, Gabriel jamás ha blasfemado, hasta este instante. No son los pinchazos ni el calor lo que no me dejan levantarme, es la única idea en la que no había pensado: no me ayudará, no lo va a entender. Le grito:

—¡Agáchate! Ya habrá gente entrando en el monasterio y te van a ver.

—¡Ven!

Tira de mí como si me sacase de una trinchera y me hace correr junto a él hasta el otro extremo del muro. Casi no puedo seguirlo. Lleva las palas, como dos fusiles, en una sola mano. Se arroja al borde de la tapia y yo me tiro a su lado porque no soy capaz de sostenerme.

—Desde aquí se ve la entrada de la iglesia.

Es cierto, la espadaña color arena se recorta sobre el azul hiriente de abril.

—¿Dónde está Sara?

—En el carro. Muerta.

—¿Cómo muerta?

—Muerta.

La gente entra en la iglesia en un goteo, luego muchos más, luego otro goteo, luego uno, dos. Nadie. Tocan por tercera y última vez a misa, pero hoy ninguno llegará tarde. Los frailes han abierto por completo las puertas, y aprovecho que Gabriel sigue con la vista fija en el enorme vano de la iglesia para incorporarme agarrándome a las piedras. Dame valor, Sara. Eso me lo debes.

—Tenemos que empezar; si no, no nos dará tiempo.

Ahora, ahora, Sara.

—¡Vamos, Gabriel!

—Pero ¿cómo puede estar muerta?

—Se colgó del machón. ¡Vamos!

—¿Del machón? Pero ¿por qué?... ¿Cómo la has traído hasta aquí? ¡Estás trastornado!

Las voces que cantan se oyen con tal claridad que parece que también nosotros estamos dentro del templo. No es el cántico de las mujeres en un domingo de Hontanar, son las gargantas de muchos hombres jóvenes que se levantan al mismo tiempo. Más de cien, ciento cincuenta, tal vez más, todos con su capucha y su correa a la cintura. Están en el coro, en los primeros bancos, en el altar, rodeando a la gente del pueblo nuevo, al obispo, a los gobernadores, a los cargos importantes de Madrid y también a nosotros.

—Vamos, no nos va a dar tiempo.

—¿Dónde está? ¡Quiero verla!

—Primero me ayudas.

No sé si me estás dando valor, pero las piernas y los brazos vuelven a endurecerse con una energía que había evaporado el sofoco. Agarro fuerte el mango de una de las palas y, con la sorpresa, Gabriel deja que se la arranque, pero vuelve a sujetarla y tira de mí. Yo engancho la que le queda en su mano y comienza un forcejeo para ver quién quita la pala al otro. Los hombres siguen cantando, pero nosotros peleamos mudos y nos movemos al ritmo lento de sus voces. Soltamos a la vez las palas y cerramos los puños en la camisa del otro, en sus brazos, en sus muñecas, palmoteando más al aire que al contrario. Lo empujo, pero no lo suelto. Pierde el equilibrio y caigo sobre él. No rodamos porque nos ataja la media pared. Es la pelea torpe de los que no saben por qué se pegan y no quieren hacerse daño. Los hombres callan abajo y nosotros paramos.

—¡Venga!

No me duele nada. No tengo calor. Al revés, es como si todo eso se hubiera esfumado. Recojo una de las palas y espero que Gabriel me siga hasta el primer montículo de piedras. Lo siento detrás, pero cuando clavo el filo de metal en la tierra, no hace lo mismo. Ahora, ahora, Sara, dame aún más valor.

—¡Vamos, Gabriel! No tenemos todo el día.

Las dos palas chocan al principio, después cada una encuentra su propio espacio. A pesar de que se me ha desentumecido la pierna derecha, utilizo la izquierda para ayudarme a hundir la pala. En la superficie, la tierra parece demasiado dura para lo que ha llovido esta primavera. Cuando profundizamos, está mucho más suelta y se deja hacer. Estamos frente a frente y no miro a Gabriel, aunque a veces siento que él me mira sin dejar de trabajar. Echa la tierra hacia mi izquierda, yo hacia mi derecha; respiramos a la vez, no parece más cansado que yo. Abajo, a los hombres jóvenes se les une el resto de la gente que asiste a la misa de la fiesta:

—Yo confieso ante Dios Todopoderoso y ante vosotros, hermanos...

Casi no se entiende el rezo, pero cualquiera podría saber lo que dicen.

—¿Qué te pasa?

—No pares.

—Te mueves raro. ¿Estás herido?

—No. Continúa.

No sé cómo lo nota si no me duele nada. ¿También se lo has dicho tú?, ¿también le hablas a él? Vuelven a cantar. Es el Gloria. Seguimos cavando al mismo ritmo durante un rato de silencio y el hoyo ya nos llega a las rodillas. Entonces para.

—Esto no puede ser, Marcos. No tiene sentido. Va contra las leyes, parece... ¡Va contra Dios!, ¿no te das cuenta?

—No se puede hacer otra cosa.

—¡No voy a participar en esta locura!

Dame valor, Sara, dame valor. ¿Qué es lo que cantan ahora? Esa salmodia machacona no la he oído nunca en las hoces.

—No la iba a dejar ahí para siempre, para que se la comiese el agua.

—Pues hablamos con alguien para buscar una alternativa.

—No me harán caso.

—A mí sí.

—¿A ti? ¿Igual que con el cementerio? ¿No dijiste que hasta te recibió el ministro? ¿Y te han hecho caso?

—Es diferente.

—¡Es siempre igual! Ellos harán lo que les convenga en cada momento.

—Ahora no.

—¡Ahora y siempre! ¿Para qué te vale ser tan listo si no te das cuenta?

Se ha hecho el silencio.

—Da lo mismo. Es una insensatez.

—Quiero que Sara se quede aquí. No me importan las leyes ni los hombres de fuera. Voy a hacer lo que tengo que hacer. Es mi hermana.

—¡Iba a ser mi mujer!

La segunda vez que jura en dieciocho meses. Está doblado con las manos sobre el estómago, las aprieta como si la pala le hubiese golpeado en mitad del vientre.

—¡Sigue cavando!

—¡No!

—¡Sigue cavando!

Valor, valor. Mucho más valor, Sara. Me lo debes.

—¿Ni siquiera la vas a ayudar a quedarse con los suyos, cuando tú tienes la culpa?

—¿Yo?

—¿Qué le hiciste para que se colgara? Lo que tendría que hacer es matarte, no pedirte que la ayudes. ¿Qué le hiciste?

—¿Yo?

—Si no hubieseis venido nunca, si no hubieses venido tú, no habría pasado nada. Solo sirves para dejar morir a los que te quieren, ¡cobarde!

Agarra el mango de la pala con las dos manos como si quisiese levantarla por encima de su cabeza. Estoy enfrente. La boina se quedó tirada también con la chaqueta y puede ser un buen final: la pala abriendo en dos mitades la pelambrera rubia. Pero el filo no se despega de la tierra.

—Yo la quería, más que a... todo. Te lo juro.

—¡Pues cava!

Ahí están los aleluyas. Me imagino a don Rufino leyendo el evangelio, después de que le haya bendecido el obispo y de que uno de los novicios le pase el incensario para que llene el libro de olor a encina.

Cada vez hay más tierra a derecha e izquierda y la tierra del hoyo se deja hacer. Estamos frente a frente. Ahora sí que miro a Gabriel; ya no está furioso. No sé lo que está. Se oyen nuestros jadeos y las dentelladas de las palas en la tierra marcando el ritmo y el tiempo. El hoyo nos llega hasta la cintura cuando Gabriel mira el reloj, es el de la esfera verde y las manecillas doradas. El pequeño círculo del sol está en lo más alto del azul.

—Es más de la una y media.

El pueblo, los frailes y los grandes señores rezan el Credo.

—El obispo ya ha terminado el sermón. Hay que darse prisa, Marcos. ¿Dónde está Sara?

Gabriel me ayuda a salir del hueco y me sigue, pues sus pies hacen crujir el secarral y después la maleza. Antes de localizar el carro, me desoriento un poco. Parece como si alguien se lo hubiese llevado más lejos. Me agarro al travesaño y subo con el impulso sin permitir que Gabriel me ayude. No perdemos tiempo en descargar nada, revolvemos los bultos amontonados en el tablón del fondo como si rebuscáramos en un arca y Noble cabecea al notar nuestro movimiento. Gabriel para cuando nos encontramos la colcha granate bordada de hilo de oro, blanco y negro. Ahí está tu bien más preciado, y el suyo. El mío ya no. «¡Virgen santísima!», dice. Con don Rufino no lo noté, pero estás más rígida que por la mañana, aunque pesas mucho menos y no me cuesta casi levantarte. Al llegar al borde de la tabla, Gabriel ya ha bajado de un salto y me extiende los brazos. Tengo que entregarte, no me queda más remedio; no puedo arrojarme contigo desde arriba sin que te me caigas de los brazos. Ahora soy yo quien se adelanta a él y salto el primero al hueco que hemos hecho en la tierra blanda. Nadie que no sea yo te colocará en tu sepultura.

—*Sanctus, sanctus, sanctus.*

El obispo pronto levantará la sagrada forma en medio del altar de espaldas a todo el pueblo, pero Gabriel se acerca de frente y camina muy despacio, como si le pesaras mucho. Los flecos de la colcha desparramados por los lados de tu deshecho envoltorio parecen uno de los arcos terrosos de la iglesia de Hontanar que Gabriel estuviese levantando a pulso. Al pie de la sepultura le tiendo los brazos para que te devuelva y me doy cuenta de que su pecho se agita y de que llora sin pudor, a gemidos, casi a gritos, pese a que yo no he llorado aún ni vaya a llorar. Algo me dice que no está mal que al menos él te llore ahora.

Al pasar a mis brazos, parte de la colcha arrastra por el suelo. Gabriel ha debido de pisar la tela sin querer, pues cuando tiro de ti, la mancha granate se resbala de tu rostro. Nos muestras tu cara azul y tu trenza negra.

—¡Dios mío!

Y con el grito se le corta el llanto. Quizás estés un poco azul, pero sigues igual de guapa. Eso es lo que ve él: a su novia hermosa en mis brazos, no a una ahorcada bajada del machón de una cuadra. Tu cuerpo duro se queda sobre la tierra blanda y retiro más la colcha para que también aprecie la marca de tu cuello. Bajo los dedos la siento rugosa y ondulada, oscura, como la marca del agua en nuestra piedra.

—¡Vamos!

Ahora es Gabriel el que lo dice, y el tiempo vuelve a hacerse real a la vez que los de abajo empiezan su padrenuestro.

La tierra que quedó a izquierda y derecha del agujero vuelve con prisa a su lugar. No miro tu cuerpo mientras caen las paletadas porque tengo que concentrarme en lo que digo, en decirlo rápido y en hacer que Gabriel lo entienda. Mientras hablo, Gabriel susurra «Otra vez» y susurra «Sara»; yo le pregunto «¿Me entiendes?» y él contesta «Sí».

—*Agnus Dei qui tollit peccata mundi, miserere nobis. Agnus Dei qui tollit peccata mundi, miserere nobis. Agnus Dei qui tollit peccata mundo, dona nobis pacem.*

Se lo repetiré otra vez para que todo se haga como tiene que hacerse.

—En cuanto acabemos, volverás a Hontanar. Recogerás todas tus cosas y entrarás en la habitación de madre. Hay una maleta encima de su armario. Ve al dormitorio de Sara y llena la maleta. Coge lo que quieras, pero no puedes dejarte el vestido gris, tampoco el ribeteado en negro ni los zapatos con la puntera de charol. Vacía todo el cajón de ropa blanca y ni se te ocurra olvidarte el devocionario que le compró don Rufino, el cofrecito de nácar con las joyas buenas y esa libreta que le regalaste con dibujos de plantas. Si algo de eso se te queda, madre y la Vitoria empezarán a sospechar. ¿Me estás escuchando?

Me callo para oír su respuesta, pero debe de estar hablándote. A lo mejor tú también le hablas. Solo oigo el órgano del monasterio, sin cánticos. Los antiguos vecinos de Hontanar comulgan.

—Cuando lo tengas todo, escribe la carta. Dirás que no te puedes casar ahora con Sara, pues hay razones que te obligan a cumplir con la otra y, si lo hicieras con Sara, su familia te puede arruinar o meter en la cárcel. Tú verás lo que se te ocurre. Dirás que os queréis tanto que os marcháis lejos para huir de tus compromisos. Pídenos perdón a madre y a mí y ruega que lo entendamos. Di algo así como que el mundo es como es y que hay cosas que siguen siendo imposibles, que hay que ser sensato y resignarse. Promete a madre que te casarás con Sara en cuanto puedas y que entonces escribiréis para que sepamos dónde vivís. Deja la carta sobre la silla del zaguán. No, mejor sobre la mesa de la cocina, ahí las mujeres la encontrarán antes.

Ya no queda hueco bajo nuestros pies. Hemos terminado.

—Vete. Tienen que estar a punto de salir.

—No te preocupes. El gobernador de Segovia quería hacer un discurso en la plaza a los vecinos, pero el de Burgos se ha negado porque dice que eso le corresponde a él, pues esta es su provincia. Así que el obispo ha mediado y deja que el de Segovia hable antes de acabar la misa. Seguro que es más largo que la homilía.

—Mejor. Pero vete igual. Así nadie verá el Mercedes.

Gabriel se aleja sin despedirse.

—¡Oye!

Se gira. Algo en su forma de mirar recuerda la tuya.

—¿Es verdad que querías regalarme ese reloj?

Mientras vuelve, me fijo en que lleva el uniforme sucio, arrugado; ni las medallas ni las correas producen ya impresión alguna. Se desabrocha el reloj y me lo extiende, pero con cuidado para que nuestras manos no se rocen.

—Gracias. Me vendrá bien para saber la hora.

—¿Para qué, si no?

Se marcha con los hombros hundidos. Para siempre. No siento nada, no hay nada que sentir.

Son las dos y cuarto, y por mucho que hable el gobernador tengo que apurarme. La tierra removida de tu tumba es demasiado oscura, llamaría la atención durante meses, y hay que esconderte bajo las piedras. Como el montículo lo dejaron también medio contrahecho, consigo derribarlo con el primer palazo. Buena parte de las piedras caen sobre tu tumba y me ahorran tiempo. A pesar de que el calor ha vuelto, siguen sin dolerme el costado y la rodilla, así que las rocas no me pesan. Han quedado desparramadas y las empujo con la pala, les doy forma con las manos. Será suficiente hasta que tenga otro momento para dejarte bien segura debajo de las piedras. Vendré muy pronto. Mañana mismo, cuando madre vea la carta y se le llene de rabia el cuerpo por tu abandono, le diré que cargamos los trastos para el pueblo nuevo. También tú nos verás desde mañana; no solo a mí, a madre, a la Vitoria... Y también a Juan corriendo por el pueblo, por el monte, por las tierras. Creciendo sin ti.

Salen los primeros hombres de misa. Siempre son hombres. Las mujeres os demoráis más, tenéis otro respeto. Sin embargo, la mayoría del pueblo sigue dentro cantando la Salve y los frailes también lo hacen, pero ahora es el pueblo quien los dirige.

Ya en el carro me falta el aliento. Espero que cuando baje ya no se me note tanto el sofoco. Para darme tiempo no volveré por el puente, sino que bajaré al camino por donde vino Gabriel, así parecerá que llego directamente de Hontanar. Noble está tranquilo. A lo mejor sabe que todo ha acabado, pero al ir a preguntárselo no me salen las palabras, y ni siquiera sé si quiero decírselas. No. Es él quien no quiere escucharlas porque es más animal que antes. La mejor bestia que he tenido, pero ¿qué sentido tiene hablarle? No me puede contestar ni quiere hacerlo. Puedo decirle: «Vamos, Noble, amigo». Tampoco me sale.

—¡Arre!

Y hago que sienta fuerte las riendas.

Todavía hay gente saliendo de la iglesia. El mediano del Macario se acerca al llamarlo.

—¿No te han dejado hacer de monaguillo?

—Ya ve, señor Marcos.

—¿Sabes si mi familia está dentro?

—A la Sara no la he visto, pero la señora María, la señora Vitoria y el Juan siguen ahí. Es que los frailes han sacado a besar la reliquia.

Tienen prisa por que traslademos también los afectos de san Juan a su santo estudioso. Subido en el pescante, los veo enseguida a los tres. Madre va del brazo de la Vitoria, que lleva también al niño de la mano. Es Juan quien reconoce mi silbido.

—¡Es el padre!

Noble relincha. Madre no espera ni a estar junto al carro.

—Pero, hijo, ¿cómo aquí? ¿Le ha pasado algo a tu hermana?

—No. Es que al final me decidí. Llevan razón, da lo mismo si me enfado. Sara se levantó sin dolor de cabeza, pero dijo que, para no llegar a tiempo, prefería quedarse. ¿Van a casa?

—En la plaza mayor dan un refrigerio. Hablará el gobernador civil de Burgos.

—¡Otro discurso no! ¡Ay, Marcos, qué pesadez! Hijo, ¿tú quieres escuchar a otro señor de esos o ir con el padre?

—¡Con el padre y con Noble!

—Ponte delante con ellas, Juan. Ahí atrás está todo desordenado.

Ayudo a madre a subir y se sienta a mi derecha. La Vitoria va a mi izquierda con el niño encima.

—¿Qué te ha pasado? ¡Cómo llevas la chaqueta! ¡Y todo! ¡Ay, el traje que mejor te queda!

—Me caí al río. Al de allí.

—¿Qué hacías en el río? Hijo, tienes muy mal porte. Pareces como con calentura.

—No me encuentro muy bien.

—Mire, padre, un buitre.

Es solo un punto en el cielo. Alguno que no tuvo su parte en el festín de la oveja y sigue buscando dónde matar el hambre.

—¿A que no sabes a quién hemos visto? ¡A don Rufino! ¡Lo que ha avejentado ese hombre en poco tiempo! Le hemos dicho que se pase después, pero depende de cuándo se vuelva el padre Isaac a Pardales. Le contamos lo de la boda. ¿Tú te crees que ya lo sabía? ¡Cuántas lenguas hay en todas partes! Hablando de lenguas... ¡Ay, Dios mío, tu hermana!

—¿Qué pasa con Sara?

—Que Gabriel se ha tenido que volver al pantano. Se ha acercado a decírnoslo su jefe en el Ministerio. Un señor de los de antes. Tenías que haberlo visto.

—¿Por qué se ha ido?

—Pues ni el señor lo sabía bien. Que le han avisado, nos ha dicho.

—Pero, madre, ¿no le parece raro? ¿Quién le iba a avisar si don Ignacio también está aquí?

—Yo qué sé, pero espero que tu hermana sea sensata y lo mande a dormir a la Casa del Pantano, que como ya la gente habla poco, estamos como para dar más motivo.

La Vitoria y el niño bajan al llegar a la casa y abren el portón para dejar paso al carro. Me quedo en mitad del corral.

—Espere, madre, que ya la ayudo yo.

Pero al levantarme del asiento, todo me da vueltas. Cuando abro los ojos, tengo el brazo sobre los hombros de la Vitoria y ella me rodea con los suyos por la cintura.

—¿Qué tienes?

—¿Qué te pasa, hijo?

—Abuela, desenganche usted a Noble, que voy a acostar a su hijo. Juan, ayuda a la abuela.

Me arrastra hasta nuestro dormitorio de aquí, que es la mitad del de allí, pero a la Vitoria le gusta más porque lo eligió ella. Me sienta en la cama. Todo continúa moviéndose, como después de beber una botella de vino malo.

—Déjame que te desvista. ¿De quién son estos zapatos?

—Del padre Isaac. Me los dio la Cipriana. Los calcetines hay que devolverlos. Los zapatos no.

—Pero... ¿Y los tuyos?

—Se quedaron en el río.

Es verdad, no los recogí. No sé si ve el reloj al quitarme la chaqueta, pero no dice nada.

—Hoy he conocido a un niño que se llama Demetrio. Lo voy a coger para que me ayude con las ovejas, así Juan podrá estudiar. ¿Lo oyes, Vitoria?

—Claro, Marcos. No te preocupes por eso. Levántate un poco.

—Te gustará. Será de la edad del segundo que se nos malogró.

Al pasarme las perneras del pantalón, la rodilla cruje como una rama. Chillo.

—Perdona, Marcos.

—El agua ya ha llegado a nuestra marca, pero ya no me importa. Ya sé dónde está nuestro sitio, Vitoria. Se acabó Hontanar y el pantano, te lo juro.

No puedo seguir hablando. Al quitarme la camisa, todas las costillas se estrechan, empequeñecen, me encinchan, me ahogan. Ha debido de ser un alarido, porque la Vitoria sube la muda sin pensárselo. Veo su cara. Es la misma que la mañana de su primer aborto, cuando se levantó de la cama y vio toda aquella sangre en mitad de las sábanas. Abrió mucho los ojos y frunció los labios. Ahora me mira igual.

—¿Qué son esos gritos?

—Abuela, vaya a la plaza y busque al médico. Que Juan se pase por la casa de mi hermano y que busquen también a un médico en los frailes.

Mi madre se ha acercado. No le veo el gesto, aunque no le pide explicaciones a la Vitoria y se marcha.

—Tenemos que hablar, Vitoria.

—No importa, déjalo.

—Me llamo Marcos Valle.

—Calla, Marcos.

—Sin Cristóbal, ¿entiendes?

—Déjalo, mi amor, descansa.

—Entonces, mañana hablamos.

—Eso.

—Mañana sin falta.

Acostado cede el dolor, pero no el mareo. El buitre que vio Juan fuera ha entrado en casa. Hace espirales muy altas, muy altas en el techo. Vuela con tanto sosiego que es como si estuviera derramando desde lo alto todo un río de calma. Es un buitre de las hoces, una criatura más grande que cualquier hombre y más recia que la propia roca, la más hermosa creada por la mente de Dios.

Agradecimientos

A Demetrio Iglesias, por entregarme esta historia, y a Lucía Berzal, por empujarme a escribirla. Os quiero más de lo que una hija puede querer.

Algunos títulos imprescindibles
de Lumen de los últimos años

Las inseparables | Simone de Beauvoir
El remitente misterioso y otros relatos inéditos | Marcel Proust
El consentimiento | Vanessa Springora
Beloved | Toni Morrison
Estaré sola y sin fiesta | Sara Barquinero
El hombre prehistórico es también una mujer | Marylène
    Patou-Mathis
Manuscrito hallado en la calle Sócrates | Rupert Ranke
Federico | Ilu Ros
La marca del agua | Montserrat Iglesias
La isla de Arturo | Elsa Morante
Cenicienta liberada | Rebecca Solnit
Hildegarda | Anne Lise Marstrand-Jørgensen
Exodus | Deborah Feldman
Léxico familiar | Natalia Ginzburg
Canción de infancia | Jean-Marie Gustave Le Clézio
Confesiones de una editora poco mentirosa | Esther Tusquets
Mis últimos 10 minutos y 38 segundos en este extraño
    mundo | Elif Shafak
Una habitación ajena | Alicia Giménez Bartlett
La fuente de la autoestima | Toni Morrison
Antología poética | Edna St. Vincent Millay
Madre Irlanda | Edna O'Brien
Recuerdos de mi inexistencia | Rebecca Solnit
Las cuatro esquinas del corazón | Françoise Sagan

Una educación | Tara Westover

El canto del cisne | Kelleigh Greenberg-Jephcott

Donde me encuentro | Jhumpa Lahiri

Caliente | Luna Miguel

La furia del silencio | Carlos Dávalos

Poesía reunida | Geoffrey Hill

Poema a la duración | Peter Handke

Notas para unas memorias que nunca escribiré | Juan Marsé

La vida secreta de Úrsula Bas | Arantza Portabales

La filosofía de Mafalda | Quino

El cuaderno dorado | Doris Lessing

La vida juega conmigo | David Grossman

Algo que quería contarte | Alice Munro

La colina que ascendemos | Amanda Gorman

El juego | Domenico Starnone

Un adulterio | Edoardo Albinati

Lola Vendetta. Una habitación propia con wifi | Raquel Riba
    Rossy

Donde cantan las ballenas | Sara Jaramillo

El Tercer País | Karina Sainz Borgo

Tempestad en víspera de viernes | Lara Moreno

Un cuarto propio | Virginia Woolf

Al faro | Virginia Woolf

Genio y tinta | Virginia Woolf

Cántico espiritual | San Juan de la Cruz

La Vida Nueva | Raúl Zurita

El año del Mono | Patti Smith

Cuentos | Ernest Hemingway

París era una fiesta | Ernest Hemingway

Marilyn. Una biografía | María Hesse

Este libro acabó
de imprimirse
en Barcelona
en octubre de 2021

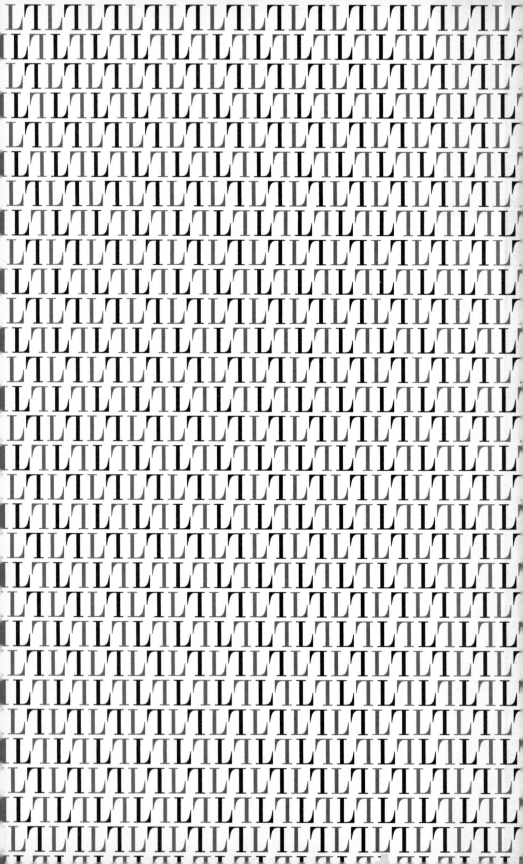